二見文庫

愛のささやきで眠らせて

リンゼイ・サンズ／上條ひろみ＝訳

To Marry a Scottish Laird
by
Lynsay Sands

愛のささやきで眠らせて

登　場　人　物　紹　介

ジョーン（ジョー）	イングランドの治療師・助産師の娘
キャンベル（キャム）・シンクレア	スコットランドの領主の長男
ロス・マッケイ	スコットランド領主
アナベル・マッケイ	ロスの妻
ペイトン	ロスとアナベルの長男
アネラ	ロスとアナベルの長女
ケンナ	ロスとアナベルの次女
アルテア・シンクレア	スコットランド領主。キャムの父
バーナス・シンクレア	キャムの母
フィノラ・マクファーランド	
ガリア・マコーミック	
ミュアライン・カーマイケル	キャムの花嫁候補
サイ・ブキャナン	
エディス・ドラモンド	

1

道の先で何かやっかいごとが起きているのは、見るまえから音でわかった。悲鳴を聞いたキャムは、反射的に馬の速度を落としながら曲がり角を曲がったが、大柄な男にシャツの襟もとをつかまれ、殴られている少年の姿を認めると、剣に手を伸ばし、馬に拍車をかけて速度を上げた。そして、一瞬のうちに暴漢と少年のもとにたどり着いた。

地面にブーツの音を響かせてキャムが馬から降りると、暴漢は振り向き、キャムの剣の柄《つか》がそのまぬけな頭を直撃した。男は石のようにどさりと倒れたが、あいにく倒れたのが少年の上だったので、意識を失いかけていた少年はその重さにうめいた。

キャムは気の毒になって顔をしかめ、ブーツの足で悪人を転がして少年の上からどけてやった。男の重みから解放された瞬間、少年は腫れてあざのできた目を薄く開けて、不安そうに見あげた。

「もう大丈夫だ」キャムはかがみこんで少年に手を差し出した。

だが少年はその手を取ることなく、腫れた目を恐怖でいくぶん大きくしながら、キャムの背後を見ていた。キャムは反射的に立ちあがろうとしたが、背中の下のほうを殴打されてよろめいた。二、三歩よろけたあと、少年を踏みつけるまいとして体勢を立て直すと、暴漢と向き合った。

暴漢たちだ。目のまえに三人の男がいるのを見て、キャムは苦々しく訂正した。三人とも汚れた顔をしてぼろを身にまとっていた。先ほど倒した男ほど大柄な者はいないが、みな小柄というわけでもなく、それぞれちがう武器を手にしている。左のはげ頭の男は棍棒を持ち、右の長い黒髪の男は錆《さ》びた古い剣、まんなかのショウガ色の髪の男はナイフだ。そのナイフからは今、血がしたたっていた。

おれの血だ、とキャムは気づいた。温かな液体が背中の下のほうから脚へと流れていくのもわかった。背中を殴打されたのではなく、刺されたのだ。口を引き結んで剣を掲げ、左手で腰の小刀を抜いて、まえに出ようとした。失血のためにいずれ力が失われるのはわかっていた。そうなるまえに男たちを始末しなければ、自分もこの少年も、この路傍《ろぼう》で死体となって、つぎに通りかかった旅人に発見されることになる。

キャムは血まみれのナイフを持った男に向かって小刀を投げ、それが相手の胸に刺さったのを確認してから、右側の男に向けて剣を振りかぶった。

ぼろを着て不潔な状態にあっても、男はキャムが予想した以上に錆びた古い剣を巧みに扱った。あるいはキャムがすでに弱っていて、それが——三人目の男がいつ背後から棍棒で殴りかかってくるかわからないという不安もあって——影響していたのかもしれない。事情はどうあれ、六度も斬りつけて、ようやく相手を倒すことができた。

頭と背中にまだ六回の殴打を受けていないことに驚きながら振り向くと、三人目の男は地面に倒れていた。ショウガ色の髪の男の血染めのナイフを持った少年が、男を見おろしている。

「こいつがあなたを殴ろうとしたんだ」少年はあわてて言い、顔を上げてキャムと目が合うとナイフを取り落とした。

キャムは少年に礼を言おうと口を開けながら一歩まえに出たが、突然がくりと膝をついてしまい、口を閉じた。剣が指からすべり落ち、わけがわからずに下を見たあと、当惑した目を少年に向ける。だがつぎの瞬間、気づくとばったり地面に倒れていた。気が遠くなっていく。

ジョーンは仰天してスコットランド人を見つめた。さっきはあんなに強そうに、元気そうに暴漢と闘っていたのに、今は路上にうつ伏せに倒れている。しゃがんでナイフを拾いあげ、死んだ男の背中ですばやく血をぬぐうと、腰の帯にはさんだ。男をまたいで助けてくれた人のそばに行く。

彼のプレード（スコットランド高地地方の男性が身につける格子柄の布）の後部に広がる黒くなった部分に、たちまち目が吸い寄せられた。血だということは触れなくてもわかった。刺されたのだ。かなりひどい傷で、ジョーンは驚いた。ショウガ色の髪の男がナイフを掲げて彼の背後から近づくのを見たので、おそらくそのまま刺されたのだろうが、恩人は見事な戦いぶりをしていたので、浅い傷だろうと思っていた。だが、背中と、ブレード越しに臀部《でんぶ》に流れ落ちた血の量からすると、かなり重傷だったようだ。戦えたこと自体驚きだった。

ジョーンはため息をつき、座りこんであたりを見まわした。暴漢のうち三人が死んでいるのはたしかだ。だが、恩人がやってきたときジョーンを殴っていた男は、意識を失っているだけにすぎない。この状況をなんとかしなければと思ったが、ジョーンは治療者《ヒーラー》だ。ついさっき自分を殴った者であっても、意識のない男を殺すのは、信条に反する行為だった。

恩人に目を移し、傷を確認するためにブレードを持ちあげた。男の尻を目にすることになったが、男のけが人の手当てをするのはこれが初めてというわけではないので、すぐに訓練したことを思い出し、裸のお尻は無視して、背中の下部に注意を向けた。

「なんてこと」ジョーンは刺された傷を見てつぶやいた。深くてかなりひどい傷のようだ。ショウガ男はナイフをただ刺して抜いたのではなく、刺してからひねったらしく、皮膚には切れ目ではなく穴ができていた。ジョーンは悪態をつきながら体を押しあげるようにして立ちあがり、歯のない巨人に襲われているあいだに落としたところに、急いでかばんを取りにいった。かばんのなかをあさっていると、横で男がうめき、体を動かした。

ジョーンは身をこわばらせて男に目をやった。歯なしは目覚めようとしていた。いちばん起こってほしくないことだ。口を引き締め、必死であたりを見まわすと、近くにある大きな石が目にはいった。それをつかんで持ちあげ、歯なしのほうを向く。立ちあがろうとしている男の頭をありったけの力で殴った。男は苦痛のうめきをあげて地面にくずおれ、動かなくなった。

もし動いたらもう一度殴るつもりで、しばらく歯なしをじっと見ていた。無力な人間を殺すのは持論に反するかもしれないが、あとで特大の頭痛に悩まされるほどの力で殴って昏倒させるだけなら、別に問題はないだろう。ジョーンだってこの男に殴られたせいで、しばらく頭痛がするだろうから。それどころか、頭痛はすでにはじまっていた。ジョーンがかばんをわたそうとしなかったので、歯なしは激怒して憤りをぶつけ、ハムのように大きなこぶしで顔と胸を殴ったのだ。その結果、ジョーンの顔は火がついたように熱を持ち、あちこちが痛んだ。まちがいなく腫れてあざになっていることだろう。肋骨が二本は折れているのも確実だった。ひざまずく代わりに立っていたとしたら、歯なしを何度か蹴って、目覚めたときにこちらと同じ痛みに苦しむようにしてやるのだが。だが、恩人の面倒をみなければならないので、石を離してかばんのなかの捜索をつづけ、ようやく必要なものを見つけると、スコットランド人のそばに戻った。

急ぐ必要はあったが、ジョーンは丁寧に傷を洗浄してから縫い合わせた。包帯を巻き終えたとき、もう一度歯なしのほうをうかがった。まだ完全に気を失っているようだ。しばらく目覚めないように、もう一度頭をしたたかに殴ってやろうかと思ったが、そうはせずにスコットランド人に注意を戻した。恩人を彼の馬に乗せてここから離れ、歯なしから遠ざかったほうがいい。体を持ちあげようとしたが、恩人は大柄だった。手もとにあるものを吟味したあと、恩人の馬のところに行った。美しい馬だった。こんなすばらしい馬を持てるのは高貴な身分の者だけだろう。ジョーンは小声で馬をなだめながら近づき、そばに寄らせてくれた相手の鼻面をなでたあと、手綱を取って持ち主のそばまで引いていった。

つぎに、死んだ暴漢たちのもとに行って、すばやくそれぞれの衣服を脱がせた。あまり見目のいいものではなく、あちこちがすり切れたり破れたりしていた。そのため楽に裂くことができたので、細く裂いてすばやく結び合わせ、布製のロープを作った。この布がスコットランド人の体重を支えられるといいのだが。

このときには歯なしがまた身動きをしていたので、ジョーンは作業をやめてもう一度頭を殴った。歯なしがふたたび失神すると満足し、間に合わせのロープをスコットランド人の胸に巻き、腕の下にくぐらせた。ロープの先を馬の鞍に投げあげ、急いで反対側にまわってそれをつかむ。そして両足を踏ん張ると、ロープを引っぱりはじめた。

男性は重かった。ジョーンは文字どおり膝を曲げ、ボールのように体をまるめて全体重でロープにぶら下がり、目的を果たそうとした。その結果、両腕を馬の片腹に、両脚を反対側にたらしたうつ伏せの状態で、ようやくスコットランド人を馬上に引きあげることができた。

ジョーンはほっと息をついてロープを離し、反対側にまわって馬の腹の下にたれている布をつかむと、急いでスコットランド人の足首に結びつけた。彼が落ちないようにするにはそれしか考えられなかったし、こうしておけば安心だった。彼が動いて上体が馬の腹のほうにずれても、馬から落ちることはないからだ。それに、うしろに乗れば、彼が動かないようにできるだろう。急いでかばんのところに戻り、持ちあげて閉じると、男たちが使っていた武器を集めた。

馬の背に乗るだけでひと苦労だったが、なんとかやり遂げることができた。急いで手綱を取ったものの、そこではたと動きを止めた。暑いし汗をかいているし、顔と頭は痛み、今はいくぶんめまいさえする。気を失って落馬するといけないので、焦る心をしばし抑えて、頭をはっきりさせた。だが、そのあいだも歯なしからは目を離さなかった。悪夢に出てくる怪物のように起きあがって、逃げようとした自分たちを止めるのではないかと怖かったからだ。だがそうはならず、歯なしは路上に伸びて動かなかったので、ジョーンはかかとで馬を蹴って歩かせようとした。三回試みたあと、どこか馬の様子がおかしいことに気づいた……あるいはやり方がまちがっているのか。馬に乗るのは初めてなので、どうすればいいのかわからなかった。ため息をついてまた馬からすべり降り、まえにまわって馬を引いて歩かせようと手綱を取った。

どこに向かえばいいのかわからなかったが、この場所と暴漢たちから距離をおくにこしたことはない。一時間ほど歩いてから、足を止める場所をさがすことにした。どこか安全な場所、休んで体を癒せる場所、目覚めた歯なしに見つからない場所を。そのあとは……このスコットランド人が自分の面倒をみられるほど回復するまでそばにいよう。彼には命を助けてもらった恩があるのだから。

最悪の気分だ。キャムは意識を取り戻すなりそう思った。背中は痛いし、口のなかは砂を飲みこんだようにカラカラだ——そして不意に気づいた——おれは裸の尻をさらした状態でうつ伏せに寝ている。いったいどういうことだ？ 仰向けになろうとして体を動かすと、背中に手を押しつけられて止められた。

「動かないで」

恐る恐る肩越しに振り返ると、路上で助けた少年だとわかったので、キャムは安堵の息を吐いた。もっとも、あざのできた顔であの少年だろうと判断したにすぎないが。かわいそうに、少年はひどいけがを負っていた。人相が変わってしまったほどで、帽子の下の顔はひどく腫れている。もしかしたら現在キャムが悩まされているのと同じくらい、あるいはそれ以上の痛みがあるのかもしれない。気の毒になって顔をしかめ、もとどおりうつ伏せになったものの、また顔をしかめることになった。今度は少年が彼の背中にしていることのせいだった。

「いったい何をやっている、坊主？」

「包帯を取り替えるまえに傷を洗浄しているんだよ」少しろれつのまわっていない口調だった。口のまわりが腫れているのだから無理もない。「ひどいにおいなのはわかっているけど、必要なことだから」

キャムはうなり声で応えた。すると、傷に何かが注がれ、患部に火がついたような感覚に襲われたので、叫び声をあげるまいと口のなかにこぶしをつっこんだ。

「息をして」少年が指示した。「あなたは息を止めている。息をしたほうが痛みは楽になるよ」

キャムは気づかずに止めていた息を吐き出し、すぐにまた大きく息を吸いこんだ。不思議なことに効果があった。痛みがなくなったわけではないが、耐えられる程度にはなった。深く息を吸ったり吐いたりしているうちに、燃えるような痛みは軽い不快感にまで収まった。

「包帯を巻くから体を起こして」

キャムは口からこぶしを取りのぞいて、慎重に四つん這《ば》いになり、腰をおろして座った。全裸であることは無視して両腕を上げる。少年は傷に何かすっとするものを塗ったあと、腰のあたりに布を巻きはじめた。胃のあたりまで巻くと、布をもう片方の手に持ち替え、背中まで巻いてもう一度まえにまわす。三周巻いたあと、脇のあたりで布の端をたくしこんだ。

「できたよ」

キャムが振り返って見ると、少年は薬品や道具を布製のかばんにしまっていた。

「服を着たほうがいいよ」そう言うと、彼から目をそらしてうなずく。「今日は冷えるから」

キャムはまえに向き直り、自分がプレードの上に寝ていたことに気づいた。それをつかみあげてすばやく振ると、地面に広げてひだをたたみはじめた。手を動かしながら、ときおり空を見あげた。日は高く昇っており、正午ごろのようだ。覚えているかぎりでは夕方ごろだったはずだが。どうやらまる一日ほども意識を失っていたらしい。つぎに周囲の風景を見わたし、覚えのない場所にいることに気づいた。

「襲われてからどれくらいたつ？」ひだをたたみ終えてキャムは尋ねた。体を起こすとベルトがあったので、ひだをたたんだプレードの下に通す。それからその上に寝そべった。それをするまえは、プレードを身につけるのにどれだけ体を動かさなければならないかに思い至らなかったが、この姿勢だと動くたびに背中を痛みが突き抜け、いやでも気づかされた。傷を背にして寝そべるのは、やってはならないことだったようだ。

プレードの端を持って体に巻きながら、少年が返事をしていないことに気づいた。目をやると、少年は恐怖に近い熱心さで目をいっぱいに開き、キャムの下腹部を見つめていた。

キャムは口もとに笑みを浮かべながら首を振った。「心配するな、きみはまだ若い。きみのもそのうち大きくなるさ」

少年は目をぱちくりさせた。「大きくって、何が——」キャムの下腹部にさっと目を落として理解すると、のどの奥でことばが消えた。真っ赤になって目をそらし、かばんの中身を詰め直す作業にひたすら意識を集中させる。

キャムはおもしろがって笑いながらブレードを身につけ終え、恐る恐る立ちあがった。

「さっきは答えてくれなかったな……襲われてからどれくらいたつんだ？」

「あなたは三日間気を失っていた」かばんを閉じ、上部のひもを結びながら、少年が答えた。

「三日間？」キャムは信じられずにきき返し、顔をしかめた。「それにおれは気を失ったりしないぞ」

「わかったよ、あなたは三日間眠っていた」少年は肩をすくめて言った。少ししてからしぶしぶ付け加える。「そのあいだほぼずっと、熱が上がったり下がったりしてた。今朝やっと落ちついたんだ」

キャムは顔をしかめ、あたりを見まわした。ふたりがいるのは川のそばの空き地だった。

「ここはどこだ？」

「あなたの回復を待つために、安全なところに連れていくのがいちばんいいと思って」少年は静かにそう言うと、かばんを手に体を起こした。「もうよくなったわけだから、あなたは自分の馬に乗って旅をつづけることになる……」少年はキャムに向かってうなずいた。「命を救ってくれてありがとう。けがをさせてしまってごめんなさい。どうか安全な旅を」

川岸の小さめの岩に歩み寄って腰をおろす少年を見て、キャムは驚いて眉を上げた。自分の足で立つことができたのだから、キャムがそのまま馬に乗り、自分を残して行ってしまうと少年は思っているのだ。だが、自分の足で立ったというのは、ちょっと言いすぎかもしれない。たしかに立ってはいたが、膝がガくがくして、まるで力がはいらない。まだ旅ができる状態とはいえなかった。たとえできたとしても、三日間も自分の看病をしてくれた少年を置いていくわけにはいかないだろう。

地面の上に自分の剣とナイフを見つけたキャムは、歩み寄って拾おうとかがんだ。背中の傷の縫い目が引きつれて、思わず叫び声をあげそうになった。くそっ。この三日間眠っていたのはありがたいことだったのかもしれない。四日目でこの状態なのだから、そのまえの三日間の記憶がなくても残念とは思わなかった。

苦痛に顔をゆがめながら体を起こし、剣とナイフをゆっくりとベルトにはさんで、少年の隣の岩に腰をおろした。ゆるやかな川の流れを見つめて咳払いをする。「手当てをしてくれてありがとう」

「できることをしただけだよ」少年は肩をすくめて言った。「あなたは盗賊からぼくを助けようとして傷を負った……感謝してる」

キャムは黙って少年を見つめ、片方の眉を上げた。イングランドの農民か。いかにも貧しいらしく、服はすり切れて汚れ、帽子はひどく型くずれしている。荷物は薬草のはいったかばんだけのようだ。「やつらは何を盗もうとしたんだ?」

「ぼくのかばんを」足のあいだの地面に置いたかばんを指でなでながら、少年は答えた。

「それでおまえを殴っていたのか？」キャムは驚いてきいた。ただかばんを奪って逃げればいいものを、どうしてやつらはこんなちびでやせっぽちの子供にこぶしを振るったりして、時間を無駄にしたのだろうと思いながら。

「ちがうよ。最初ぼくがかばんを離そうとしなくて、やつらに力ずくで奪われたあとも、追いかけて取り返そうとしたから殴られていたんだ」少年は打ち明けた。

「雑草のかばんのために命を賭けたのか？」キャムは信じられずに尋ねた。

「雑草じゃない。雑草で人の命は救えない。薬草だよ」少年は言い張った。そしてため息をつき、自分の座る岩のそばに落ちている枝を拾って、ぼんやりと小枝を折りはじめた。「でも、心配だったのは薬草じゃなくて、ぼくが届けることになっている手紙の巻物のことだった」

「巻物？」キャムは興味を覚えてきいた。

少年はうなずき、かばんのまえの土を木の枝で掘りながら言った。「臨終の床の母に、届けるようにとたのまれたんだ」

「なるほど」キャムは理解を示して言った。「臨終の床でのたのみは断れないものだからな」

「それに失敗もできない」少年は暗く言い添えた。「ぼくはどうしても巻物を届けなくちゃならないんだ。そうしないと、お墓にはいっても安らかに眠れないって母が言ったから」

「そうか」キャムはつぶやいた。少年への敬意が高まりつつあった。彼はつまらない装身具を守るためではなく、死の床での約束を守るためにこぶしを受けたのだ。誇り高い子だ。そして母を愛しているにちがいない。その女性のことを語るとき、少年の声は何オクターブも低くなった。そう考えて、少年がまだ声変わりしていないことにキャムは気づいた。最初に思ったよりももっと若いということだ。

かばんに目を落として首を振った。盗賊たちは少年のかばんのなかの巻物にも雑草にも興味はなかっただろう。少年が手放していたら、おそらくやつらはかばんをひっくり返して中身を地面にあけ——価値のあるものが何もないとわかれば——彼をあとに残して旅をつづけていたはずだ。だが、少年はかばんを手放すことを拒否し、かたくなに取り返そうとしたために、その小さなかばんには大金がはいっていると、やつらに思わせることになったのだ。

「名前は、坊主?」

「ジョーン——ジョナス」少年は答えた。

「ジョナス?」この子にはことばがつかえる癖があるのだろうか、それとも何かほかの言語障害があるのだろうか、と思いながらキャムはきき返した。おそらく顔が腫れているせいで、話し方に影響が出ているのだろう。

「うん。ジョナスだよ」少年はうなだれながらもごもごと言った。

「そうか、ジョナス。おれはキャンベル・シンクレア。友だちにはキャムと呼ばれている」

「あなたと知り合えて光栄です、キャンベル・シンクレア」ジョナスはまたうなだれながら小さな声で言った。

「言っただろう、友だちはキャムと呼ぶと。きみはおれの命を救ってくれたんだから、友だちと考えていいと思う」

「キャム」ジョナスはつぶやいた。そして咳払いをして言った。「ぼくのことはジョーと呼んで。友だちはそう呼ぶから」

「ではジョーと呼ぼう」キャムはこともなげに言った。

しばらくはふたりとも無言だったが、やがてジョーが尋ねた。「キャンベルというのは氏族《クラン》の名前なのでは？」

「そうだ。母方のね。それで母は自分の姓をおれの名にした」彼は説明した。

「なるほど」ジョーはうなずき、また枝で地面を掘りはじめた。

「その巻物を見せてくれ」キャムが唐突に言った。ジョーがぱっと顔を上げて目をすがめたので、キャムは首を振って言った。「何も取ろうというわけじゃない。手だって触れないさ。ただ見たいんだ」

ジョーはためらった末に、枝を離してかばんを開けた。少しさがしてから、小さいながらも太い巻物を取り出す。キャムは巻物を閉じている封ろうを見たが、それは単なるろうのしずくで、ろうそくのろうをたらしただけのようだった。ろうの上に、高貴な人の手紙にあるような印章はなかった。だが、農民の家にはろうに押しつける印章付きの指輪などあるはずはない。それを言うなら、羊皮紙だって農民が持っているはずはない。

「巻物はシャツのなかに入れておけ」キャムはようやく言った。「そうすれば安全だ。今度だれかにかばんを盗まれそうになっても、命を賭《と》さずに守ることができる」

ジョーは驚いて眉を上げたが、すぐにうなずき、シャツの襟もとから巻物を突っこんだ。ぶかぶかのシャツを押しあげてはいるが、さがさないかぎりは気づかれないだろう。キャムは満足してうなずいた。

「お腹をさすってるね。痛むの？　それともお腹がすいたの？」ジョーが不意に尋ねた。

「腹がへったんだ」キャムは渋い顔で言った。胃のなかはまったくの空っぽだった。もし硬貨を飲みこんだら、空洞の胃の壁に当たってチャリンという音が聞こえるだろうと思った。

ジョーはうなずいて立ちあがった。「罠でウサギをつかまえて、野イチゴを少し摘んでくる」

「おれも手伝おう」キャムが苦労して立とうとしながら言った。

ジョーは、立ちあがった彼が、ちょっと強い風に吹かれた若木のようによろめいていることを指摘して、相手に恥をかかせるようなことはしなかった。ただ首を振っただけだった。

「ぼくひとりのほうが早い。それに、あなたはまだ疲れやすい。待ちながら体を休ませたほうがいい」

キャムが返事をするよりも早く、少年はその場を離れ、森のなかに消えた。かばんをその場に置いたままで。ジョーが自分を信頼してくれているからだと思いたかったが、ほんとうは少年が持ち物のなかで唯一の重要なものを身に帯びているからだとわかっていた。それでも、雑草があったことは役に立ったし、また入り用になるかもしれない。そこでキャムは、歯を食いしばって痛みに耐えながら、かがんでかばんを持った。慎重に体を起こし、それを自分の荷物のそばに運ぶと、ゆっくりと地面に座り、横向きに寝転んだ。少し休むのもよさそうだ。

野営地に戻り、キャムが眠っているのを見ても、ジョーことジョーンは驚かなかった。多くのけが人を見てきているので、彼があと一日か二日は睡眠を多く取ることになるだろうとわかっていた。そういう日がもっとつづくかもしれない。それはそれでかまわなかった。看病をしていたので、この三日はあまり寝ていない。彼が熱を出しているあいだは眠る気になれなかった。代わりに、彼のプレードを冷たい川の水で濡らし、それを彼の体の上に広げて冷やした。それしか熱を下げる方法を知らなかった。意識を失った男と川のあいだを何往復したかわからない。ひどく熱が高かったので、布はたちまち温かくなり、乾いてしまうのだ。それ以外にできたことといえば、ヤナギの皮のお茶を、効果がありそうな別の薬とともに、彼ののどにしたたらせること……そして待つことだけだった。だが、彼の熱が下がった今、休みなく見張っている必要はない。ようやくこちらもちゃんと休めるということだ。

焚き火のそばに座って、ウサギの毛をむしることに注意を向けた。この作業をするのは初めてではなかったので、長くはかからなかった。それを終えると火を熾《おこ》し、ちょうどいい長さの木の枝を見つけてきて、それをウサギに刺した。ウサギを火の上であぶりながら、手もとに鍋があればと思わずにはいられなかった。キャムの体は焼いた肉よりスープのほうが受け入れやすいだろうし、ウサギをつかまえるあいだに、野生のタマネギとニンジンをたま見つけていたのだ。だが鍋がないので、焼いたウサギと、大きな葉っぱで包んで燃える薪《まき》のあいだに入れた蒸し焼きの野菜でがまんしなければならない。

ジョーンはため息をついて帽子を脱ぎ、肩にこぼれた長い髪をうんざりしながら片手で梳《す》いた。疲れていたし、汚れていた。二週間まえに旅に出てから風呂を使っていなかったので、体のあちこちがかゆかった。二週間たっても、まだイングランドからスコットランドにはいっていないなんて、と思って首を振る。たしかに、病気になったりけがをした旅人を助けるために、旅は何度か中断することになったが、それでも今ごろはもっと北まで来ているはずだった。

ため息をついて帽子を被り直し、キャムのほうを見た。彼はスコットランド人にしてはいい人のように見えた。わざわざ足を止めて、恐ろしい状況から助けてくれたのだから。なかなかできることではない。看病をしたことについては、あとで感謝さえしてくれた。身分の高い人たちからはなかなか聞けないことばだ。普通、貴族は有無を言わさず望みのものを手に入れるし、親切にしてもらっても当然という態度をとる。だが、彼は礼を言ってくれた。

でも、彼はわたしを男の子だと思っているのよ、とジョーンは自分に思い出させた。それでちがいが出るのかどうかはわからなかった。もしかしたら、女性だとわかっていても、礼を言ってくれたかもしれない。だが、それもわからずじまいだろう。女だと知られることはないからだ。死の床の母のたのみで手紙を届ける途中だと言ったのは、ほんとうのことだった。母のたのみはそれだけではなく、男の子の恰好で旅をするようにとも主張した。それは賢い考えだった。さまざまなことがあったあとでは、もとの姿のままで旅をしていたら、遠くまでは行けなかっただろうとジョーンも思った。男の子の姿をしていてさえ、あまり褒《ほ》められたものではない目的を持った卑劣なやつらに遭遇しているのだから。何度も危ないところで逃げきってきた。だが、今度のは最悪だった。

ジョーンはまたキャムを見やった。この三日間、何度もしてきたことだった。そうせずにはいられなかった。彼は整った顔のまわりに金髪をたらした眉目秀麗な男性だ。体つきも見事だった。ありあまるほどの筋肉。それにあのお尻。ジョーンは首を左右に振って、彼のお尻の記憶を消そうとした。背中の手当てをしているとき、最初の何回かはなんとか見ないようにすることができたが、誘惑に負けたのか、疲れのせいで気を張れなくなったのか、そのうち傷の手当てをしながら、いつの間《ま》にかお尻を見ていることに気づくようになった……そしてそれは見事なお尻だった。あまりにも見事で、この人には奥方がいるのかしらと考えてしまうほどだった。きっといるにちがいない……もしいなくても、許婚《いいなずけ》はいるはずだ。貴族は幼いころにそういうことを決められるのだから。

ジョーンは自分がどうしてそんなことを気にするのかわからなかった。領主は村娘に興味を持ったりしない。少なくともなぐさみ者にする以上の興味は。ジョーンはだれのなぐさみ者にもなるつもりはなかった。実のところ、だれかの妻になるつもりもなかった。母はジョーンを産んだ直後から、お産や治療に娘を同行した。ジョーンの最初の記憶は、正常ではないお産の場面だった。血と叫び声のぼんやりとした記憶だったが、それだけで充分だった。それ以来、子供が産まれるとき何が起こるのかについて、多くの例を見てきた。陰部がひどく裂けて、黒い血を流す女たちを。子供を胎内に残したまま死んでいった女たちを。お産で起こるそのふたつの極端な例のあいだの、あらゆる状態を見てきたので、子供を産むという欲望を持つのが怖くなったのだ。

いや、自分は子供などいらない。治療をし、お産の手助けをし、病人の看病をするだけで充分だ。だれかと結ばれることも、子供を産むことも望んでいなかった。たとえこの男性のお尻がどんなに魅力的でも。

2

ジョーンは横目でキャムを見て、無言でうなずいた。ふたりは小ぶりの丸太に並んで座り、彼女が熾した小さな焚き火のそばでウサギ肉と野菜を食べていた。ほとんど手間がかかっていないにしては、食事は驚くほどおいしく仕上がった。あるいは、旅に出て以来、肉を食べるのが初めてなので、おいしく感じられたのだろう。ジョーンは自分に注意を向けられたくなかったし、ひとりで旅をしているあいだは調理に時間をかけたくもなかったので、たまたま見つけた野イチゴや野菜で空腹をしのいできたのだった。出発のときにかばんに入れてきたパン二斤も、キャムの経過を見守っているあいだに、最後のひとかけらまで食べてしまっていた。

「うーん。うまい」

キャムがうまいと思うのは当然だ。だが、これは彼が三日ぶりに口に入れた食べ物なのだ。大げさな感想になるのは当たりまえだった。

「それで、ジョー」ウサギ肉をかじりながら、キャムが突然言った。「きみはいくつだ?」

「二十歳《はたち》」ジョーンは何も考えずにそう答えてから、スコットランド人が吹き出したので、驚いて顔を上げた。

「おれだって若造だが、きみはおれの胸のあたりまでしかないし、顔はつるつるだし、声変わりはしていないし、まるで筋肉がついていないじゃないか」彼は首を振った。「もしきみが十二年か十三年以上も生きてきたなら、おれは自分の馬を食べてやるよ」

ジョーンはうつむいて自分のウサギ肉をつついたが、心のなかはいくぶん混乱していた。自分は少年ということになっているのを一瞬忘れていたのだ。これは危険なミスだった。女だと知ったらキャムがよからぬことをすると思っているわけではない。なんといっても自分は彼の命を救ったのだ。そのまえには彼に命を救われている。ひとりで旅する女性を襲うような人であるはずがない。それに、ジョーンから得られるものなどほとんどない。お金は持っていないし、ウサギを洗うときに川の水面で見た顔の状態からすると、見た目もひどい。自分だとはわからなかったほどだ。顔はどこもかしこも腫れていた。黒かった目のまわりは、あざが消えはじめて縁のあたりがようやく緑色になってきていた。上唇は腫れて切れ、あごにもあざがあった。男性に襲いたいと思わせるほど魅力的とはとてもいえない。だが、旅のあいだこの身なりをつづけてきたのには理由があった。後悔するよりは安全でいるほうがいいからだ。それに、キャムに自分の馬を食べてほしくはなかった。

そんなことを考えていると思わず微笑んでしまい、切れた唇が引っぱられたと訴えて、今度は彼女が顔をしかめることになった。

「スコットランドのだれのところに手紙の巻物を届けることになっているんだ？」キャムが突然尋ねた。

ジョーンは答えるのをためらった。スコットランド人はクラン同士で争うことで知られている。もし届け先であるマッケイがシンクレアの敵だとしたら、キャムは彼女に任務をまっとうさせまいとするだろうか？　その可能性もあると思い、彼女は眉をひそめた。

「教えてくれないのか？」彼女が黙ったままでいると、彼は驚いてきいた。

ジョーンは肩をすくめた。「あなたになんの関係がある？」

それには答えず、キャムは言った。「それならきみの母親について話してくれ」

ジョーンは驚いて眉を上げた。「どうして？」

「いいだろう？」キャムは肩をすくめて言った。「どちらもまだ旅ができる状態じゃないんだし、話をするしかやることがないんだから。それに、少年をこんな旅に出す女性がどんな人なのか知りたいんだ。こんな子供に金も持たせずに徒歩で旅をさせるなんて、とてつもない任務だからね。困難で危険な旅になるのはわかっていながら、それでもきみを行かせたんだから」

ジョーンはまたうなだれた。自分が女性だということが、キャムが考えるよりも任務をはるかに危険なものにしていた。母はそれをわかっていた。そのことで思い悩み、さまざまな危険について何度も警告した。くれぐれも用心するようにと言い、まだ健康なうちにこの作業をすませておかなかった自分を責めた。最後に、母はジョーンに謝り、愛していると告げ、それをつねに覚えていてほしい、母を許してほしいと言った。

時間ができた今、考えてみると、この手紙には何が書いてあるのか気になった。マッケイというのが何者で、なぜ母はジョーンに許してもらわなければならないと考えたのかも。

「おまえの母親はスコットランド人なのか?」不意にキャムがきいてきた。

ジョーンは目をしばたたいて考えごとから離れ、首を振った。「イングランド人だよ」

「ほんとうに?　もしおまえの母親がスコットランド人なら——」

「ちがう」ジョーンはさえぎった。「母はよく祖父母のことを話してくれた。ふたりともイングランド人だ。祖父は鍛冶屋《かじ》で、母が幼いころに死んだ。祖母は母と同じで、治療師兼助産師だった。肺の病気で亡くなるまで、母に治療術を伝授しつづけた。そして母も、病気で倒れるまでぼくを訓練した」

「なるほど」キャムはつぶやいた。ジョーンが不思議そうに彼を見たので言った。「きみがどこで治療術を身につけたのだろうと思っていたんだ」

ジョーンはうなずいた。「ぼくは母の弟子だった。母は知っていることをすべて教えてくれた」

「仲のいい親子だったんだな」キャムがつぶやく。

「うん」ジョーンはつぶやき、記憶に押しつぶされそうになりながら炎を見つめた。マギー・チャータズは心やさしく、聡明で、熟練の腕を持つ、愛すべき女性だった。ジョーンが求めうるかぎり最高の母親だった……母が恋しくてたまらなかった。母を失うことはこの世の終わりのように感じられた。ジョーンが生まれるころには祖父母はもうこの世を去っていたので、家族は母だけだった。今は家族もなくひとりぼっちで、家もなく、母の最後のたのみであるこの任務を果たす以外に目的もない。

「きみの父親がスコットランド人だったとか？」キャムは尋ねた。

ジョーンはかすかに微笑んだが、首を振った。「それはないと思う。少なくとも母は一度もそんなことは言わなかった。父はぼくが生まれるまえに死んだ」そう説明したあと、付け加えた。「ぼくの知るかぎり、父はただのイングランド人の厩番《うまやばん》だよ」

キャムはうなずいた。ふたりはしばらく無言だったが、やがて彼はきいた。「母親の手紙を届けたあとはどうするつもりだ？」

ジョーンは苦笑いをし、キャムが自分のことをまったく考えないのを不思議に思った。どうやらこちらの身になって考えてくれているらしい。彼女はため息をついて万策尽きたとばかりに肩をすくめ、認めて言った。「なんの計画もないよ」

「村に帰るのか？」キャムがきく。

「ううん」ジョーンはかすれた声で言った。「ぼくが育った家は、実は聖アウグスティヌス修道院のものなんだ。母は治療師としての技術を買われて、そこに住むことを許されていた。修道院と村のために働いていたから。でも母が死んだ今は……」彼女は弱々しく首を振り、彼がその先をつづけた。

「きみは家を奪われた」

彼女はうなずいた。「ぼくは村で母の仕事をつづけたかった。修道院でも」望んだだけではない。ジョーンはウェンデル修道士に母の地位を引き継がせてくれと懇願した。

「だがだめだと言われたわけか」キャムが静かに言った。

「ぼくは若すぎるから、もっと訓練が必要だということだった」ジョーンは苦々しく言った。「母は知っていることすべてを教えてくれたと訴えても、修道士は首を振るだけで、神はおまえに別の計画を用意された、母の代わりの人間はもう手配してあるのだと言った。それで新しい治療師のための家が必要だったんだ。それに、母の手紙を届ける役目があるだろうと」

「その修道士はきみの母親の手紙のことを知っていたのか?」キャムは驚いてきいた。

「うん。母の容体が悪くなると、毎日うちに来ていたから。彼がいると母は安らげるみたいだった」ジョーンはそれを思い出してかすかに微笑んだ。小屋に戻ってくると、ふたりがまじめに話しこんでいることがよくあり、彼女がはいってきたとたんその会話は終わった。彼女に聞かせてはならない話のようだった。一度、予定より早めに仕事から戻ってきたとき、彼ジョーンは修道士が羊皮紙に何か書いているのを見た。彼はそれを急いで巻物にすると、袖口から僧衣にすべりこませて帰っていったが、あれが今シャツのなかにしまってある巻物なのではないかとジョーンは思っていた。無意識に片手を上げて、シャツの生地の上から巻物をなでながら打ち明けた。「彼が母のために手紙を書いたんだと思う。母はあまりにも弱っていて、最後まで書けなかったから」

「きみの母親は字が書けたのか？」キャムはそれを聞いて驚きをあらわにした。別に侮辱するつもりではなかったのだろう。貴族以外で読み書きができる者はめずらしかったのだから。

「うん、ぼくが生まれるまえに働いていた女子修道院で、修道女に習ったんだ」

「母親はきみにも教えたのか？」彼は興味深そうにきいた。

ジョーンはただうなずいた。

「その技術は役に立つぞ、坊主」キャムは言った。「それと治療術があれば、任務を終えたあとも仕事さがしに苦労することはない」

ジョーンは何も言わなかった。彼が思っているとおり自分が男ならそのとおりかもしれない。だが女なので、もっとやっかいなことになるだろう。母は育った村の修道院の女子修道院長と懇意だったおかげでなんとかやっていたにすぎない。ジョーンはウェロー女子修道院の修道院長と聖アウグスティヌス修道院の托鉢《たくはつ》修道士のどちらにも、愛情と忠誠を持っているつもりだったが、交渉したところ、どちらからもやんわりとではあるもののはっきりと拒否された。

「母親が遺した手紙は、きみの仕事を世話してもらうためのものかもしれないぞ」キャムが考えこみながら言った。「彼女はスコットランド人ではないかもしれないが、だからといってスコットランド人の知り合いがいなかったとはかぎらないからな。もしかしたらスコットランド人の命を救ったことがあって、その恩のある人がきみに仕事を世話してくれることを望んだのかもしれない」

ジョーンはその説に眉をひそめ、首を振った。「それはないと思う。そんな話は一度も出なかった。届け先の名前もね。実際、今まで一度も聞いたことがない名前だった」

「その名前というのは？」

「マッ——」ジョーンはあわててことばを切り、彼をにらんだ。あやうく手紙の受取人の名前を言わされるところだった。

「どうしておれにその名前を言いたくないんだ？」キャムがきく。

ジョーンは驚いて眉を上げた。その質問に驚いたのではない。それをきいたときの彼の表情にだ。まるでいぶかしんでいるように見えた。こうきかれて、その理由がわかった。「おれのクランの敵なのか？」

「シンクレアがどこを敵と見なしているのかぼくは知らない」彼女はほんとうのことを告げた。「でももし敵だったら、あなたは届けるのをやめさせようとする？」

「いや、もちろんしないさ」彼はそう請け合ったあと、にやりとしてこう言った。「きみがそこに行くのを助けることもないだろうがね」

ジョーンは不覚にもそのことばに笑ってしまい、切れた唇のせいで顔をしかめた。

「なあ、だれ宛の手紙なのか教えてくれよ」キャムはなだめすかすように言った。「シンクレアにそれほど敵はいない。友好関係にある可能性のほうが高いから、おれは命を救ってくれた恩を返すために、きみをそこまで送っていこう……もしおれの行き先よりも遠いようなら途中まででも」

ジョーンは何も言わずに彼をじっと見た。プライドが高いので助けてくれとは言えないが、差し出された援助をはねつけるほど高くはない。ひとりでなければ旅の危険性ははたしかに減るだろう。しばし考えたあと、息を吐き出して言った。「マッケイの領主夫妻宛だよ」

キャムの唇が開いて大きな笑みになった。彼は手を伸ばしてジョーンの腕をたたいた。「運がよかったな、坊主。マッケイはシンクレアの友人だ。とくに親しい間柄だ」彼は首を振ってつづけた。「さらにいいことに、彼らは隣人だから、帰りがてらきみをそこまで送り届けることができる」

ジョーンはゆっくりと体勢を立て直した。親しげに腕をたたかれたせいで、丸太から落ちそうになったのだ。治りかけの唇があまり引きつれないようにしながらかすかな笑みを浮かべ、彼女はうなずいた。「ありがとう」

ふたりはしばらく黙って食べた。やがてキャムがきいた。「母親以外に家族はいないのか？」

ジョーンはいないと首を振り、口に入れた肉を飲みこんだ。「父はぼくが生まれるまえに死んだ。祖父母も。兄弟も姉妹もいない」興味を覚えて彼のほうを見た。「あなたは？」

「両親ともまだ生きているし、兄弟がふたり、妹がひとり、おじ、おば、いとこは数えきれないほどいる」彼はかじったタマネギを咀嚼《そしゃく》しながら言った。そして、しかめ面で付け加えた。「家族は充分すぎるほどいるよ。必要以上にね」

ジョーンはそれを聞いて驚いた。そんなたくさんの家族がいるなんてうらやましいかぎりなのに。こちらはひとりぼっちなのだから。「家族とうまくいっていないの？」

「いや、うまくいっているよ」彼は安心させた。「ただ、うちのクランのやつらは、血縁者というのはことあるごとにおれの人生に干渉できると思っているようなんだ。ときどきうんざりさせられるよ」

ジョーンは理解したかのようにうなずいたが、ほんとうはわかっていなかった。そんな問題とは無縁だったからだ。

「実は、ほかでもないその干渉のせいで、おれときみは出会ったんだよ」キャムは唇を笑いでゆがめながら唐突に言った。

「どういうこと？」ジョーンがきく。

「おれの家族はおれを再婚させたがっているんだ」彼は暗い声で言った。

「でもあなたはしたくないんだね？」ジョーンが先を読む。

「ああ。ああと言ったのは、きみの言うとおり、結婚したくないという意味だ」彼は付け加えた。まえに身を乗り出して丸太からおり、地面に座って丸太に寄りかかった。ふたりのまえにある炎をじっと見てから、ため息をついて言った。「最初の妻のあと……」彼は首を振った。「もう結婚したくなくなった」

「そんなにひどい結婚生活だったの？」ジョーンは理解しようとしながらきいた。

「いいや」彼がすぐに返す。「妻は美しく聡明で、善良な女だった。結婚生活はそう悪くなかった」

ジョーンは眉を上げた。「それならなぜもう結婚したくないの？」

顔をくもらせ、あまりに長いこと炎を見つめているので、答えないつもりなのかとジョーンが思いはじめたころ、キャムが唐突に言った。「結婚生活は一年つづいた。いい一年だった。おれたちはうまくやっていたし、似合いの夫婦だった。だが子供ができて、結婚から一年と一日たった日に陣痛がはじまった」

「奥さんは出産で死んだんだね」ジョーンがすぐに理解して言った。

「そうだ」キャムはつぶやくように言った。その顔つきは後悔でいっぱいだった。

ジョーンは黙ってうなずいた。

「妻はとても小柄で、赤ん坊は大きかった」彼は暗い声で言ったあと、付け加えた。「助産師によると、赤ん坊は横になっていたらしかった」

「助産師は向きを変えようと——」

「ああ」彼がさえぎった。「何度も試みたが、向きを変えるのは無理だと言われた」

ジョーンは何も言わなかった。何が言えるだろう？ 彼女自身も同じ事態に何度か直面したことがあった。たいてい赤ん坊の向きを変えることができたが、ときには赤ん坊が何かに引っかかって——

「三日後に妻は死んだ」キャムは険しい顔つきで言った。「三日のあいだ、懸命に赤ん坊を生み落とそうとする妻の叫び声を、城じゅうが聞くことになった。三日目には叫び声がひどく弱々しくなって……妻は死ぬのだとわかった。家族はおれを寄せつけまいとしたが、無理やり産室にはいってみると……」彼は目を閉じて青ざめた。「とてつもない量の出血だった」

ジョーンは一瞬待ってから尋ねた。「子供は？」

「母親とともに葬った」彼は重い口調で言った。ふたりはじっと焚き火を見つめていた。やがてキャムは背筋を伸ばしてきっぱりと言った。「もう女性をあんな目には遭わせたくない」

ジョーンは何も言わなかった。その気持ちはわかった。そういう場面を目撃したから……彼女自身、子供は産まないことに決めたのだ。また別の女性が最初の妻と同じように苦しむのを見たくないという気持ちは理解できた。

「だが、家族はおれが結婚して跡継ぎを作ることを望んでいてね」彼は顔をしかめてつづけた。「とくに母の意志は固くて、雪がとけると、おれの気を惹《ひ》けそうな未婚の娘や寡婦《かふ》をシンクレアの城に集めはじめた。春が終わるころには、どちらを向いても女性にぶつかるようになっていた。母のおかげでおれの毎日は悲惨だった」彼はうんざりしたように言って首を振った。「ついにおれは城にいられなくなり、安らぎを得るために戦《いくさ》に出かけた。そして夏じゅう戦場にいた。剣の使い手を求めている人に、この腕を提供することでね。ふたりのいとこもいっしょだった」

「そのいとこたちは今どこに?」ジョーンがきく。

「最初はいっしょだったんだが、ノッティンガムで腹ごしらえをすることになった。そこの宿屋の娘がとてもかわいらしくて、えらく親切だったたんだ」彼はにやりとして言った。「それでいとこたちにはこう言った。先に行ってくれ、おれはあとから追いかけるから、と」

「ふうん」とジョーンは言ったが、批判的な自分の声にひやりとした。自分は少年ということになっているのだ。少年なら非難するのではなく、うれしそうにこういう話を聞くだろう。だがキャムはこちらの非難に小さく笑っただけだった。

「あのなあ、坊主、顔のまえであの胸をゆさゆささせながら、膝の上で跳ねられたら、きみだって足止めされただろうよ」

ジョーンはなんとか笑みを浮かべて言った。「そうだね、その娘が親切で、あなたが旅程を遅らせてくれたのは、ぼくには幸運だったよ。そうでなかったら、歯なしとその一味との出会いを生き延びられなかったかもしれない」

「歯なし？」キャムがけげんそうにきいた。

「あなたが追いついたとき、ぼくを殴っていた大男だよ」彼女は説明した。

「ああ」キャムはうなずいた。そして肩をすくめた。「おれは顔を見てないんだ。背後から殴ったから」

「そうだったね」彼女はつぶやいた。そして、立ちあがって川まで歩き、岸辺にひざまずいて手を浸すと、ウサギ肉の脂を洗い落とした。すぐにキャムが合流してきたので、彼女はきいた。「きょうだいというのは弟？」

キャムは驚いて彼女を見た。「ああ。どうしてわかった？」

彼女は肩をすくめた。「歳上のきょうだいがいるなら、ご両親はあなたに跡継ぎをなどと言わないでしょう。でも長男なら、土地や地位を受け継ぐことになる……だから跡継ぎが重要になってくる」

「そうだ。弟たちとその跡継ぎに遺すこともできるが」彼はそう指摘すると、立ちあがって両手を振り、水をあらかた振り払いながら文句を言った。「おかしいな、まだ疲れが取れない」

「まだ本調子じゃないんだよ」彼女がすかさず言った。「もうしばらくは疲れやすい状態がつづくと思う」

「そうか、それならもう寝たほうがいいな。明日は夜明けに出発だ」

ジョーンは同意のことばをつぶやき、焚き火のところに戻るキャムを見守った。彼は歩きながらブレードをほどき、毛布のように体に巻きつけてから、焚き火のほうを向いて横向きに寝そべった。それを見たジョーンは、自分にもブレードがあったらいいのにと思った。今は夏の終わりで、日中は温かいが夜には冷える。分厚い毛織りの布にくるまって眠ったらさぞ快適だろう。

彼女は立ちあがり、手を振って水気を飛ばしたあと、顔をしかめた。両手はきれいになったが、手首から上の皮膚の汚れがよけいに目立つ……明日からはまた旅を再開するので、さらに道のほこりや土がつくことになる。ジョーンはものほしげに水に目をやった。さっと水浴びができたら気持ちがいいだろう。夜の空気は冷えてきており、手を洗ったとき、川の水はむしろ温かく感じられた。岸から少し離れて急いで浴びれば……。

ジョーンは肩越しにキャムのほうを見てから、そっと川岸を移動しはじめた。

キャムは落ちつきなく体を動かし、目を開けて焚き火を見つめた。疲れているのに、横になってみると眠れなかった。体はへとへとだが、頭のなかではジョーとの会話がぐるぐるめぐっているようだった。重大な任務を請け負うほどに賢く、有能で、勇敢なあの少年は尊敬に値する。キャムは尊敬する価値がある人間しか尊敬しないが、あの少年にはその価値があった。

ジョーは誇り高い人間であることも証明していた。彼は道端に倒れたキャムを置き去りにすることもできた。そのほうがずっと面倒がなかったはずだ。馬と、硬貨のはいった重い袋を盗むこともできただろう。袋には夏のあいだに傭兵の仕事で稼いだ金がはいっていた。だが、鞍と袋は馬からはずしてあったものの、そばにきちんと置かれていた。泥棒志願者に見つからないように、下生えの茂みのなかに。

その荷物を見つけるには少々さがしまわらなければならなかった。少年がそれを売ってほかのものを手に入れたのではないかと思いはじめたとき、荷物に出くわした。硬貨も一枚残らず袋のなかにあった。調べてみたのだ。こんな袋いっぱいの硬貨はとてつもない誘惑だったはずだ。おそらく少年が生涯に目にするよりも多いのだから。だが少年は泥棒ではなかった。それどころか腕のいい治療師だった。キャムがまだ生きていることからもそれがわかる。先ほどこわごわ背中をさぐってみて、傷の大きさがわかった。さらにブーツを履こうとしたときそのなかに見つけた乾いた血の量からもわかった。ブレードはきれいになっていたが、少年はブーツのなかまでは調べようと思わなかったらしい。キャムは乾いた血を洗い流すために、それぞれ大きな石を入れて流されないようにしたブーツを川に浸しておいた。

それを思い出してキャムは起きあがった。背中に走った痛みに歯を食いしばりながら、川のほうに目をやると、川岸にジョーの姿が見えなかったので、驚いて眉を上げた。少年が川に落ちたのではないかと不意に心配になり、急いで立ちあがる。プレードを腰に巻いてすぐに川岸に向かった。少年は見当たらなかったが、下流に流されたのかもしれない。速い流れではないが、川であることにはちがいないのだから。

悪態をつきながら川の流れに沿って歩き、少年の遺体が水面に浮かんでいないかさがした。六メートルほど行ったとき、前方の闇のなかで動くものがあり、キャムはよく見ようと速度を落として目をすがめた。前方の川岸にジョーが立っていた。服を脱いでおり、どうやら水浴びをするつもりのようだ。

声をかけなくてよかったと思いながら、キャムは立ち止まって緊張を解いた。どうやら少年はこの作業のためにひとりになりたかったらしい。そうでなければこれほど下流まで来なかったはずだ。背を向けてひとりにしてやろうとしたとき、少年が帽子を脱ぎ、長い髪がこぼれ落ちた。それを見たキャムは驚いて眉を上げた。農民はたいてい作業のじゃまにならないよう、髪を短くしている。それは身分を表すしるしでもあった。ジョーの髪が背中を覆ってブレー（中世の男子が着用した長ズボン）の上にかかるほど長いとは、かなりの驚きだった。だが、驚いたのはそれだけではなかった。少年がチュニックを引っぱって頭から脱ぐと、胸の上部の広範囲にわたって布が巻かれていたのだ。

キャムはこぶしをにぎりしめて、ジョーが布をほどきはじめるのを見守った。襲撃で少年がいかにひどいけがを負っていたかに初めて気づいた。あんなひどい傷を負いながらも、少年はキャムの世話をしてくれていたのだ——

布がすっかり取り去られると、ふたつのかなり豊満な乳房が目に飛びこんできて、キャムのもの思いは突然とぎれた。衝撃のあまり、キャムはばかみたいにぽかんと口を開けて立ち尽くしながら、自分の目が見ているものを受け入れようとした。自分が気に入り、尊敬するようになった立派な若者、ジョーは女だった。しかも、ブレーを脱ぎ捨てて川にはいっていく姿を見ると、見事な体つきの娘のようだ。その体は——

なんということだ！

キャムは突然きびすを返し、もといた場所へと大股で戻った。さっき横になっていた場所に着くまで、立ち止まることも、速度を落とすこともなかった。プレードを肩にかけて横になり、プレードをさらに引きあげて肩と頭をすっぽり覆うと、きつく目を閉じた。その瞬間、ブレーを脱ぐ彼の姿がまぶたの裏に映った。彼ではなくて彼女だ、とキャムは訂正した。彼女がブレーを脱いだのだ。

ああ、なんということだ。ジョナスはジョセフィンだったのだ……あるいはジョアンナとか、そのあたりの名前か。ほんとうの名前などわかるわけがない。それに、聞いた話はどこまで信じればいいのだろう。届ける手紙はほんとうにあるのか？　いや、あれはほんとうだろう。実際に手紙を見ているのだから。それに、少年だろうとなかろうと、手紙を届ける途中であることに変わりはない。それが臨終の床のたのみかどうかはわからないが。

だが、とキャムは思い出すことになった。彼女は金を盗まなかったし、彼を路傍に放置して死なせることもなかったのだから、そのことばは信じてもいいだろうし、聞かせてくれた話の大部分は真実なのだろう。実際、少年の姿で旅をするというのはなかなか賢い。女の恰好をしていたら、強盗にあうのではなく強姦されている彼女に、キャムは出会うことになっていただろうから。変装の理由はそれにちがいない、とキャムは気づいた。若い娘がひとりで旅をするのは危険だ。

娘か。なんということだ。キャムはしばらくじっと横になっていたが、衝撃が消えると別にちがいはないと思えるまでになった。彼女は彼の命を救い、なすすべもなく弱っていたとき看病をしてくれた。最後まで安全に旅ができるよう手助けする価値がある。ジョーが女だとわかった今はよりいっそうそう思えた。

彼女の秘密について、こちらからは指摘せずにおこう、とキャムは決めた。やはりあの娘が好きだった。勇敢で魅力的な女性だし、頭もよくてなんでもできる。マッケイに送り届けるまでは少年のふりをさせてやろう。だが今は、あのあざや腫れが引いた状態の彼女の顔を見たくてたまらなかった。あれが治ったあとの彼女は、自分が寝たいと思うような女だろうか？

キャムは自分にあきれてぐるりと目をまわした。少年としての彼女に尊敬する価値があると思ったのだから、女だとわかった今もせめて同じくらい敬意をもつべきだろう。その場合、見た目が問題になることはないはずだ。彼女を安全にマッケイに送り届け、自分は秘密を知っていると明かすことなく、シンクレアへの旅をつづけよう。もちろん、向こうから打ち明けてくれるほど彼を信頼してくれるようになれば別だ。

頭のなかで問題が解決すると、キャムはもっと楽な体勢になって、眠ろうと目を閉じた……だが、やはりそれはむずかしかった。ジョーが女だと知ってしまった今は、彼女が水浴びをするあいだ、自分はそこに立って守ってやるべきだという気がした。彼女がだれにもじゃまされず、困ったことになったり溺《おぼ》れたりせず、安全に野営地まで戻ってこられるように。

秘密を知っていると明かさずにいることは困難だ、とキャムは不意に気づいた。もし知っていたら、夕食の獲物を見つけるためにひとりで森のなかを歩かせたりしなかっただろう。そう思うと罪悪感にさいなまれた。男として、自分で夕食のための獲物を狩るべきだったのに。

ああ、やっぱり旅はこの先面倒なことになりそうだ。

衣擦《きぬず》れの音がして目を開け、首をめぐらせて肩越しに川のほうを見ると、小さな人影の動きが視界にはいった。ジョナスが――ほんとうの名前はわからないが――戻ってくるのがわかってほっとした。プレードの繭《まゆ》のなかでぬくぬくとくつろぎ、目を閉じて寝たふりをしながら、娘が焚き火に近づいてくる音に耳を澄ました。衣擦れと動きまわる音がしたあと、静かになった。

しばしの静寂のあと、キャムは目を開けてあたりを見まわした。ジョナスと自己紹介した娘は、彼からそう遠くない場所で横向きに寝そべり、組んだ両手を枕代わりにして頬をのせていた。だがその目は開いていて、彼と目が合うと、うなずいて「お休み」とつぶやいた。そして目を閉じた。

キャムはしばらくその顔を見つめていたが、殴られたせいでだいぶ人相が変わっており、治ったあとはどんな顔になるのか予想がつかなかった。髪が何色なのかもわからない。毛織りの帽子を眉毛も隠れるほどまえに深く引いてかぶっているからだ。キャムはもうしばらく彼女を、焚き火の炎が腫れた顔に落とす光と影をただ見つめ、ようやく眠りに落ちていった。

3

「きょうだいについて話してよ」

キャムはその質問に驚いて眉を上げた。その朝出発してから、ふたりはお互いの好きなものや嫌いなものなど、実にさまざまなことを話題にしてきたが、会話がより個人的な話題に向かったのはこれが初めてだった。キャムは自分の背後で馬に乗るジョナスを、肩越しにちらりとうかがった。いや、ジョーだった、と心のなかで訂正する。今となっては彼女をジョナスと考えるのは正しくないような気がしていた。裸の彼女を見たあとでは。そう考えて顔をしかめた。月光のなかの彼女の裸体のイメージのせいで、夜明け近くまで何度も目覚めることになった。鳥の歌声とジョーの動く気配に起こされたときは、ほんの数分しか眠っていないような気がした。キャムはいま疲れきって機嫌が悪く、馬が一歩進むたびに背中が痛むので、ゆるやかな速歩《トロット》を維持させていた。

歩くのと変わらないくらいののろさだが、少なくとも進んではいた。

「なぜだ?」ようやくキャムは尋ねた。

「知りたいから」と彼女は言った。彼の背中にぴったりくっついているので、肩をすくめたのがわかった。「暇つぶしになるし」

たしかにそのとおりだ。それに、いささかばかげた考えごとから気をそらすことができるかもしれない。キャムは自分にまわされた両手にたびたび視線を落としていることに気づいた。彼女はとても美しい手をしていた。指は細くて長く、肌は色白であざひとつない。もしこの手に目を留めていたら、彼女が女だと気づいて、不意打ちを食らったりせずにすんでいたかもしれない。これはまちがいなく女の手だ。しかもきつい労働で荒れた手ではない。治療師である彼女の手は、普通の農民のように乾燥し、作業で肌が荒れ、指に胼胝《たこ》のできた手ではなかった。実際、貴婦人の手として通用するほどだった。

「きょうだいの名前は？」ジョーがせかし、キャムはまた彼女の手から無理やり視線をはずした。

「エイダンとダグラスだ」彼は前方の道に目をやりながら答えた。

「ふたりとも弟だよね？」

「ああ。すぐ下の弟はダグラスで、三歳ちがいだ」

「エイダンは？」

「ダグラスの七歳下だ。まだ子供だが、十五歳のくせに自分では大人だと思っている」キャムは皮肉っぽくつぶやいた。「そして若者のご多分に漏れず、自分はなんでも知っていて、無敵だと思っている」

「だろうね」彼女はおもしろそうにそう言ったあと、また質問した。「弟さんたちは、ほかの貴族の城に訓練に出されたの？　貴族のあいだではそれが普通らしいけど」

「ああ、全員が送られたよ。父の希望でね。だが母は長いことおれたちと離れるのが耐えられなくて、おれは二年、ダグラスは二年半、エイダンは三年で戻ってきた」キャムはつぶやき声で言った。

「だんだん慣れてきたんだね」ジョーが気づいて言った。

「そうだ」キャムはつぶやいたあと、にやりとして付け加えた。「あるいは、おれは母のお気に入りで、ダグラスは二番目で、エイダンは母の悩みの種だったから、いなくなってせいせいしていたのかもしれない」

「ひどい兄さんだね」ジョーは笑ってそう言い、彼にまわした手の片方で彼の脇腹を軽くたたいた。

それは明らかに少年の笑い方ではなかった。高い、鈴が鳴るような声だった。キャムはそれが気に入り、自分の腹部に広げられた彼女の両手をまた見おろした。その手は低い位置にあり、そのわずかに下には――

「ダグラスはあなたのお気に入りの弟なんだね？」ジョーが考えごとに割りこんできた。

キャムは肩をすくめた。「たしかに年齢は近い。でも……」

「でも？」彼が口ごもると、ジョーがせかした。

「共通点があまりないんだ」彼は静かにそう言ったあと、説明を加えた。「ダグラスはいつでも生まじめで暗いが、おれはそうじゃない」

「ふうん」彼女はうしろでもぞもぞしながらつぶやいた。「普通は逆なのにね。いちばん上の子はたいていまじめで、まんなかの子はそうでもないものだ」

「そうだな。子供のころはそうだった」キャムは白状した。

「何があったの？」ジョーはきいた。「いつ入れ替わったの？」

キャムは目をすがめて考えこみ、答えをさがした。答えを出すのにこれほど苦労したことはなかった。ようやくそれが見つかり、自分では好ましい答えとは思えなかったが、彼女を待たせていることもあり、重いため息をついて言った。「おれの妻が死んでからだ」

「なるほど」彼女はつぶやいた。

「なるほど？」彼は身をこわばらせてきいた。「何がなるほどなんだ？」

彼女がうしろで肩をすくめるのがわかった。「悲劇はしばしば人を変える」

キャムはうむと答えたが、彼女のことばと、自分がいま納得したことの両方に不快感を覚えた。子供のころはつねに自分の責任と義務をまじめにとらえていた。それは自分のすべきこととしてたたきこまれていたため、なんに対しても真摯《しんし》に取り組み、必要とされるあらゆる任務をこなした……妻のレイシーが死ぬまでは。

夫と同じく、レイシーも自分の役割をまじめにとらえ、期待されることのすべてを失敗なくこなした。ふたりの結婚は、まだ当事者たちがおくるみのなかにいるころに決められたものだった。双方の両親が結婚をするころあいだと判断すると、お互いまったく見知らぬ者同士であったにもかかわらず、文句も言わず、騒ぎ立てもせずに、すんなり受け入れて結婚した。レイシーは従順に彼をベッドに迎え入れた。自分から進んでではなかったとしても、納得して冷静に。そして期待どおりすぐに子を孕《はら》み、不平ひとつ言わずに腹のなかで子を育《はぐく》んだ。そのせいで死ぬことになる日まで。キャムが義務という足かせを投げ捨てるようになったのはそのときだった。

「ご両親はどんな人たち？」

キャムはその質問にもの思いを払いのけ、どう答えようかと考えた。「母はおれたちのことを愛し、心配している。いい母親だ」

「お父上は？」

「母を溺愛《できあい》している。おれたちみんながそうだ」キャムはそう答えると、馬に道をはずれさせ、森のなかのかろうじて見える小道に向かわせた。

「休憩するの？」ジョーがきいた。背後で彼女が動き、あたりを見まわしたらしく、キャムは胸が背中をかすめるのを感じた。

「ああ。もうすぐ暗くなるからな。道をはずれてすぐのところに、いい休憩場所を知っているんだ。以前そこで野営をしたことがあってね」

「そう」ジョーはそう言って彼にもたれた。腰にまわした両手が少し下に移動する。彼女にとって無意識の動作なのはわかっていた。おそらく手の位置が少し下がったことになど気づいていないだろうし、もちろん手を置いてはいけない場所があるわけではない。どうしてこんなに手の位置が気になるのか、自分でもわからなかった。この娘が好きだし、少年だと思っていたときも好きだったが、別に惹かれているわけではない。少なくとも自分では惹かれていないと思っていた。たしかに彼女はいいにおいがするし、笑う彼女が好きだし、話をするのも楽しいが、あざの下はどんな顔をしているのかも知らないのだから、欲望を感じるわけがないのだ。そうではないか？

「きれいだね」森を抜けて開けた場所に出ると、ジョーは息をのんだ。

「ああ」キャムは同意した。彼女とちがって驚きながらというより、満足げに。以前ここに来たことがあるからだ。だが、ほんとうに美しい場所だった。まるでだれかが計画したかのように、ここには木が生えていない。その代わりに、膝まである草と野の花の野原が広がり、あとは曲がりくねりながら南へ向かうまえの川へと流れ落ちる、美しい滝があるばかりだった。

開けた場所の中央に着くと、キャムは馬を止めた。痛みを無視して少し体をひねり、前腕と手をジョーに差し出す。ことばを発する必要はなかった。彼女は片手でその手を取ると、もう片方の手で前腕をつかんでつかまりながら、はずみをつけて馬から離れ、地面に降り立った。

「ありがとう」彼女はうなずいて言った。彼が馬から降りるあいだに、向きを変え、水辺に向かった。

馬から降りたキャムは、一瞬馬に頭をもたせかけ、その動きがもたらした痛みをやりすごす時間を取った。それから馬を空き地の境にある木まで連れていき、枝に手綱を結びつけてから、自分とジョーの荷物をおろした。荷物を脇に置いて鞍をはずしはじめ、馬をなでてやってから振り向くと、空き地にジョーの姿はなかった。キャムは眉をひそめたが、おそらく個人的な用事をすませてほっとできる、人目につかない場所をさがしにいったのだろうと思った。

長時間馬に乗りつづけてきた。あまりスピードを出せないせいで、距離はさほど稼げなかったが、夜明けから今までずっと馬に乗っていたのだ。キャムも膀胱《ぼうこう》を空《から》にする必要があった。自分とジョーの荷物を拾いあげ、馬で乗り入れた場所に戻った。ジョーに出くわして、彼女の秘密を明かしてしまうようなことは避けたかった。それに、そんなところを見てしまったらまた面倒なことになる。彼女の裸体のイメージで眠れなくなるのはもうたくさんだ。

ジョーンはまえに身を乗り出して、大きく息を吸い、もう一度顔を水につけた。川にはいって今日一日でついた土ぼこりを洗い流したいところだったが、その時間はなかった。それに、まだあたりは明るい。姿を見られて女だとばれたらまずい。だが水は清らかで、腫れた顔に気持ちよかったので、もうこれ以上息を止めていられなくなると顔を上げ、また息を吸って顔を水につけた。さらに三回それを繰り返してから、体を起こして座り、顔と首に水が流れるにまかせた。

いい一日だった。旅に出てから今まででいちばんいい日だった。暴漢たちに遭遇したのは、痛みをともなったとはいえ、結果的に最良のこととなった。日の出から日の入りまで、不安や恐れを感じずにいられた日はこれが初めてだ。ひとり旅では絶えず警戒していなければならなかったが、キャムといっしょだと事情はちがった。今日は少し緊張を解くことができたし、景色や会話を楽しむことさえできた。そのおかげで旅ははるかに快適なものになった。ゆっくりとしか進めず、歩いたほうがもっと遠くまで行けたかもしれないが、少なくとも足の裏もすねも痛くならなかった。それにキャムはマッケイまで安全に送り届けると約束してくれたのだから、残りの旅もこんなに楽なものになるのだ。そう考えると、暴漢たちに襲われるという最悪な出来事ではじまった日々も、結果的にはこれほど幸運な日々になったというわけだ。

背後の茂みでかさこそと音がして、ジョーンは驚いて立ちあがり、振り向いた。その突然の動作がキジを驚かせたらしい。つぎの瞬間、一羽のキジが近くの茂みから音をたてて飛び立ち、いちばん近くにあった木の枝まで舞いあがった。それを見た彼女の顔にゆっくりと笑みが浮かび、唇が引きつれることになったが、今回痛みはごくわずかだった。顔は相変わらず腫れとあざでゆがんでいたが、以前よりは少しましになっていた。少なくとも川の水面に映ったゆらめく顔はそう見えた。

そんなこと、今はたいして問題じゃないわ、とジョーンは思った。キャムのまえで魅力的でいたいとか、そういうわけではないのだから。そもそも、彼はわたしを男の子だと思っているのだ。それに、恋愛や男性とは無関係に生きると、ずっと昔に決めたではないか。男性と関わるのは危険だ。多くの女性たちが死ぬのを見てきた出産で死にたくはなかった。女性たちはみな叫びながら、赤ん坊を産み落とすまで生き延びた者は叫び疲れて、死んでいった。そんなのはごめんだ。キャムのことが好きなのは事実だし、たしかに彼はとても魅力的だが、ただそれだけのことだ。

「わたしったらとんでもないうそつきね」ジョーンは小声でつぶやいた。魅了されるどころではない。一日じゅう彼のうしろで馬に乗り、彼に両腕をまわして背中に顔を押しつけ、森のような彼のにおいをかぎながら、風が吹くたびにこちらになびいてきて頬をなでるやわらかな彼の髪を楽しんでいたのだから。

まちがいなくこの男性に惹かれていた。それは彼の看病をしていたあの三日間からはじまった。おそらく本人は覚えていないだろうが、キャムは寝込んでいたあいだずっとうわごとを言っていたわけではなく、少なくともなんとか意識は保っていた。熱のあるときでも話をつづけるので、ジョーンはおもしろくて頭のいい人だなと思った。熱が下がって起きあがれるようになると、その思いはつのるばかりだった。昨夜と今日の会話にしても、彼への好意と惹かれる気持ちが増しただけだった。

つまり、男の子だと思われていて幸運だったということだ。少なくともこれなら、暇つぶしにいちゃつこうと思われることはないだろう。もっとも、今のこの醜い顔では、どうせそんなことにはならなかっただろうが。とにかく、このふたつの理由により、キャムはジョーンにそそられないだろうし、彼女のほうでもばかなことをしたくなったりはしないだろう。

そんな考えを頭から追いやり、キジが飛んでいった木の下に向かった。キジは五メートルほど離れた枝に止まっていた。ちらりと眺め、焚き火で焼いたらどんなにおいしいだろうと想像する。するとお腹がぐうと鳴り、ゆうべウサギ肉を食べて以来何も食べていないことを思い出した。ジョーンはお腹をさすりながら、あたりを見まわしてちょうどいい大きさの石をさがした。よさそうな石が見つかると、ブレーの腰の内側に縫い付けてある小さな袋からぱちんこを取り出した。

ジョーンは昔からぱちんこで獲物を仕留めるのが得意だった。生まれつきの才能だと母に言われていた。最初の一撃を鳥の頭に当て、鳥がよろけて落下するのを満足げに見守った。

だが、満足感はたちまち消えた。いまいましい鳥は、下にある枝の上に落ちただけで、そこにとどまってしまったからだ。

少し時間がたてば、重みで鳥が枝からすべり落ちてくるかもしれないと思って待ってみたが、そうはならなかったので、ジョーンはため息をついて木に近づき、登りはじめた。木に登るのは初めてだったが、あまりに簡単なので驚いた。倒れたキジを支えている枝は彼女の胸ぐらいの高さだったので、登るのにたいして時間はかからなかった。つぎにキジに向かって手を伸ばしたが、もちろん届かなかった。そこまではかなりの距離があった。

ジョーンは考えてから、さらに登って、キジのいる枝の上に立った。ゆっくりと枝の上に座り、両手をお尻の下の枝に押し当てて肘を伸ばした。そうやってお尻をわずかに持ちあげ、右手首にぶつかるまで横に移動する。お尻をおろしたら、同じ動作を繰り返して、キジに届きそうな枝の先のほうへと移動した。

今夜キャムのために作るつもりの食事を思い浮かべて微笑みながら、ジョーンはキジをつかみあげ、木の幹と自分の座っている場所のあいだに置いた。そして、来たときと同じようにして枝を幹のほうに戻りはじめた。半分ほど戻ったところで、殺したと思っていたキジが死んでいなかったことがわかり、横で不意に羽をばたつかせてギャーギャー鳴いた。ジョーンは驚いて片手を枝からすべらせ、木から落ちた。悲鳴をあげながら落下を阻止するために何かをつかもうとし、頭を枝にぶつけてまた悲鳴をあげた。頭に痛みが走り、地面に衝突すると痛みは体じゅうに広がった。ジョーンはうめいて意識を失った。

ジョーはどうしてこんなに遅いのだろうと心配しながら、キャムが空き地を行ったり来たりしていると、彼女の悲鳴が聞こえた。声がしたと思われる方向をさっと向き、二度目の悲鳴が聞こえるころには走っていた。問題は彼女がどこにいるのかさっぱりわからないことだった。何度か名前を叫んでみたが返事はない。そこで、下生えと川岸のあたりをさがすしかなかった。すばやく徹底的に捜索した。太陽が下降の途についているのに気づいたからだ。暗くなるまえに彼女を見つけなければならない。

永遠とも思えるあいだ捜索をつづけたあと、前方の木の下に布の山のように見えるものを見つけたときには、たまらなく心配になっていた。目をすがめ、ゆっくりと近づいたが、それが仰向けに倒れているジョーだとわかると、即座に走りだした。

「ジョー？」と呼びかけて、そばにひざまずく。彼女がうめいてこちらを向いたので、安堵が体のなかを駆けめぐった。こんな経験は初めてだ。まだ目を閉じているが、少なくとも生きてはいる。身動きもしている。

キャムはかがみこんで彼女を抱き起こした。その動きで彼女が目を開け、光がまぶしいかのようにもう一度うめいて顔をしかめた。

「ああ、頭が」彼女はつぶやき、彼の胸に顔を押しつけた。

「何があった？」キャムは尋ね、彼女を抱えて急ぎ川沿いに空き地へと戻った。

「木から落ちた」彼女はため息をひとつついてそう言うと、そっと片手を額の生え際にあげた。痛みにひるんでその手をはずすと、指に血が見え、キャムは悪態をついた。

「そもそも木の上なんかで何をしていた？」彼はきびしく尋ねた。

「キジをつかまえようと思って」彼女は弱々しい声で言った。ぱっと目を開けて、ぎこちない笑みを見せながら説明する。「ぱちんこで仕留めたんだよ。死んだと思ったのに、木に登って枝に近づこうとしたら、キジが生き返ったからびっくりして、それで落ちたんだ」彼女は肩をすくめ、また彼の胸に顔をうずめた。「ごめんなさい、夕食はキジの肉にしようと思ったのにできなくなった」

「夕食ならおれが調達する。最初からまかせてくれればよかったんだ」

「あなたはまだ回復していないんだ」彼女はそう言いかけて、急に身をこわばらせると、目をまるくして彼の顔を見た。「だめだよ。おろして。ぼくを抱えたりしてはだめだ。縫った傷が開いてしまう。おろしてよ、キャム」

「縫い目なら問題ないよ」彼はうなるように言い、彼女を抱える腕に力をこめて、背中の痛みは無視した。「きみがもがくのをやめなければ、そうも言っていられないだろうが」

ジョーはすぐに動くのをやめたが、きつい言い方をした彼をにらんだ。それを見てキャムは微笑んだ。頬をふくらませて口をすぼめた彼女の顔は、たまらなくかわいらしかった。いたずらな妖精はきっとこんな顔をしているにちがいない。

「何をにやにやしてるの？」彼女はぶつぶつ言うと、顔をそむけて自分たちのいる場所を見た。

「きみは知らないほうがいいよ、ラ、坊主《ラッド》」もう少しで〝娘さん《ラス》〟と言いそうになり、あわてて言い直した。もっと気をつけなければと思い、首を振るうちに空き地に着いた。

「背中を見せて」川岸におろされ、大きな岩にもたれるように座らされると、ジョーが言った。

「大丈夫だ」キャムはそう言ってジョーをなだめ、ふたりの荷物をさがしに向かった。彼女の悲鳴を聞いて動転したせいで、荷物のことをすっかり忘れていたのだ。馬からおろしたらすぐに隠しておくべきだったと思ったが、心配する必要はなかった。彼女は見つかったし、荷物はまだもとの場所にあったからだ。薬草が必要だったので、運がよかった。

「どうすればいいか教えてくれ」キャムは戻ると言った。

「背中を見せて」ジョーはむっつりと言った。「縫い目を見て、引きつれていないかたしかめたいから」

「大丈夫だ」彼は繰り返し、彼女の足もとに自分の鞍嚢《あんのう》を置いて、彼女のかばんを開けようとした。

「それなら見せてよ」ジョーはかみつくように言って、いらだたしげにかばんを要求した。

「それをこっちへ」

「血が出てるぞ」キャムはきつい口調で言って、すばやくかばんの中身をあさった。だが悲しいことに、治療のことは何ひとつわからないので、結局麻布の小さな切れ端を取り出しただけでかばんを彼女にわたし、滝のそばに行って、冷たい水の流れの下に布を突き出した。振り向くと、ジョーは自分でかばんのなかをあさり、つぎつぎに物を取り出していた。キャムは彼女のしていることを無視してそばにひざまずき、彼女の頭に手を伸ばした。「見せてごらん」

「ぼくは大丈夫だよ」彼女はきっぱりと言って、彼から身を引き、脱がされまいとするように片手で帽子を押さえた。そこでキャムは、その帽子の下に輝く長い髪が隠されていることを思い出した。帽子を脱がそうとすれば、彼女の秘密を明かしてしまうことになる。

彼はぼやきながら、座りこんで顔をしかめた。秘密はばれていないと思わせておくべきだろうか、それともけがの手当てをするべきか？

「治療師なんだから。ぼくが手当てをしているあいだに、あなたは夕食を調達しにいったら？」

疑問の形をとってはいたが、口調は明らかに命令だった。離れろと言うことらしい。そう気づいてキャムは愉快になった。ついさっきまで大丈夫かどうかたしかめたいから背中を見せろと言っていたのに。どうやら彼の傷が開いていないかたしかめることと、秘密を守ることのあいだで葛藤があり、秘密を守ることが勝ったようだ。

「さあ、行った、行った」うるさいハエを相手にしているかのように手を振りながら、ジョーは言った。

キャムはためらったが、やがてうなずいて立ちあがった。今は秘密を守らせてやろう。だが、目を離さないようにしなければ。深刻なけがをしている様子が少しでもあれば、秘密などおかまいなしにおれが手当てをしてやる。

「でも戻ってきたら縫った跡を見せてよ」命じられたとおりに彼が空き地から大股で出ていこうとすると、彼女はいらだたしげに言い添えた。

キャムはうなり声を返しただけで、姿を隠してくれる木々に囲まれるまで歩きつづけた。自分の離れていく音が彼女に聞こえるように、騒々しい音をたてながら下生えをかき分けて進んだ。だが、もういなくなったと彼女に思わせるくらい充分遠くまで来たと判断すると、立ち止まって静かにいま来た道を戻った。頭の傷はやっかいなものだ。いつ悪化するかわからない。彼女の無事を確認したあとでなら、夕食を調達するあいだ彼女をひとり残していってもいいだろう、とキャムは心に決めていた。

空き地のへりの木のところまで来ると、彼はその木の陰に隠れて立ち、脇から顔を出してジョーの様子をうかがった。彼が離れていった音を聞いて安心したらしく、彼女はすでに帽子を脱いでいた。日が沈んだあとで、何もかも闇のなかだったので、昨夜彼女の髪の色はわからなかった。いま見ると、波打つ美しい金糸のようだった。

「美しい」彼は金髪に感心してつぶやいたあと、ちょうど耳の上とうしろのあたりが暗赤色に汚れているのに気づいた。それを見て顔をしかめた。彼が滝で濡らしてきた麻布で、彼女がそこを覆っていても。

キャムはしばらくジョーを見ていた。彼女は傷を洗浄したあと、指で患部をさぐった。顔から不安の色が消え、軟膏を塗っただけで慎重に帽子のなかに髪をたくしこむと、キャムは安堵してそっとその場を離れた。傷はたいしたことないと自分の目でたしかめたいのはやまやまだったが、彼女の腕を信じることにした。それに、彼女は一度血をぬぐっただけで、もう一度拭《ふ》くことはせずに軟膏を塗っていた。つまり血は止まっているということであり、それは朗報だった。

あたりを見まわして森のなかを進みながら、夕食をどうしたものかとキャムはしばし考えた。ウサギをつかまえてもいいいし、彼女を木から落ちるほど驚かした例のキジを仕留めてもいいし、魚を捕まえるのも悪くない……あるいは近くにある小さな村に行って、そこにある酒場兼宿屋で食べ物を調達してこようか。小さくてろくに宿泊もできないような店だが、旅のあいだに見つけられるもののなかでは最高にうまい食事を出す。実際、最後にそこで食べた食事を思い出しただけで口につばがわきはじめた……よし、決まりだ。村の酒場にしよう。

キャムはその方向に足を向けた。

徒歩で行って帰ってもそれほどかからないだろう。もちろん馬ならもっと速いだろうが、空き地にいるときは思いつかなかったのだからしかたがない。肩をすくめて歩調を速め、酒場のおかみは今日何をこしらえただろうと考えることで気をそらした。

ジョーンは麻布を再度水に浸し、体温で布が温まるまで頰に押し当てた。そしていらいらとあたりを見まわしながら、また布を川の水に浸した。

キャムはずいぶんと時間がかかっているようだ。太陽はほぼ地平線に沈みつつあり、空をオレンジ色に染めていたが、空と大地の境界あたりは濃い紫色になっていた。すぐにも夜が来るというのに、彼はまだ戻ってこない。

4

きっと獲物を捕まえるのに手間取っているのよ、と自分に言い聞かせながら、水から布を引きあげてまた頰に押し当てた。待っているあいだそれよりほかにやるべきことはなかった。

キャムの馬がその場で身動きしたので目を向けると、馬が耳を立てたのがわかり、ジョーンは動きを止めた。馬は何かを聞きつけたのだ。彼女は空き地のまわりの森をじっと見つめ、だれかが近づいてくるどんなささいな音でも聞き逃すまいと耳を澄ました。それでも、キャムがいきなり木々のあいだから現れ、空き地を横切ってこちらに近づいてくると、ジョーンは驚いた。

「心配になってきたところだったよ」彼女は言った。

「その必要はない。思ったより時間がかかってしまっただけだ」キャムは軽い調子で言うと、運んできた袋を彼女のそばに置き、ひざまずいてすばやく川で手を洗った。

「これは何？」袋を置かれて初めて彼がそれを運んできたことに気づいたジョーンは、何やらたまらなくいい香りをただよわせている袋を興味津々《しんしん》で見つめた。

「開けて見てごらん」彼はそう言うと、彼女と向かい合うように座ってあぐらをかいた。

ジョーンはためらいもしなかった。袋から流れ出る香りには抗《あらが》えなかった。

「これのせいで時間がかかってしまってね」なかにある食べ物をのぞきこむ彼女に、キャムは言った。「おれが着いたとき、酒場のおかみはまだ鶏肉を料理している最中で、すぐにできるからと言ったんだ。彼女の〝すぐに〟はおれが考えるよりだいぶ長かった」と皮肉っぽく付け加える。

「鶏肉」ジョーンはうめくような声で言ったあと、すぐに驚いて彼を見た。「酒場のおかみ？」

「そうだ。おれは何度もここで休憩したことがある。少し歩くと村があって、そこの酒場にはいつもうまいものがあるんだ。狩った獲物をさばいて料理するよりも、酒場のおかみから買って、持ち帰るほうが簡単だと思ったのさ。客にはシチューを出していたが、幸いおかみは自分と亭主用に焼いた鶏を用意していたから、それを売ってもらうことができた。まったく運がよかったよ。シチューだったらどうやってここに持ち帰ればいいかわからなかったからな。戻ってくるまでに木皿からこぼれてしまっただろうから」

「そう」ジョーンは袋のなかにほとんど顔をうずめて、中身を確認しながらもごもご言った。焼いた鶏、黒パン、チーズ、そして熟れたリンゴが二個。見た目も香りも最高だ。

「さあ、何をぐずぐずしているんだ?」キャムは唐突に言った。「おれは酒場から戻ってくるあいだ、ずっとこのにおいをかいでいたんだぞ。食べ物を袋から出すんだ。腹が減っているだろう。おれは餓え死にしそうだよ。ふたりとも昨夜から食べていないんだからな」

ジョーンはためらったあと、食べ物の袋を置いて、薬草の袋に手を伸ばした。キャムがけげんそうに見ているのに気づき、急いで乾いた清潔な麻布を取り出すと、それを地面に置いた。そこでやっと酒場の袋の中身を出した。麻布の切れ端は本来このように使うものではないが、地べたに食べ物を置きたくなかったし、一晩じゅう土まじりのつばを吐きたくはなかった。それに、麻布はあとで洗うことができる。

「頭のけがの具合は?」鶏の脚をもいで彼女に差し出しながら、キャムがきいた。

「少し痛むけど、大丈夫」彼女は答え、差し出された肉を受け取ってつぶやいた。「ありがとう」

キャムが自分も鶏の脚をもいで口に運ぶのを待ってから、ジョーンは初めて自分の肉をかじった。その瞬間、目を閉じて小さくよろこびのうめき声をあげた。ウサギ肉もおいしいと思ったが、これは天にも昇るような味だ。肉を飲みこんでため息をつき、目を開けると、もうつぎのひと口を頬張っていた。ゆっくり味わって食べたかったが、できそうになかった。これまでに食べたもののなかで、まちがいなくいちばんおいしかった。実のところ、母は腕のいい治療師だったが、料理はあまりうまくなかったし、ジョーンが知っているのは母から学んだことだけだった。そんなことがあるとは思えないが、仮に鶏が一羽まるまる手にはいったとしても、これほどしっとりと絶妙な味付けで料理することはできなかっただろう。味見をしてみてわかったが、パンとチーズもとてもおいしかった。これほどすばらしい食べ物を出すのだから、とても人気のある酒場にちがいない。

ふたりとも空腹だったし、おいしかったので、鶏を食べ尽くすのにたいして時間はかからなかった。先に食べ終わったジョーンは、キャムが鶏の残りを平らげるのを見守った。傷んでしまうのだから、残しておいてもしかたがない。だがチーズとパンはそのかぎりではなかったので、ひと口ふた口かじったあとは、集中して鶏だけを食べ、チーズとパンとリンゴは明日の昼に馬上で食べることにした。

「ふう」キャムが鶏の最後のひと口を飲みこんで言った。「あれだけ歩いたり待ったりした価値はあったな」

「うん」ジョーンは小さく微笑んで同意した。「ありがとう」

「どういたしまして」キャムは言った。すると、彼女が立ちあがろうとしたので、片方の眉を上げた。「どこへ行くんだ？」

「手についた鶏の脂を洗い落として……それから……ほかの用事をすませる」彼女はもごもごと言った。男の子なら、ヘビから水を出す（小便をする意）、とかなんとか言うのだろうとわかってはいたが。

「けがの具合はどうだ？　ひとりで大丈夫か？」キャムが心配そうに尋ねた。

「うん」と彼女は請け合った。「もうほとんど痛まないから」

「ふむ」とキャムはつぶやき、肩をすくめて言った。「手を貸してほしければ呼べよ」

ジョーンはうんとだけ言って、空き地を囲む森のなかに向かった。用を足すのに手を借りる必要はない。頭のけがはそこまでひどくなかった。こぶはかなりの大きさだったが、びっくりするほど巨大というわけではなく、実際痛みも引いてきていた。気を失ったのは、頭をぶつけたせいというより、地面に倒れて息ができなくなったからかもしれない。実際、すごい衝撃で地べたにたたきつけられるまで意識はあったのだから。

左側のやぶのなかでカサコソと音がしたので、歩く速度を落としてそちらのほうを見たが、焚き火から離れるとあたりはひどく暗く、まったく何も見えなかった。昨日の夜はこんなに暗くなかったのに。今夜は月が出ていない、と空を見あげて気づいた。星も出ていないということは、雲が夜空を覆っているのだろう。いずれにせよ、早く焚き火のある野営地に戻らなければという気分になり、急いで用事を片づけた。

ジョーンが戻ると、キャムはすでに毛布代わりのプレードにくるまっていた。焚き火が投げかける光のなかに彼女が足を踏み入れるやいなや、横たわって「おやすみ」と言った。

「おやすみ」ジョーンは小声で返し、焚き火をはさんで反対側に横たわった。目を閉じようとしたとき、彼が戻ってきたら傷口を見ようと思っていたのに、忘れていたことに気づいた。ため息をつき、急いで立ちあがって、焚き火の反対側の彼のもとに行く。炎のまえを横切った瞬間、彼の上に影が落ちて、キャムが目を開けた。彼女が自分のまえで足を止めたので、驚いて両眉を上げる。

「背中の傷口を調べないと」大丈夫だからとまた拒絶されるのを恐れて、彼女はきっぱりと言った。

キャムは少し考えたあと、肩をすくめて腹這いになった。

ジョーンはためらったものの、すぐに彼のそばにひざまずき、そっとプレードを引きおろした。シャツがないのに気づいて、わずかに目をむく。あたりを見まわすと、焚き火のそばの地面に刺した木の枝に掛けて干してあった。シャツはびしょ濡れだった。洗ったか、あるいは――

「手を洗おうと川のなかにはいったら、すべって濡れてしまった」キャムは自分の災難を愉快に思っているらしかった。「幸い、前回ここに泊まったときも同じことがあったから、今回はブレードをはずしておいた。そうでなかったら、裸でここに寝ていたところだ」

それを聞いて、たちまちジョーンの頭のなかに、見事な裸体をさらすキャムの姿が浮かんだ。だがその姿はすぐに消えた。彼が肩越しにこちらを見て、こう付け加えたからだ。「気をつけろよ、滝からこっち、川底は平たい石に覆われていて、コケですべる。川にはいるときは気をつけないと、尻もちをつくことになるぞ」

ジョーンは急いでうなずき、彼がまた向こうを向くと安堵の息を吐いた。首を左右に一度振り、彼の背中に注意を戻した。シャツをさがしてあたりを見まわすまえに、両肩の下までブレードは引きおろしてあった。あらわになった肌は、火明かりのなかで金色に輝いている。さらにブレードを引きおろして背中をすっかりさらすと、その上で火影が踊っているのがわかった。彼が組んだ腕にあごをのせて楽な姿勢をとると、盛りあがった筋肉が強調された。

美しい男性だ。自分があらわにしたすべてのものを食い入るように見ながら、ジョーンは小さくため息をついて認めた。まえにも見ているが、あのときは彼の体つきのすばらしさより、命を救えるかのほうが気にかかっていた。だが今は、むき出しの体を見つめつづけずにいられなかった。

「問題ないだろう？」キャムがいきなり言った。「さっきも言ったが」

ジョーンはそう言われてびくっとし、反射的に背中の下のほうの傷に目を落とした。そしてすぐに眉をひそめた。「包帯がなくなってる」

「包帯も濡れてしまってね」肩をすくめ、うっとりするほど魅惑的に背中の筋肉を動かしながら、キャムは言った。「焚き火のそばの、シャツの下にある」

ジョーは無理やり視線をはずしてシャツのほうを見た。大きなシャツの下に包帯は見えなかったが、そこにあるのはまちがいないようだ。それでも十数えるあいだ見つづけた。落ちつきを取り戻すために。むき出しの背中を見たせいで、どうしてこんな反応をしてしまうのかわからなかった。背中は美しく、その金色の肌全体に両手をすべらせたくてたまらなかった。だがそうはせず、両手をにぎり合わせて下唇を強くかみ、傷に集中しなさいと自分に言い聞かせながら、背中に目を戻した。

彼が言ったように、傷は問題なかった。たしかに。治りが早いということは、健康な質《たち》なのだろう。彼女を運んだせいで傷が開いた様子もなかった。それでも、横に手を伸ばしてかばんをつかみ、開いて軟膏を取り出した。あとで後悔するよりは慎重にしたほうがいい、と自分に言い聞かせ、傷の上にやさしく塗りはじめた。これは彼に触れたいという欲望とは無関係のことで、すべては彼を治すためなのだ。ほんとうに。

自分にあきれてぐるりと目をまわし、作業を終えるとすばやく彼の背中をプレードで覆って立ちあがった。

「問題なしか？」キャムが横向きになりながらきいた。

「うん。順調だよ」彼女はつぶやくように言い、背を向けて焚き火の向こうの、さっき横たわった場所に戻った。「おやすみ」

「おやすみ」キャムは返し、もう一度プレードにくるまった。

ため息をつきながら、ジョーンは横向きに寝て目を閉じたが、頭のなかはこの日の出来事でいっぱいだった。キャムの体に腕をまわして馬に乗り、背中に胸を押し当てたこと。野営地まで抱いて運ばれたとき、両腕と胸で熱く包まれ、自分が小さく、守られていると感じたこと。酒場から持ち帰った袋を開ける彼女を見守りながら浮かべていた期待の笑み。目のまえに半裸で横たわるキャムの背中に軟膏を塗ったこと……。

ジョーンは笑みを浮かべたまま眠りに落ちた。

キャムは小声で悪態をつきながら落ちつきなく身動きし、消えかけの焚き火の向こう側にいる女性をうかがった。彼女は死んだように眠っている。だが彼はすっかり目が冴えていた。またしても。前夜はなかなか眠れなかったので、今夜は疲れているはずだった。たしかに疲れてはいたが、状況は変わらなかった。それでも眠れないのだから。ジョーのせいだった。今日、彼女は馬上できゃしゃな体をヒルのように彼の背中にぴたりとつけ、その手のすぐ下には、たまたま彼女が服を脱ぐのを見て、女性だと知って以来目覚めてしまった体の一部があった。そのあと彼女は姿を消して気を失い、死ぬほど心配した彼は、温かい小さな体を腕に抱いて運ぶことになった。さらにジョーは食事のあいだじゅう、恋人の愛撫《あいぶ》に応える女性のようにうめいたり、ため息をついたりした。少年のふりをしなければならないのに、あのときは忘れていたにちがいない。わずかな鶏肉にあんな反応をする少年はいない。

だが、まいったのは背中に軟膏を塗られたときだった。軟膏を塗られたのは初めてではないし、性的な意図をもってされたわけでもなかったが、そんなことは関係なかった。前戯であるかのように体が反応してしまい、今は眠れずに体をうずかせているのに、残酷な女性であるジョーはまったく影響を受けていないらしい。

冷たいしずくが鼻を打ち、キャムはぱっと目を開けると、指でしずくを払った。反射的に空を見あげると、別のしずくが額に当たった。まいったな！　雨が降りだすぞ。気づくべきだった。村に行って帰るうちに空がくもってきて、雲が出ているときはたいていそうであるように、あたりはたちまち暗くなったのだから。

もう二粒のしずくが顔に当たり、キャムはジョーに目を移した。プレードの外側には油が引いてあり、水をはじくようになっているので、頭までかぶってさえいれば濡れずにいられるが、旅の相棒にそんな保険はない。ひとたび雨が降りはじめたら、すぐにびしょ濡れになるだろう。あらたなしずくが、今度はまぶたに落ちてきて、彼を行動に向かわせた。急いで立ちあがり、プレードを抱え、焚き火を迂回してジョーのいるほうに向かった。揺り起こしたり、名前を呼んだりせずに、キャムは彼女の背後の地面に横向きに寝て、ふたりに掛かるようにプレードを広げ、片手を彼女の腰に当てた。

すぐさまこれは人生最大の過ちかもしれないと気づいた。彼の動きにジョーは目覚めることなく、驚いて悲鳴をあげることもなかった。見たところ彼女はまったく目覚めなかったが、眠そうにもごもごとつぶやいて、背中を押しつけてきた。無意識のうちに彼の体の熱を求めているのだろうと思ったが、下腹部に尻を押しつけて、ひどく思わせぶりなやり方で動かしてもいた。

キャムは歯を食いしばって無視しようとしたが、ふたりで一枚のプレードにくるまって、彼女のにおいに包まれている状態では、何の役にも立たなかった。だが、ありがたいことに、ジョーが突然むにゃむにゃと言って寝返りを打ち、うつ伏せになった。安心していられたのは、自分が彼女の腰でなく尻に手を置いていることに気づくまでだった。キャムは目を閉じて十数えながら、指の下にある丸い尻をつかみたい衝動と戦ったあと、ゆっくりと手を浮かせた。その手を自分の腰に当てながら、これは長い夜になりそうだと思った。

ジョーンは眠たげに体を動かし、温かさと心地よさに微笑んだ。彼女が選んだ地面はでこぼこだったが、今は昨夜横になったときに感じたよりもやわらかい気がする。冷たく湿った地面で寝たせいで、冷えていくぶんこわばった体で目覚めるはずが、温かくて……ゆっくりと上下に動いていると気づき、彼女はぱっと目を開けた。

あたりは真っ暗で一瞬混乱し、頭を起こすと、頭と肩に何かが当たった。わけがわからないながらも、どうやら何か布のようなものがかぶせられているらしいと気づき、ひどく動揺した。パニックを起こしかけたとき、いま触れた布がいきなり頭から引きはがされ、自分があるものを見つめていることに気づいた……これはだれかの胸？　呼吸のたびに上下している胸だ。だれの胸だかわかり、頭を起こすとキャムの開いた目を見つめていた。

いったいどうして自分は彼の胸の上にいるのか尋ねようと、ジョーンは口を開けた。どうしてふたりが焚き火の同じ側にいるのかも尋ねたかったが、彼が痛みに顔をゆがめているのに気づき、心配になって「背中は？」ときいた。彼は仰向けに寝ていたからだ。

キャムはすぐに反応し、片手を広げて彼女の背中を支え、もう片方の手で頭を支えながら、彼女を地面の上に寝かせると、今度は自分が上になった。彼がすばやく両手を移動させて両肘で自分の体重を支えたので、ジョーンは彼が起きあがって体を離すつもりなのだろうと思ったが、彼は顔を寄せてきて唇を重ねた。

ジョーンはその行為にぎょっとするあまり、一瞬身動きができなくなった。キスをするのは初めてではない。少女のころ、何人かの村の少年にされたことがあったが、あまり心躍る経験ではなかった。たぶんキスの相手によるのだろう。これまで経験したキスは、よだれまみれでおもしろみがなく、いつも手で口をぬぐいたくなるようなものだったからだ。でもこのキスはちがった。キャムは閉じた唇でジョーンの唇をなぞったかと思うと、下唇を軽くかみ、じらすように引っぱったので、ジョーンは驚いて思わず口を開いた。その瞬間、彼の舌が侵攻する軍隊のように口のなかにはいってきて、混乱をもたらし、彼女の体のさまざまな箇所に火をつけた。

こんな経験は初めてで、あまりに圧倒されてしまったので、キャムにキスされていると気づいたのはしばらくしてからだった。彼がキスしているのはジョーンだ……そして彼はジョーンを男の子だと思っている。ジョーンはいきなり目を開け、彼の胸を押しあげて、唇を離そうとした。それでもキスから逃れることができなかったので、きっぱりと頭を横に向けた。これはうまくいった。少なくともキスを解くことはできた。だが、唇に逃げられると、キャムは頬から耳に向かってキスをはじめた。

「キャム、これは――」これはなんなのだろう？　思ってもいなかったようなやり方で、かんだりキスしたりして、彼が耳の探索をはじめるまえに、自分が言おうとしていたことを思い出そうとした。だめだ、思い出せない。彼がしていることはそれほどすばらしかった。経験したことのない快感の波のなかで、体の上から下まで興奮の震えが走った。

もし教会がこのことを知ったら、まちがいなく武器を持って立ちあがるだろう、とジョーンは思った。こんなに気持ちのいいことを教会が許すはずがない。教会は楽しいことにことごとく反対するのだから。それに――そこで、さっき何を言おうとしていたのか思い出した。こんなことを教会が許すはずがない。結婚していないからというだけでなく、彼女は男の子なのだから。少なくとも、彼は男の子だと思っているはずだ。もちろん実際はちがうにしても、彼の意識としては男の子にキスしていることになる。ジョーンはそれを楽しんでいることでいくぶん気がとがめたが、こちらは彼が男だとわかっている。裸の彼を見ているのだから。だが、思っていたのとちがって、相手が男の子ではないと知ったら、彼はどんなにがっかりするだろう?

ジョーンはろくに考えることができなかった。キャムが彼女のチュニックをゆっくりと引きあげ、乳房を平らにして変装の一助になっていた胸当てをあらわにしたことに気づいたからだ。おそらくこれはなんだと尋ねられ、肋骨が折れるほど心臓が激しく打つことになるのではないかと思ったが、そうはならず、背中の肌に剣の冷たさを感じて、胸当てがいきなり取り去られた。間髪を入れずに彼の両手が伸びてきて、うずく乳房を覆い、つかんだりもんだりできるようにした。

それほどがっかりしてはいないようね、とジョーンがくらくらしながら思っていると、いきなり仰向けにされ、キャムはチュニックを押しあげながら下の方に移動して、片方の乳首を温かな口に含んだ。

なぜ彼はがっかりしないの? ジョーンはわけがわからなかった。少なくともぎょっとするはずでは? それに、どうしてこんなにいい気持ちなの?

乳首を吸われ、体じゅうを跳ねまわっている興奮がすべてそこに集まって、ジョーンはうめいた。彼の膝が脚のあいだにあがってきて、ブレー越しに花芯に押し当てられるのを感じると、興奮はさらに高まった。そのため、キャムが急に顔を上げたときは、不満のうめきをもらしそうになった。彼はきいた。「ジョアン、それともジョセフィン？」

「えっ？」彼女はぽかんと彼を見つめた。

「きみの名前だよ」彼はまじめに説明した。「きみが少年ではないと知ってからはどうにかなりそうだった。これと思うあらゆる女の名前が頭のなかを通りすぎていくんだ。ジョーン、ジョエラ、ジョアンナ、ジョセリン、ジョ――」

「ジョーンよ」彼女はさえぎって尋ねた。「わたしが女だと知ってたの？　どうして――？」

「おとといの晩、水浴びの支度をしているきみを見たんだ」上に移動して横向きになり、両手をさまよわせたまま、彼は説明した。「きみは髪をおろし、チュニックを脱ぎ、胸当てをほどいて、美しく豊かな実りをすっかり解放した。それで少年ではないとわかった」顔を近づけて唇を奪いながら、片手をその〝美しく豊かな実り〟に伸ばし、やさしくもんだ。

同時に二カ所を攻められ、ジョーンは彼の口のなかにうめいた。反射的に背中をそらし、彼の愛撫に乳房を差し出すようにしながら。二度目のうめきは、彼がまたキスを中断し、愛撫をやめたことへの抗議のうめきだった。また何かきかれるのだろうと、ジョーンはしぶしぶ目を開けたが、まばたきをしたあとすぐにまた閉じることになった。体がいくぶん上のほうに移動し、両腕が反射的に頭の上にあがる。キャムが胸の上までたくしあげられていた彼女のチュニックをつかみ、上に引っぱって脱がせたからだ。ジョーンが本能的に胸を隠そうとして腕をおろしはじめると、そのまえにキャムが両手首をつかんで、頭の両側の地面に押しつけ、またキスをした。キスをしたまま彼女に体重がかからないように姿勢を変えて、膝で脚のあいだを刺激しつつ、胸の縮れ毛が彼女の敏感な乳首にこすれるようにする。

ジョーンは息をのみ、彼の下で身をよじらせ、落ちつきなく脚を動かしたかと思うと、彼の膝をきつく締めつけ、弓なりになって彼の胸に乳首を密着させることまでした。口のなかに差し入れられた舌を吸い、口から出すまいとした。正しいことなのかどうかわからないけれど、そんなことはどうでもよかった。ただただ気持ちよかった。だが、彼の片手が乳房を離れ、ブレーのウェストからなかにすべりおりていき、股間を覆ったときは、彼の舌をかみそうになった。

膝を押しつけられて興奮が高まっていたせいで、手で素肌に触れられるとはっとするほど親密な感じがして、ジョーンは動きを止めた。衝撃のなかで一瞬はっきりと、おまえたちは火遊びをしているのだという警告が聞こえ、不安に襲われた。こんなことをしたら赤ちゃんができてしまうわ、出産の床で死ぬのはいやでしょう、と心の一部が思い出させた。だがそのとき、彼の指が動き、一本の指が恥ずかしいほどに潤《うるお》った肉のなかに差し入れられて、ジョーンはあえぎ、思わず腰が浮いて、響いているはずの警告は聞こえなくなった。

そこをさわられているせいでジョーンは気づきもしなかったのだが、彼のもう片方の手は乳房の愛撫をやめ、ブレーをほどきにかかっていた。やがてキスも脚のあいだを攻めるのもやめて、彼が脚のあいだに膝をついたとき、ブレーがお尻からおろされ、膝のあたりにあることに彼女は気づいた。キャムは気づかれてもおかまいなしに足首をつかみ、目のまえで持ちあげて、すばやく革のズボンを引き抜いた。

彼がブレーを放り投げると、ジョーンは驚愕の目でそれを追いながら、ブレーに手を伸ばして引き戻し、穿《は》き直したいとぼんやり思ったが、ふたたび脚を開かされ、キャムの両側に置かされた。彼に注意を戻すと、その顔は太腿のあいだに潜ろうとしていた。

「何を――あああ！」少しまえまで指でしていたことを口で再開されて、彼女は叫んだ。彼は唇と舌と歯さえ使って、これまでひとりの男性も近づいたことのない部分を探検した。ジョーンはたちまち堕《お》ちていった。衝撃が襲い、体じゅうが揺すぶられると同時に、考える力も消えてしまったようだ。土の上に頭を打ちつけ、左右に首を振りながら、甲高く意味のない大声をあげつつも、彼の頭をつかんでいることは、どこかでぼんやりと意識していた。キャムに手をやさしくたたかれて、彼の髪をむしりかけていることに気づき、すぐににぎる力をゆるめた。彼に痛い思いをさせたくはないが、ジョーンにとってはそれが精一杯だった。この男がしていることのせいで、どうにかなってしまいそうだ。そのとき、舌にしては固すぎるものが押し入れられていることに気づき、不思議に思って下を見ると、彼の頭はまだそこにあり、唇と舌を使っているのが感じられた。でも今はそれに加えて――ああ、指だわ。彼女はぼんやりと思った。一本の指をどうかなりそうなほどゆっくりとしたスピードで彼女のなかに差し入れながら彼が奏でる音楽に、彼女の腰は踊っていた。

ジョーンが腰を上げたり押し出したりしてもっととせがんでも、キャムは断固としてそのスピードを変えず、ゆっくりと指を引き出しては、また途中まですべりこませた。その一方で、舌と唇はすごい速さで動き、秘所をついばんでいるので、とうとうジョーンは自分でも気づくほど大きな声であえぎ、むせびはじめた。彼女は唇をかんで声をあげまいとしたが、不可能だった。叫び声をあげたくてたまらなかった。大声をあげ、この狂おしい行為をやめてくれと訴えたかと思うと、やめないでくれとたのんだりした。やがて彼女のなかで、存在することさえ知らなかった糸のようなものがぷつんと切れたような状態になり、それが切れたことで強烈な快感の波が押し寄せて、一瞬体が震え、けいれんした。彼女がまだけいれんしているあいだに、彼はそれまでやっていたことをやめ、彼女の脚のあいだで体を起こして両腿をつかみ、彼女のなかに押し入った。

処女の帳《とばり》に遭遇した彼がそれを突き破ると、ジョーンの快感の叫びは苦痛の悲鳴に変わった。人によってそれぞれちがうことは母から聞いていた。つねられた程度にしか感じない女性もいれば、肌を深く切り裂かれたように感じる女性もいると。ジョーンは後者だった。つねられた程度どころではない。実際、例えるなら刃物で刺されたような感じだった。刺されたことがあるわけではないが、もし刺されたとしたら、想像するかぎりこんな感じだろう。

悲鳴をあげるとキャムは動きを止めてくれたので、ジョーンはほっとした。ふたりともしばらく動かずにいたあとで、ジョーンはあえて目を開けて不安な思いで彼を見た。彼は一瞬見つめ返してから、片手を太腿からふたりのあいだの、ふたりがつながっている部分の少し上にすべらせた。そしてまたそこを愛撫しはじめたので、彼女はいらだちの声をあげそうになった。あの痛みのあとでは快感など生まれるわけがないと思ったからだ。だが、そう思った矢先、また欲望に火をつりられるきざしを感じた。

キャムはまだ動かず、彼女のなかにすっかり自身を埋めたままで、辛抱強く彼女の欲望をふたたびかき立てようとした。するとようやく彼女のほうが動きはじめた。完全にではないものの、痛みはほぼ忘れ去られ、彼のものをもっと奥に迎え入れようと体を動かし、膝を立て、かかとを地面にめりこませて愛撫に応え、すでに一度経験している絶頂を追い求めて、無意識のうちに彼を駆り立てはじめた。

キャムはしばらく好きなようにさせていたが、やがて愛撫をやめ、動きを制御できるように彼女の尻をつかむと、抜き差しを繰り返しはじめた。最初ジョーンはがっかりし、わずかな憤りすら感じたが、彼がいくらか姿勢を変えて、体が花芯にこすれるようにすると、脚を彼の腰にまわしてさらに彼を駆り立てた。そのとき、追い求めていた絶頂が訪れてジョーンは声をあげた。キャムも彼女の尻をつかんだ手に力をこめ、腿を自分の体に押しつけながら同時に声をあげ、彼女のなかに種を注ぎこんだ。

5

焚き火で焼いているキジの焼け具合を確認したあと、ジョーンは体を起こして、これでもう百回目ほどになるが、キャムの寝顔を見た。彼はまだぐっすり眠っており、その様子を見るとほのかないらだちが生まれたので、彼女は水辺まで歩いていき、また戻ってくることにした。そしてまたそれを繰り返した。ジョーンは一日じゅう行ったり来たりしていた。彼と愛を交わしてからずっと。

ええ、一日じゅうってわけじゃないわ、と彼女は心のなかで認めた。ふたりともに声をあげて果てたあと、キャムは彼女の横にくずおれた。横向きに寝て、片脚を彼女の脚にのせ、片腕を彼女の胸に置いて、たちまち眠りに落ちた。ジョーンもたしかに少しは眠った。そうせずにはいられなかった。行為を終えると体が震えて力がはいらず、そのまま彼とともにうとうとした。だが長時間眠ったわけではないだろう。しばらくして目覚めたとき、太陽はまだ天頂に向かう途中だった。

ジョーンはしばらくそのまま動かずに、耳の横で響くキャムの鼓動を聞いていたが、やがて彼の腕と脚の下からそろそろと這い出て起きあがった。最初にしたのは服を着ることだった。それも急いで。目を覚ましたキャムに裸を見られるのではないかという不安が、そのスピードに拍車をかけた。そのあと彼のそばに座り、わたしはなんてばかなことをしているのだろうと思った。この男はもうわたしの裸を見ているのだ。それもこの上なく親密な状態で。なのに、また見られるのがそんなに恥ずかしいの？

さらに、彼にあの行為を許し、ともにそれをしてしまった自分を責めた。自分はそんなことをする人間ではないと思っていたのに。子供はほしくないと思っていること、貴族とたわむれの恋などしたいとは思っていないこと、そして自分がキャムにできることと言えばたわむれの恋だけだということを、ジョーンは自分に思い出させた。貴族が平民と結婚することはない。気の滅入るこの説教はかなりの時間つづき、そのせいで沈んだ気分になった。これまで結婚や幸せな結婚生活を夢見ていたというわけではない。だが、冷たくきびしい現実はしばしば受け入れがたく、あんなとてつもない情熱を経験したあとで、いきなり現実に引き戻されるのは、木の上から落下するのにも似ていた。彼女はぶざまな音をたてて地面に落ちたのだ。

自分を安っぽく感じ、少し怒りすら覚えながら、朝食用の野イチゴをさがしにいくことにした。意気消沈しているにもかかわらず、いやむしろそのせいかもしれないが、ジョーンは急に空腹を感じた。キャムが目を覚ましたときにお腹をすかせているかもしれないので、時間をかけて自分と彼が食べるのに充分な量の野イチゴを摘んだ。キジを見つけたのは野営地に戻る途中のことだった。今度もぱちんこは手もとにあったが、今回は木の上まで鳥を追いかけずにすんだ。まだ地面にいるあいだに仕留めたからだ。だが、つかまえたあと念のためにすぐ首をひねった。まえの晩に起こったようなことを避けるために。

野営地に戻るとキャムはまだ眠っていたので、ジョーンは鳥の羽根をむしってきれいにした。それを終えてもキャムはまだぴくりともしないので、また火を熾し、Y字状の大きな枝を二本切ってきて焚き火の両側の地面に刺した。三本目のまっすぐな枝をキジに刺し、最初の二本の枝の上にわたす。歩きまわったり、ときおりキジをひっくり返したりしながら、集めた野イチゴを食べた。太陽はすでに天頂をすぎて地平線への旅をはじめていた。野イチゴはとっくになくなり、キジは調理済みで、焚き火は消えかけているのに、キャムはまだ眠っていた。

ジョーンはため息をついてまた水辺に行き、滝のほうに目をさまよわせた。美しい滝を見るたびに、服を脱いでその下に立ち、体を洗いたいという思いにかられた。それを止めているのは、目覚めたキャムに見られるかもしれないという不安だけだった。だが、彼は今すぐには目覚めそうになく、実のところそれは少し心配でもあった。ときおりいびきをかいているのでなかったら、死んでいるのかと思っただろう。

彼がどうしてこんなに長いあいだ眠っているのかわからなかったが、それを言うならわからないことだらけだ。どうして彼とプレードの下にはいることになり、彼の胸の上で眠ることになったのか？　どうして彼は、男の身なりをしている彼女が男ではなく女であることを知っていると言ってくれなかったのか？　もしそれを知っていたら、少しは心の準備ができていたかもしれないのに。とはいえ、実際は心の準備などできなかっただろう。最後に水に映る自分の顔を見たとき、その見た目はとても美しいとはいえなかったので、自分が欲望の対象になるなど想像もしなかっただろうから。

もしかしたら、ゆうべ顔を冷たい水に浸したせいで治りが早まり、もとの顔に戻ったのかもしれない、と急に思い至り、水辺に膝をついて波打つ水面をのぞきこんだ。水面に映った顔が、眉をひそめるのが見えた。たしかに腫れは少し引いているし、あざも今では黒から緑か黄色に近くなっているが、まだひどい面相で、どうして彼が自分と寝たいと思ったのか不思議だった。

ジョーンはため息をつき、体を起こして立ちあがった。もう一度キャムのほうを見ると、まだ眠っているのがわかった。このまま夜までずっと眠っているのではないかという気がしてきた。思い当たることがあるとすれば、まだ回復途中だからということぐらいだ。昨日はかなりの距離を進んだから、それがいけなかったのかもしれない。彼が回復するのをもう一日待つか、せめて移動時間を半日に減らすとかするべきだったのだ。彼が目覚めたらそのことを相談しなければと思い、ジョーンはまた滝のほうを見た。

ここほど美しい場所は見たことがなかった。帰りの旅の途中でここに寄らないかぎり、もう目にすることはないだろう。その場合、ひとりでここを見つけられるかどうかあやしいものだ。残念ながら、どこで本道をそれたのか記憶していなかった。つまり、いま滝で水浴びをしなかったら、もう二度とその機会はないかもしれない。

肩越しにキャムのほうをうかがって、まだぐっすり眠っているのを確認すると、ジョーンは服を脱ぎはじめた。急いですませるのよ、と自分に言い聞かせながら。


キャムは目を覚ました。美しく晴れた日だ。伸びとあくびをすると、背中の傷口が少し引きつれて、顔をしかめた。昨夜ジョーンと交わっているときも何度かそうなったな、と思い起こし、彼女をさがして横を見た。彼女はもう隣で眠ってはいなかった……空き地にもいないようだ、と、起きあがって急いであたりを見まわしてから気づいた。

眉をひそめながら立ちあがり、両手で長い髪を押しのけて目にかからないようにすると、ジョーンの行き先を知る手がかりはないかとさがした。焼けた肉のにおいで、焚き火の冷えつつある灰の上のキジに気づいた。それで少し気が楽になった。そこでやっとキャムは一瞬だけ認めた。自分は恐れていたのだ。もしかしたらジョーンは彼がしたことに腹を立て、彼が寝ているあいだにひとり徒歩で出発してしまったのではないかと。

キャムは突然襲った罪悪感に顔をしかめた。無理強《じ》いしたわけではない。それはわかっていたが、今朝はたしかにかなり性急だった。しかも相手は半分眠っている状態だった。少年のふりをしていたのだから、誘惑されるなどまったく予想もしていなかったのはまちがいない。その上、彼女はまったくの未経験だった。そのことはすぐにわかった。処女の帳を破るまえから。実際、その時点でやめそうになったが、彼女はとても気持ちよさそうだったし、とても感じてくれていたので、彼は自分を抑えることができなかった。

ああ、ジョーンはなんと情熱に満ちていたことか。キャムがよろこばせると、彼女はうめき、身をよじり、あえぎ、獣のように声をあげた。そうするともっとよろこばせたくなり、あの甘い唇からもっと叫び声やせがむ声をあげさせたくなった。思い出しただけでキャムはまたすっかり固くなり、自分のものを見おろすと、乾いた血がついていたので顔をしかめた。これも彼女が未経験だったというあかしだ。

その血を見なくても信じてはいたが。そう思いながら、まずは急いで体を洗い、それからジョーンをさがしにいこうと決めた。彼女と話をする必要があった。何を言うべきかはわからなかったが、謝らなければならないことだけはたしかだ。彼女の純潔を奪ったばかりか、そのまま行為をつづけ、子供ができないように彼女を守る処置をまったくしなかった。最後のことに関しては自分でも驚いていた。ジョーンのことはとても好きだ。実際、出会ってからまだ数日しかたっていないのに、これまで好きになったどんな女よりも、彼女のことが好きになっている。一年のあいだいっしょに暮らし、眠り、関わりを持った妻よりも。なぜなのかはわからない。彼女を少年だと思っていたとき、友だちとして気楽に話せたからかもしれない。これまで女性とこんなに打ち解けて話をしたことはなかったが、女だとわかった今でも、ジョーンとならどんなことでも話せる気がした。

理由はどうあれ、キャムが彼女を好ましく思っていること、彼女の腹が大きくなり、赤ん坊を産み落とそうとして悲鳴をあげながら死ぬのを見たくないということはたしかだった。彼女に手を出すべきではなかったのだ。それが無理なら豚の膀胱を使うべきだった。それは妻亡きあと、彼が利用してきたものだった。豚の膀胱を携帯して、必要が生じると男のしるしに麻糸でくくりつけ、女の胎内に種をまくのを防ぐのだ。

残念ながら、豚の膀胱は酒場の女とすごしたときになぜか破れてしまっていた。どうしてそうなったのかはわからなかった。朝起きたら破れていたのだ。あのときは頭が痛かったし、破れた膀胱を見てがっかりした。酒場女の腕のなかでもうひと晩すごしたいと思っていたのだが、膀胱なしで危険を冒したくはなかったので、翌日にはいとこに追いつくだろうと、馬に乗って出発した。だが、ジョーンと襲撃者たちに出くわした。後悔はしていなかった。正直、ジョーンのためなら一ダースの魅力的な酒場女を袖にしてもかまわない。つまり、豚の膀胱が破れたのは幸運なことだったのかもしれない。そう思ってにやりとした……彼女にそれを使えないことをのぞけば。頭の一部がそれを思い出させると、彼の笑みはたちまち消えた。

ため息をつき、その考えを押しやって、体を洗うために川に向かった。もうすぐ水辺に着くというところで、すでにだれかが川のなかにいることに気づいた。立ち止まって目を凝《こ》らした。ジョーンが半分こちらに背を向けて滝の下に立っていた。目を閉じて頭をのけぞらせ、髪を生き物のように水に波打たせながら、肩から体へと水を浴びている。

美しい。すっかりあらわになった体の線を目でたどりながら、キャムは思った。水の冷たさに乳首が固く立っているのがわかる。両手を体じゅうにすべらせて、水をいきわたらせながら洗っている。水の精でも、今キャムがここに立って見つめているジョーンほど美しくはないだろう。しばらくのあいだ、ただ見つめるしかなかった。注がれる水に向かってささげるように、彼女が両手で乳房を包んで少し持ちあげるのを、羨望のまなざしで見つめるしか。ジョーンが乳房を放し、片手を腹から脚の付け根へとおろしてそこを洗おうとすると、キャムはもういても立ってもいられなくなって、急いで川にはいり、滝を目指した。

水は冷たかったが、情熱を冷ますほどではなかった。それに、キャムの体はたちまち冷たさに慣れたようで、滝に着いて、岩を登って彼女のいる岩棚に向かうころには、冷たさが心地よいほどだった。目を閉じていたのと、岩を打つ滝の音のせいで彼が近づいてくるのに気づかなかったジョーンは、彼が手を伸ばして肩に触れるとひどく驚いた。ぎょっとして目を見開き、悲鳴をあげたが、水を吸いこんだせいでうがいのような音になった。そのあとあまりにも勢いよく振り向いたのでよろけ、岩棚から滝壺へと落ちそうになった。

幸い、キャムが腕をつかんで胸に引き寄せたので事なきを得た。彼はそのまま移動し、滝を避けてちょっとした岩壁に近づいた。彼だとわかって少しほっとすると、ジョーンは目を開けたが、完全にではなかった。その目のなかに疑問が浮かぶのが見え、キャムは話し合わなければならないと思ったが、ふたりとも裸だし、腕のなかには彼女がいるし、いきり立ったものが彼女の腹に当たり、固くなった乳首に胸をつかまれている今、彼がしたいことといえば——

キャムは彼女にキスした。今朝はじめたときのさぐるようなキスではなく、飢えたような激しいキスだ。彼女をむさぼりたくて、唇を開かせ、舌を差し入れ、今や彼女のなかにあるとわかっている情熱を奪おうとしているようなキスだった。ジョーンは拒まなかった。実際はあっけにとられてとっさに反応できずにいたようだが、彼にとっては充分ではなかった。自分と同じくらい、熱く求めてほしかった。あえぎやうめきをこの耳で聞きたかった。しがみつき、肩に爪を立てて、体をのけぞらしたり押しつけたりしてほしかった。

ジョーンを岩壁にもたれさせ、頭の両側に手首を押しつけて、片膝で股を割り、花芯をこすりながら、キスを解いて片方の乳房に唇をつけた。

唇を離されたとたん、ジョーンは何か言ったが、流れ落ちる水の音が大きすぎてキャムには聞き取れなかった。抗議か懇願のどちらかだったのだろうが、いずれにせよそれを無視し、歯で乳首をはさんで唇を閉じると、彼女が手首を自由にしようともがくのをやめて、弓なりになって愛撫を受け入れるまで、激しく吸った。そして片方の手首を離し、脚のあいだに手をすべらせて愛撫できるようにした。すると彼女はすぐに自由になった手で彼を押しのけるのではなく、彼の肩をつかんだのでほっとした。

花芯の愛撫をつづけながら乳首から唇を離して体を起こし、もう一度唇を奪った。今度は今朝見せてくれたようなありったけの情熱をこめてキスを返してくれた。彼女の舌が彼の舌と出会って一瞬からみ合ったが、吸いこむ代わりに離れた。彼が興奮の中心を親指でこねながら、人差し指を彼女の温かなうるみのなかに差し入れたからだ。彼女の体はじっとしていなかった。そこから離れさせまいとするかのように、両側から腿で彼の手首と手を締めつけながら、そのくせ手の動きを妨げない程度の余裕は残し、指の動きに合わせてお尻を動かした。

行為に集中していたため、ジョーンが突然自分の手をふたりのあいだに移動させて、いきり立ったものをつかんだとき、キャムは跳びあがるほどびっくりした。さらに彼女の指が動きはじめると、うっと声をあげてキスを解き、頭をのけぞらせて、ぐっと歯をかみしめた。手の動きはためらいがちで、どうやら自分でも何をしているのかわかっていないようだ。彼はあいていた手をその手に重ね、もっと強くつかませるようにしたが、彼女の手のなかでそれが跳ね、すぐに後悔した。その時点でもう果てそうだった。これをつづけられたらひとたまりもないだろう。そうならないために、彼女の手をそこから引き離し、腿のうしろをつかんで広げさせ、持ちあげて岩肌に押しつけた。

ジョーンは反射的に彼の肩につかまり、岩にこすれないように上体をまえに傾けた。そのせいで彼の耳もとに顔がきたので、昂《たかぶ》りの上に彼女をゆっくりとおろしたとき、うめき声を聞くことができた。キャムはうめき声をあげる口をキスでふさぎながら前後に動き、花芯がこすれる角度で抜き差しをはじめた。ジョーンは熱く激しくキスに応えた。両脚を彼の体にまわし、交差させた足首をお尻に押しつけて、彼を駆り立てた。彼の髪に指をからませ、欲望にまかせて引っぱりながら、今やその先にあることがわかっている絶頂を目指した。

それはキャムをたまらなく興奮させ、彼女を攻める激しさと速さが増した。それでもまだ、どちらも絶頂を迎えるときではないと思っていたのに、それは来た。激しく唐突に、稲妻のように爆発し、彼女の尻に指をめりこませながら、キスを解いてあげた勝利の叫びは、ジョーン自身の叫びにのみこまれた。

果てたあと、キャムはジョーンにもたれかかり、彼女を岩肌に押さえつけながら、彼女の頭の横の冷たい岩に額をつけて休んだ。自分が仔猫のように弱々しく感じられた。最後のひとしずくまで力を吸い取られたかのようだ。体が震えてもいた。これ以上この状態でいたら、ふたりいっしょにくずおれてしまうかもしれないと思い、ゆっくりとジョーンから離れた。彼女はすぐに彼の体から脚をはずし、地面におろして自力で体重を支えようとしたが、頭は彼の肩から動かず、両腕は彼の背中の上のほうにまわしたままだった。自分がやろうとしていることをちゃんとできるかどうか自信がなかったので、少しためらってから、キャムは彼女を抱きあげて向きを変え、自分たちが立つ岩棚を形作っている大きな岩から飛びおりた。滝の向こうの水深は肩のあたりまであった。着地の衝撃をやわらげるために膝を曲げたので、飛びおりた瞬間ふたりは水のなかに沈んだが、ほんの一瞬のことだった。幸い、ジョーンはそれを予期していたらしい。彼がまっすぐに立って肩を水面に出したとき、彼女が咳こんだり水を吐いたりすることはなかった。

水のせいで体重がいくらか軽くなった今、腕のなかのジョーンはほとんど浮いているような状態だったので、キャムはその場に立ったまま筋肉に力が戻るのを待った。彼女は重くなかったが、彼自身は弱っていたので、そうしないと彼女を抱いたまま川から出られないのではと心配だったのだ。

キャムが動かないので、ジョーンは問いかけるように彼に頭を寄せた。彼が思わず顔を寄せてまたキスをした。愛情をこめて軽く唇に触れるだけのつもりだったのに、唇が重なった瞬間、彼のなかで何かが弾け、いつの間にか深くキスしていた。ジョーンも同じ激しさでキスに応え、またもや情熱に火がついて、爆発するように息を吹き返した。

情熱がよみがえったせいで力を取り戻したキャムは、キスをしたまま、川のなかを岸に向かって歩きはじめた。川からあがると、彼女の全体重を支えることになったが、問題なく運ぶことができ、すぐに彼女をプレードの上に寝かせて、その上に覆いかぶさった。

ジョーンは両腕を広げて彼を迎え、片膝でつつかれると両脚も広げた。キャムがその脚のあいだにはいると、彼女の熱に触れた彼のものはたちまちいきり立った。またキスしようと顔をさげていったが、乳首の先で水滴が震えているのに気づき、予定を変更して濃いバラ色の先端をなめ、しずくを舌で受けとめた。ジョーンは身震いし、からかうような愛撫に小さなため息をついた。彼女が両手で彼のものをつかんでもっととせがむと、彼はからかうのをやめて本格的に乳房をかまいはじめ、なめたり吸ったりしたあと口を離した。そしてもう片方の乳房に注意を向けた。

キャムが乳房を攻めながら、脚のあいだで腰を動かしているので、挿入していない彼のものが花芯にこすれて、ジョーンはうめき声とあえぎ声を交互にあげていた。その声はキャムの耳に甘い音楽のように響いた。彼女の笑い声も好きだったが、こういう声はもっと好きだった。それが彼の心に力を与えてくれたので、突然肩に手を置かれ、押しやられたときはがっかりした。

彼女がなおも押しているので、眉をひそめながら、やっていたことをやめて身を引き、彼女の脚のあいだに座りこんだ。

「どうした——?」心配になって声をかけようとしたが、彼女が膝を立てて上体を起こし、指と唇で彼の胸をさぐりはじめたので口をつぐんだ。口もとにかすかな笑みが浮かび、そんなことをしても男にはそれほど効果はないのだから、よろこばせたいなら下のほうに意識を向けたほうがいい、とやさしく言ってやりたくなったが、彼女の手が胸の筋肉をさまよい、あちこちつねったりもんだりするのを楽しんでもいた。そして、片方の乳首を口に含まれ、唇と舌でもてあそばれはじめると、自分のなかで興奮の糸が引かれるのを感じ、驚きさえした。

ゆっくりと目を閉じながら、ああ、おれもこれが好きだ、と思った。やがて身をこわばらせ、ぱっと目を開けた。ジョーンが乳首から離れ、胸にキスしながら腹のほうへとさがってきたからだ。キャムは彼女の髪をつかみ、男のしるしに到達する直前で彼女を止めた。彼女は彼を見あげ、大きな傷ついた目をして言った。「わたしにしてくれたように、あなたをよろこばせたいのに」

大きな訴えるような目をのぞきこみ、自分のもののすぐ近くにふっくらしたかわいい唇があるのに気づいたキャムは、彼女の髪から手を離して、その唇がいきり立ったものに近づいたときに起こることに動じるまいとした。水中で半覚醒状態だった彼のものは、プレードの上でキスと愛撫をするうちに完全に覚醒し、今ではすっかり大きくなって、皮膚が痛いほど張りつめていた。その熱い肉にジョーンがためらいがちに唇を押しつけはじめると、状況はさらに差し迫ったものになった。彼女は自分が何をしているのかまったくわかっていないようだが、そんなことは関係なかった。自分のものの上で動く口を見ているだけでたまらなくエロティックで、自制するのに苦労した。のぼりつめるのを避けようと目をそらしたが、背中の先に目をやると尻のふたつの丸みがあり、あまり役には立たなかった。

ジョーンがこわごわそれを口に含むと、キャムは限界に達した。片手でまた彼女の髪をつかみ、もう片方の手で上腕をつかんで起きあがらせ、ほとんど罰するようなキスをした。ジョーンが肩に腕をまわして情熱的にキスを返すと、彼は腕を離して彼女の脚のあいだに手をやり、自分と同様に沸点までのぼりつめさせようと、また愛撫をはじめた。

そこに到達するまで時間はかからず、やがて彼女はキスを解くと、彼の上にまたがった。キャムは彼女を正しい位置に導くと尻をつかみ、ふたりにとって心地よいリズムで彼女が体を上下させることができるように手を貸した。顔のまえに乳房がくるので、彼女をのせたまま、思わず片方を口に含み、もう片方を手で愛撫した。

ジョーンがのぼりつめて絶頂の叫びをあげ、キャムは少し驚いたが、筋肉が収縮して彼のものを締めつけたのですぐにあとにつづくことになり、彼女の声が消えないうちに、彼も叫び声をあげていた。

6

以前たどっていた本道を見つけて、ジョーンは小さく安堵のため息をついた。出発したときはひとりで見つけられるとはまったく期待していなかったのだが、それほどたいへんではなかった。キャムが滝への道をたどったのはこれが最初ではないらしく、下生えのなかに細い小道ができていたからだ。

ジョーンは本道を離れるまえと同じ方角を目指し、これまでより速い足取りで進みはじめた。キャムが目覚めるまえに、できるだけ遠くまで行きたかった。そんな必要はないのかもしれない。目覚めた彼はやっかい払いできたとよろこぶかもしれないのだから。その一方で、マッケイに着くまでずっと彼女と寝るつもりで、その機会が失われて腹を立てるということも考えられた。これればかりは予想がつかない。そもそもなぜ彼があんなことをしたのかもわからなかった。二度目のときも、三度目のときも。彼女の顔はまだひどい状態だし、身なりも魅力的とはいえない。だが尋ねる機会はなかった。彼が起きたらきいてみようと思っていたが、滝の下で驚かされて、キスをされて、それから……。

唇をかんでその記憶をあえて頭のなかから追いやった。あまり考えすぎると、向きを変えて野営地に戻り、キャムを起こして四度目をはじめてしまうかもしれない。あの男はプレードをまとった誘惑そのものだ……プレードを脱いでもだが。たしかに彼は、これまで経験したことがないような感覚を味わわせてくれた。存在するなど想像したことさえなかった感覚を。キスされた瞬間、彼が貴族で自分は平民であることを忘れた。これがただのたわむれであることを忘れ、罪であることを忘れた。体の奥深くで何かが震えはじめると、出産に対する長年の恐怖さえ忘れ、否定できない欲望が噴き出した。あの男のそばにいると、すべての良識を忘れてしまう。

だから、最後に交わったあと、彼の上からおろされて寝かされると、彼が眠りこむのを待ってその温かな腕のなかから抜け出し、服を着て荷物をまとめ、ひとりで出発したのだ。差し出される誘惑に抵抗できないなら、誘惑そのものを避けるべきだと。

ジョーンはため息をついて空を見あげ、太陽が沈んで旅をつづけられなくなるまで、どれくらいの時間が残されているのだろうと考えた。太陽がすでに地平線に近づきつつあるのを目にして、あまり多くはなさそうだ、と苦々しく判断する。一時間かそれ以下だろう。これはまずい。だが、ひょっとするとキャムは暗くなるまで寝ているかもしれない。それが彼女の切なる願いだった。それなら今夜出発することもないだろう。これがふたつ目の願いだ。だが、たとえ幸運にも願いがふたつともかなったとしても、日が昇ればすぐに起きて出発するだろう。今いる場所からそれぞれ同時に出発したとしても、向こうは馬でこちらは徒歩だ。たちまち追いつかれてしまう。

ようやくそこまで考えたとき、ものすごい速さで走る、とどろきのような馬の足音が聞こえてきた。馬は複数ではなく一頭だ。それに気づくと一瞬パニックになり、キャムかもしれないという恐怖に、猟師に追いつめられたシカのように路上に立ち尽くした。やがて頭が働きはじめ、路肩へ、そしてそこにある茂みへと急いだ。振り返ることなく茂みに飛びこみ、しゃがみこんで、できるかぎり体を小さくしようと努めながら茂みに身を隠した。近づいてきた馬が突然速度を落とし、茂みの向こう側で止まったので、試みは失敗に終わったことがわかった。

「ジョーンか？」

「ちがいます」とっさに言ってしまってから、自分を蹴り飛ばしたくなった。ちがいます、ですって？　ああ、神さま、わたしはいったいどうしてしまったの？　口を閉じたまま、彼が行ってしまうのを願うべきだったのに。だって、姿は見られていないでしょう？　見られたとしても、ほんの一部だけで、わたしだという確信はなかったはず。少なくとも返事をするまでは。声色を変えようとさえせずに、ちがいます、と言うまでは。

「そこから出てくるか？　それともおれのほうから茂みのなかに行こうか？」キャムはおだやかに尋ねた。

ジョーンは一瞬目を閉じてから、ため息をついて立ちあがり、彼をにらみつけた。「どうしてわたしがここにいるとわかったの？」

「路肩に走って茂みの陰に飛びこむのが見えた」彼はすぐに答えた。

「でも見えたのはほんの一瞬だったはずよ。別人だったかもしれないじゃない」彼女はむきになって指摘した。

「ああ」彼は認めた。「尻が茂みから突き出ていなければな。きみの尻ならどこにいても、どんな状況でもわかる」

ジョーンは赤くなるのを意識しながら彼をにらみ、茂みの向こうに出て、ぎこちなく路上まで歩いた。彼のまえまで来ると、彼がそこにいないかのように、背を向けて歩きはじめた。だがキャムは馬を彼女の横につけただけだった。

「おいで。乗るんだ」彼女に手を差し出して命じる。

ジョーンは首を振り、彼の手を見ただけで拒否した。「いいえ、けっこうよ。歩くから」

「なぜだ？」彼は尋ねた。なぜ馬に乗らないのかと問うているだけではない。なぜ彼を置いて逃げるように出発したのかも知りたがっているのだ。

ジョーンは唇をかんだ。そして、すまなそうに彼を見た。「暴漢たちから助けてくれたことは感謝しているわ。ありがとう」

「どういたしまして」彼はまじめくさって言った。「こっちも命を救ってもらって感謝している」

彼女は彼のことばを受け入れてうなずくと、こう言った。「でもここからはひとりで旅をしたほうがいいと思う」

「そんなことをさせるわけにいかないのはわかっているだろう、ジョーン。ひとりで旅をするのは危険だ」

「あなたといっしょに旅をするよりは安全だわ」と言ってしまってから、彼女は顔をしかめた。責めるつもりはなかったのに。ため息をつき、立ち止まって彼を見あげた。当然彼はすぐに馬を止めた。「わたし——わたしたち、あんなことをするべきではなかったのに……どうして——？　だって、今のわたしはそんなにきれいじゃないのよ。それなのにあなたは——」

そこまで言うと、途方に暮れて彼を見つめた。はっきり言うのがこれほどむずかしいとは思ってもいなかった。ジョーンは治療師だ。患者とはひどく個人的なことを話し合わなければならない。何年も訓練を積んで、今では気まずさも気恥ずかしさも感じることなくそれができるようになっていたのに、ふたりでした親密な行為のことをキャムに話せないの？　ことばに詰まり、顔を赤くし、まごつくなんて、まるで……そう、今朝までの自分——処女のようだ。ああ、なんてこと。彼女は急に気づいた。今朝あったことすべてのせいで、わたしは純潔を失ったの？　それとも、一度目でもう失っていたのに、さらに二度失ったの？

つまり、こういうわけね。純潔を失ったのは一度きり、でも彼はわたしと三度交わった。一日に。そして、その一日はまだ終わっていないんだわ、と思ってうろたえた。すると、キャムが突然横に身を乗り出し、彼女の両脇をつかんで持ちあげ、自分のまえに乗せたので、ジョーンは驚きの声をあげた。

「まず」彼はふたたび馬を進ませながら、辛抱強く言った。「きみは正しい。おれたちはあんなことをするべきじゃなかった。きみが処女なのを察して、手を触れずにおくべきだった。はじめてしまったとしても、すぐにやめるか、子供ができないようにするものを使うべきだったんだ。なのにおれは考えなしだった。いや、きみがほしくてたまらなくて、何も考えられなかった」彼は自分のことばを訂正したあとで、暗い調子で言った。「きみがきれいではないとかいうたわごとについてだが、どうして……いや」彼は首を振った。「おれはきみをとても魅力的だと思ったよ。当然だろう。あまりに魅力的だから、どうしても触れずにはいられなかった」

ジョーンが驚いて肩越しに見あげると、キャムはまじめな顔でうなずき、さらに言った。

「今でも少しだけ手を上にずらし、乳房を包んで愛撫したい気持ちと戦っているんだよ」

ジョーンは乳房のすぐ下あたりのウェストに置かれた彼の手を見おろした。また彼の顔を見あげ、思わず口走った。「今は布を巻いてあるの。だから何も感じられないわよ」

「教えてくれてありがとう。耐えるのが楽になるよ」彼はおもしろそうに唇をゆがめながら言った。

ジョーンはそれを聞いても眉をひそめただけでつづけた。「でもどうしてわたしを魅力的だなんて思うの？　最高の状態とはとてもいえないのよ。顔はひどく腫れていてあざがあるし、髪は帽子のなかに押しこんであるし、服だって色っぽくない」

「おいおい、冗談だろう？」彼は信じられない様子できいた。「娘さん、そのぴったりしたブレーは、きみのすてきな尻を強調するばかりだよ。そしてその髪は、今でこそ見えないが、おれはおろしたところを見ているから、ちゃんとその帽子のなかにあるのを知っている。それに顔は日に日に回復している」

「ええ、でも――」

「おれはきみが好きなんだよ、ジョーン」彼がすばやくさえぎった。「きみと話すのが好きだし、きみと旅するのが好きだ。きみの考え方が好きだし、きみが笑うのも好きだ。人として好きなんだ」彼はお手上げだとばかりに肩をすくめた。「きみの笑い声がもっと聞きたくなって、何を考えているのか知りたくなって、一枚ずつ服を脱がせて、温かく濡れた場所におれのものを何度も何度も埋《うず》めたくなる」

ジョーンは驚いて彼を見つめながら、無意識に唇をなめていた。彼のことばが頭のなかで跳ねまわって、お腹の下のほうで蝶がはためくようなイメージを形作っていたからだ。

「だが、そうするべきでないのはわかっている」彼はまじめな顔で言うと、片手をあげ、彼女の舌が残した跡をたどるように、一本の指を彼女の唇に走らせた。「だから、今後の旅のあいだは自制するつもりだ。たのむからいっしょに旅をしてくれ。きみは命の恩人だ。おれを恐れているからといって、ひとりで旅をするような危険を冒してほしくないんだ」

「あなたが怖いわけじゃないわ」ジョーンはため息をついてからそう告白し、顔をそむけた。「自分が怖いの。あなたに抵抗するべきなのはわかっているけど、抵抗できそうにない。抵抗するのにまた失敗するぐらいなら、誘惑を避けたほうがいいと思ったのよ」

「それについてはおれにはどうすることもできないな。でもこれからは、できるだけ手を出さないようにするよ。それでいいか？」彼がきいた。

ジョーンは彼を振り返り、なんとか笑みを浮かべてうなずいた。

「よかった」彼はそう言うと、馬を本道のはずれに向けた。

「どこに向かっているの？」彼女は驚いて尋ねた。

「野営地に戻る。きみが出発したのに気づいて、すぐに馬に乗って追いかけたんだ。荷物もキジも置いたままで」

ジョーンはびっくりした目であたりを見まわし、抱きあげられて彼のまえに乗せられたとき、来た道を引き返していることにどうして気づかなかったのだろうと思った。おそらく気が動転していたからだ。それほど意外ではなかった。この人はわたしに強い影響力を持っている……だからわたしは愚かにも負けてしまい、自分の意志を通せなくなってしまうのだ。

だが、ノーと告げて馬から降り、歩き去ることはできそうになかった。

もうあんなことは起こらないだろう、お互いああいう行為は控えるということで話はついたのだから、と自分に言い聞かせることで、ジョーンはこの問題を片づけた。だが、そう思いながらも、うそだとわかっていた。キャムにキスされれば、キスを返してしまうだろう。そのあとどうなるかについてははっきりしている。いずれかならずキスされることになるのもわかっていた。今夜ではないかもしれないし、明日でさえないかもしれないが、いずれ彼はキスをして、ふたりはまた自分を失ってしまうだろう。それは重々承知していたが、自分にうそをつくほうが簡単なので、そうしたのだった。

「キジはまだここにあるぞ」

馬が空き地にはいり、ジョーンがあたりを見まわすと、火の上にまだキジがあり、鞍嚢も消えた焚き火のそばにあったが、彼女はうなずいただけで、彼が馬を止めると地面に降りた。地面に降り立つと、何をすればいいかわからず、そこに立ち尽くした。ここに泊まるのだろうか、それともキジと鞍嚢を持って出発するのだろうか？

「今夜はここに泊まって、明日は夜明けとともに出発しよう」キャムはそう言うと、馬から降り、鞍をはずした。

それが答えってわけね。ジョーンは皮肉っぽく思ったが、作業をするキャムを知らず知らず見つめていた。彼女を追うために服を着たとき、シャツまで気が回らなかったらしい。プレードも正しく身につけているわけではなく、ただ腰に巻きつけているだけだった。そのため胸と背中はむき出しで、ジョーンは彼が作業をするたびに動く背中の筋肉から目をそらすことができなかった。まさに目の保養だった。

まったく、とても長い旅になりそうだわ。プレードの下から伸びる裸の脚に目を落とし、ジョーンは暗い気分になった。彼に抵抗するなどとても無理だ。機会があれば自分はまた負けてしまい、彼を楽しむだろう。彼ほどわたしの心をかき乱す男はほかにいない。おそらくキャムはわたしにとってたったひとりの恋人となり、数えきれない寒い夜にわたしを温めてくれる甘い思い出になるだろう。わたしもできるだけたくさん思い出を作ったほうがいいかもしれない、とジョーンは結論を出した。

「そんなふうにおれを見るのをやめないと、きみが望まないことが起こるぞ」キャムが突然警告し、向きを変えて彼女を見た。いかにも迷惑だと言いたげに、両手を腰に当てている。

「たぶんそれをはじめたいのよ」ジョーンは急いで言った。

キャムは一瞬固まったあと、首をかしげた。けげんそうな顔をしている。「お互い自制するということで合意したんじゃなかったのか?」

「そうよ」彼女はそう言って、力なく肩をすくめた。「でもわたしはそうしたくないの。だからひとりで出発したのよ。あなたのそばにいるかぎり、あなたがほしくなるとわかっていたから。それに、自制なんてできっこないと思う。一日か二日がいいところだわ。結局誘惑に負けるんだから、その二日間が無駄になる。なのになぜ気にすることがあるの？　それに、卵を割ってしまったら、もう殻のなかに戻すことはできないでしょ」

「卵？」ぽかんとして彼が尋ねると、彼女が説明した。

「わたしの純潔は失われ、もう取り戻すことはできない。自制したところでそれは変わらないわ。長い旅になるわけだし――」

そこまで話したところで、キャムが近づいてきて、ジョーンを抱き寄せた。一抹の後悔と自己嫌悪を感じつつも、ジョーンはよろこんで身をまかせた。旅が終わるころには、まちがいなくもっと後悔や自己嫌悪を感じているのだろうが、今のところ罪悪感は鳴りをひそめていた。


「起きろ、ジョーン。スコットランドだぞ」

ジョーンは目を開けて、眠そうにあたりを見まわしたが、最初は自分がどこにいるのかわからなくて混乱した。だが、馬に乗りながらキャムの膝の上で眠っていたことに気づいた。出発してすぐに眠りこんでしまったらしい、ということはわかった。少なくとも、荷物をまとめて出発してから、あまり長いこと目覚めていた記憶がない。だとしてもそれほど驚かなかった。まえの晩はほとんど寝ないで、絶頂を迎えるいくつもの方法をキャムに教わっていたのだから。

「ごめんなさい」彼のまえで体を起こし、もごもごと言った。

「何がだ?」彼が驚いてきく。

「あなたの膝の上で眠ってしまって」ジョーンは説明した。「ゆうべのせいであなたも疲れているはずなのに」

「おれは昨日ずっと寝ていたから」キャムがやさしく思い出させた。「大丈夫だ。きみが謝ることはない。休むことも必要だよ。それに、きみを起こしたのは、曲がり角の先に宿屋があるから、そこで休んで昼食をとろうと思ったからだ」

「そう」ジョーンは驚いてそう言うと、微笑んだ。「それはいいわね」

「ああ。おれもそう思ってね」彼は愉快そうに言うと、彼女が目覚めたので馬の速度を上げた。

ふたりが立ち寄った宿屋は、道の脇にぽつんと建つこぎれいな建物だった。近くに村か町があるのだろうが、なんという場所なのかジョーンは知らなかった。あたりにほかの建物はひとつも見えない。キャムは迎えに走り出てきた厩番に馬を預け、ジョーンを連れて宿屋にはいった。そこはかなり広い部屋で、テーブルが何列も並び、二階につづく階段があった。扉を開けると、おそらく二階には貸し寝室があるのだろう。ふたりがはいった広い部屋にはだれもいなかったが、キャムがテーブルに沿って置かれたベンチのひとつにジョーンを座らせていると、奥の部屋の扉が開いて、でっぷりした腹の男がにこやかに出てきてふたりを迎えた。

「これはこれは、いらっしゃい、だんな方。こんないい日に何をさしあげましょう？」男はせかせかと近づいてきながら愛想よく言った。

「おれはエールを」キャムが言った。

「そちらのおにいさんは？」男はためらってから、問いかけるようにジョーンのほうを見た。

「同じものを」地声よりも低い声で彼女は言った。〝おにいさん〟と呼ばれて、ようやく自分の服装を思い出したのだ。おかしなことに、キャムのそばにいるとなぜかそのことを忘れてしまうのだった。

「何か食べるものはどうです？」男はうれしそうにきいた。「うちのかみさんの鶏のシチューと豆の煮込みはうまいですよ」

「それをもらおう」ジョーンがうなずいたので、キャムは言った。「二人前だ」

「よろこんで」男はもみ手しながら言った。「お掛けください、だんな。二人前の食事を出すようかみさんに伝えて、飲み物を持ってきましょう」

キャムはうなずき、テーブルについた。男が話の聞こえないところに行ってしまうと、半ばささやくように言った。「きみが少年の恰好をしていることをつい忘れてしまうよ。実際、きみが女性だと知った今は、以前男だと信じていたなんてうそのようだ。ブレー姿であってもなくてもね」

ジョーンは褒められてかすかに微笑み、肩をすくめた。「母がいつも言ってたわ。人は自分の見たいものを見るって。ブレー姿の人を見たら、たいていの人は機械的に男だと思うのよ」

「ああ、そのようだな」とキャムはつぶやいたが、同時に首を振り、どうしてだれもがすぐに彼女を女だとわからないのか、やはり理解に苦しむということを示した。

宿屋の主人が飲み物を持って戻ってきて、そのあとすぐに小柄で豊満な体つきの女が食べ物を運んできた。シチューは美味で滋養に富み、その味をほめちぎったあと、ふたりはほとんど無言で食べていたが、そのうちにジョーンが尋ねた。「マッケイに着くまではあとどれくらいかかりそう？」

キャムは一瞬黙りこんだあと、軽く肩をすくめた。「十日から二週間だな」

その答えを聞いて、彼女は驚いて眉を上げた。徒歩ならそれくらいかかると見積もっていたが、ふたりは馬に乗っているのだ。

「ふたり乗りだから、馬をあまり急がせたくない」キャムは説明し、にやりと笑った。「それに、急ぐ必要がどこにある？　急いで帰らなきゃいけないわけでもないし」そこで口をつぐみ、彼女に尋ねる。「それとも、手紙を届けるのは急ぎなのか？　いつまでに届けなければならないという取り決めでもあるのか？」

「いいえ」ジョーンは答えた。

「よかった」彼はほっとして微笑んだ。「それならのんびりと旅を楽しもう」

ジョーンはうなずき、食べ物に注意を戻したが、彼がさまざまなやり方で旅を楽しむつもりなのはわかっていた。自分も楽しむだろうということもわかっていたので、気にはならなかったが。それどころか、あと一週間半、もしかしたら二週間も彼といっしょにいられるのだと思うとうれしかった。

「手紙を届けたあとはどうするか、考えているのか?」キャムに突然きかれ、ジョーンはぽかんと彼を見た。

間があってから、彼女はゆっくりと首を振った。「いいえ。グリムズビーに帰ると思う」

「グリムズビーか。そこから来たと言っていたな」キャムは食べ物に目を落としたまま言った。

ジョーンは何も言わなかった。グリムズビーで生まれ育ったことは、最初のころに話していた。

「だが、もうそこに家族はいないのだろう?」彼がきいた。

「ええ」彼女は認めた。「家族は母だけだったから」

彼はうなずいた。そして、大きく息を吸って言った。「きみは才能のある治療師だ。きみの技術には価値がある。シンクレアに住んで、そこで働くことを考えてみてはどうだ?」

ジョーンは一瞬動きを止めたあと、ゆっくり顔を上げて彼を見たが、彼はまったく不必要な熱心さで食べ物をじっと見ていた。わたしの視線を避けながら提案をしている？　彼はわたしにシンクレアに住んでほしいの、ほしくないの？　わたしを気の毒に思うから言ってくれているだけ？　それともこの……なんであれこの関係を終わらせたくないから？

ジョーンは何も言わなかった。実のところ、彼の提案にかなり驚いていた。予想していなかったことだ。なんと呼べばいいのかわからないふたりのこの関係が、旅を終えたあともつづくとは考えてもいなかった。そうなったとして、それがいいことなのかどうかもわからなかった。彼の愛人になりたいとは思っていないので、今ふたりが楽しんでいるようなことをつづけることはできない。

「すぐに戻る」とキャムが突然言ったので、ジョーンが見あげると、彼は席を立とうとしていた。彼女はうなずき、宿屋の主人のところに行く彼を見送った。主人に頭を寄せ、彼女には聞こえない声で何やらしゃべっているのを見て、好奇心がわいた。何を言っているのだろうと耳を澄ましてみたが、距離があるので無理だった。気にするなと自分に言い聞かせ、食事を残さず食べることに注意を向けて、最後のひと口を飲みこんだとき、キャムが戻ってきた。

「食事がすんだなら出発しよう」彼はやさしく言った。

ジョーンはうなずき、立ちあがって扉のほうに向かいはじめたが、キャムの手に背中を押されると、硬直して不安そうにあたりを見まわした。だが、宿屋の主人の姿はなかった。彼女はゆっくりと緊張を解き、彼に促されて外に出た。

「ここで待っていてくれ。馬を連れてくる」外に出るとキャムが言った。

ジョーンはうなずき、中庭を横切って、建物の脇の厩に向かう彼を見送った。彼はすばやかった。厩にはいったと思ったら、すぐに馬を引いて出てきた。だが、何歩も進まないうちに、宿屋の主人が小さな袋を持って走り寄ってきた。キャムは袋を受け取って向きを変え、鞍に袋をくくりつけた。そして鞍嚢に手を伸ばし、何かを取り出して宿屋の主人にわたした。主人がにっこりしたところを見ると、わたしたのはおそらく硬貨だろう。キャムは何を買ったのだろうと思いながら見ていると、彼は男にうなずいてから馬に乗り、そのまま彼女を拾いにきた。

ジョーンは差し出された手を取り、引きあげられて鞍の彼のうしろにまたがった。なぜうしろに乗せたのかは尋ねなかった。理由ならわかっている。宿屋の主人が見ているからだ。彼女は少年ということになっているし、小作人の少年が領主と馬に乗るときは、領主の膝の上で眠ったりしない。そこで楽な姿勢を取り、両腕を彼の腰にまわすにとどめた。

午後遅くまで馬に乗ったあと、キャムは野営地を見つけた。やはり空き地で、今回は近くに滝はもちろん川さえなかった。でもなんとかなるわ。キャムの手を借りて馬から降りながら、ジョーンは思った。

「夕食になるものをさがしに行くわ」キャムが馬から降りると、彼女は言った。

「その必要はない」彼はすぐにそう言うと、鞍にくくりつけられていた三つの袋を取ってきて、地面に置いた。「出発まえに宿屋の主人から羊のあぶり肉を買ったんだ。今夜の食事の用意はできている」

彼が買ったものはそれだったのか、とわかってジョーンはにっこりした。今夜の夕食をさがしに行かなくていいのはありがたかった。それに、ウサギの肉より羊肉のほうがいいに決まっている。かがみこんで、宿屋の主人がキャムに手わたしているのを見た、いちばん小さな袋を手に取り、肉といっしょにパンかそれ意外のものを持たせてくれたのだろうかと思いながら、急いで開けてなかを見た。最初に見えたのは、食べ物の上に置かれたさらに小さな袋だった。驚いて眉を上げながら、それを取り出して開け、袋を傾けて中身を手の上に空けた。

「これは――?」困惑しながら言いかけたところで、キャムがいきなりそれをひったくったので、ジョーンは驚いて顔を上げた。

「これを見せるつもりはなかった」気恥ずかしそうに聞こえる声でそう言うと、小袋に戻した。

「豚の腸?」彼女はおもしろがって尋ねた。

「羊の腸だ」キャムはつぶやき、ため息をついて言った。「ちょっと遅いのはわかっているが、もしまだきみに子供ができていないとしたら、これを使って避けるべきだと思ったんだ

「――」

そこで彼女の手に口をふさがれた。しばらく彼女は何も言わなかった。彼の思いやりに感動したのだ。少なくとも彼の愛情は伝わってきた。彼のために付け加えるなら、彼はほぼ最初から彼女のことばかり考えていたが。

「ありがとう」ようやく彼女はそう言って、彼の口から手を離した。「でもその必要はないわ。最初のとき以来、毎日デビルズ・プレイグの種をかんでるから」

「悪魔の災い《デビルズ・プレイグ》？」彼がけげんそうに聞き返す。

「鳥の巣とかノラニンジンとも呼ばれているわ」とジョーンが言っても、彼はまだぽかんとしている。知り合いにこの種を使ったことがある人がだれもいないか、いたとしても話してくれなかったらしい。「男の人の種が胎内で実を結ぶのを防ぐものよ」

「それは」彼は驚いてつぶやいた。「母親から……？」

「母が教えてくれたたくさんのことのひとつよ」ジョーンは急いで言うと、食べ物の袋を彼にわたして通りすぎた。「焚き火をするための木を集めてくる」

「待ってくれ」キャムが突然言って、彼女が立ち去るまえに腕をつかんだ。立ち止まって問いかけるように彼を見ると、眉をひそめていた。「それは危険なものではないのか？　そういう目的で摂取したもののせいで死んだ女性たちがいると聞いたことがある。毒が――」

「いいえ。これは安全よ」彼女はそう言って安心させた。「あなたが聞いたのは、おそらくドクニンジンとかその手のもののことでしょう。堕胎に利用されるけど、母体に危険がおよぶこともある。でもデビルズ・プレイグにその心配はないわ」

「そうか……よかった」彼はため息のように息を吐き出し、食べ物の袋をもう一度差し出して言った。「夕食は何か見てごらん。薪はおれがさがしてくる」

ジョーンは反射的に袋を受け取ったが、歩き去る彼をただ見送りながら、今の会話のせいでふたりがひどく冷めてしまったように感じられるのはどうしてだろうと思った。

恐怖のせいでデビルズ・プレイグの種をかむようになったのは昨日からだ。そのことに思い至ったのは、彼を置いてひとりで出発する準備をしていたときだった。実のところ、自分たちがしたことのせいで子供ができるかもしれないとは、それまで考えてもいなかった。起こったこととその理由のほうが気になっていた。自分はただ彼にとって都合がよかっただけなのではないかと、くよくよ悩みはじめていたのだ。女ならだれでもよかったのではないかと。彼は好きだと言ってくれたが、顔に腫れとあざがある彼女をどうして求められるのか、理解できなかった。

だが、彼に触れられ、キスをされると、その悩みも忘れた。彼にかき立てられる感覚以外、何も考えられなくなるようだった。ことがすんで、眠る彼を見ながら、この人には抵抗できないと思った。触れられただけで夢中になった。だからひとりで旅をしたほうがいいと、彼がもたらす誘惑を避けたほうがいいと思った。そのとき、別の問題が頭に浮かんだ……自分はもう生娘《きむすめ》ではないのだ。だがあまり気にならなかった。どうせ結婚するつもりはないので、純潔を失っていても未来の夫を失望させる心配はない。だが、妊娠している可能性があることも頭に浮かび、そのことは心配だった。実際、愚かしいほど怖くなって、急いで薬草のかばんのなかをかきまわし、そこにあるとわかっているノラニンジンの種をさがした。

幸い種はたくさんあり、旅の残りのあいだも足りそうだった。ジョーンはそれが必要になると確信していた。

7

ジョーンは眠たげにため息をついてキャムにすり寄った。すると、すぐに彼の手が背中におりてきて、チュニックの生地越しにもんでくれたので、思わず笑顔になった。だが、ふたりでくるまっていたプレードが肩まで押しさげられ、ひんやりした朝の空気のなかに頭と肩が露出すると、彼女は笑みを消し、鼻にしわを寄せた。

「寒いわ」ジョーンは小さく身震いすると、文句を言ってプレードの下にもぐろうとした。

「そうだな。夜は冷えるようになってきた。もう夏も終わりだな」キャムはあまりうれしくなさそうに付け加えた。

ジョーンは彼の声ににじむ非難に微笑み、肩をすくめて哲学的に言った。「どんなことにも終わりはやってくるわ」

彼女の下でキャムが動きを止め、彼女は頭を上げて問いかけるように彼をじっと見た。

キャムは浮かない顔つきで見つめ返した。

「どうしたの？」彼女が尋ねる。

彼はためらい、首を振ったが、不意にこう言った。「手紙を届けたら、いっしょにシンクレアに来てほしい」

今度はジョーンが固まる番だった。突然心がざわめき、無言でまた彼を見た。スコットランドにはいって最初に立ち寄った宿屋で、キャムはシンクレアで治療師として働く可能性について口にした。だが、あれから二週間、それが話題にのぼることはなかった……今このときまでは。とはいえ今回は、ジョーンの仕事については触れていない。

「治療師として？　それともあなたの愛人として？」彼女は静かに尋ねた。

「それはどうでもいい。ただ、この関係を終わらせたくないということだけはわかっている」彼は片手の指で彼女の頬をなでながら、静かに言った。「きみが必要なんだ、ジョーン」

ジョーンは悲しげに目を伏せた。わたしは彼が質問にどう答えると期待していたのだろう。愛人としてシンクレアに来てくれと言ってほしかったのだろうか？　貴重な腕のいい治療師として？　それとも妻として？

だが結局、何かを望んだところで意味はないのだろう。大切なのは、この二週間が人生最良の日々だったということだ。ふたりは日が高くなってから出発し、早めに馬を止め、カタツムリのような速度で旅をしてきた。ことあるごとに愛を交わし、三日もあれば終えられるはずの旅を、二週間にわたるよろこびの饗宴に変えていた。よろこびをもたらしてくれるのは愛の行為だけではなかった。話をすること、笑うこと、水浴びすること、歩くこと、食べることすら彼といっしょだと楽しかった。こんなに笑ったのも、こんなにいつも笑顔でいたのも、ジョーンの人生で初めてのことだった。毎日笑ったり微笑んだりしているので、一日の終わりには頬が痛くなるほどだった。彼といっしょにすごした日々よりすばらしい人生など想像できなかった。

だが、キャムを自分のものにすることはできない。自分は平民で、彼は貴族。せいぜい愛人として、キャムの人生の片隅に存在し、生きていると実感させてくれる彼の訪問を待つぐらいしか望むことはできない。なんともみじめな立場であり、彼が飽きて訪問してくれなくなれば、さらにみじめになる。絶えず気をもみながら、ほかの女たちといる彼を見守ることになる。おそらく彼もいずれは両親の圧力に屈して再婚し、子をもうけ、孫も……だめ。そんなことはできない。そんなことには耐えられない。

小さくため息をついて、ジョーンは彼と目を合わせ、さっき言ったことを繰り返した。

「どんなことにも終わりはやってくるわ、キャム」

「これはちがう」彼はすぐに言った。

ジョーンはためらったあげく、体を起こして彼から離れた。自分がプレードごと離れたせいで、彼がシャツだけの姿になってしまったのに気づき、プレードを体からはずして彼に掛けようとしたが、彼はすでに立ちあがっていた。

キャムはジョーンの両腕をつかんで引き寄せ、やさしくキスをした。額を合わせてささやく。「これはちがうよ、ジョーン。終わりにしたくない」

「でもわたしは終わりにしたいの」すぐに彼女が返すと、彼は殴られたかのように頭を引いた。ジョーンはもう少しで彼に謝り、ほんとうに終わらせたいわけではなくて、このままつづけていてもいつかは終わってしまうので、それがいやなのだと説明したくなった。だがそのまえに、だれかの咳払いの音が響き、ふたりは音のしたほうに顔を向けた。

ジョーンは、昨夜ふたりが野営地に選んだ小さな空き地の端に立っている男を、ぽかんと見つめた。身長も横幅もキャムと同じくらいあるが、金髪のキャムとちがって髪は黒っぽく、おそらく二十歳ほど歳上の男は、歓迎していいのか嫌悪感を示せばいいのかわからないといった顔つきでふたりを見た。

「マッケイのご領主」キャムはジョーンを放して男性のほうを見た。「またお会いできて光栄です」

自分の旅の目的である名前を聞いて、ジョーンは目を見開いた。この人は、手紙をわたすようにと母にたのまれた、マッケイ家の人間なのだ。

「わたしもだ」ロス・マッケイは言ったが、そう言いながら目を泳がせ、自分たちからそらしたことに、ジョーンは気づかずにいられなかった。

だが、キャムは気づかなかったらしく、こう尋ねた。「こんな時間にどうしてご自分の森をぶらついているんですか?」

「昨夜火を見たと城壁の見張りから報告があった」ロスは静かに言った。「それで今朝、なんなのかたしかめようと、わたし自ら兵士をふたり連れて出向いたのだ」

ジョーンはとっさにキャムを見た。前日ここで野営することにしたのは、午後の半ばのことだった。彼はもう半日彼女とすごしたかったにちがいない。まえの晩に熾した小さな火が見えたということは、マッケイにかなり近いところにいたはずだからだ。野営する必要もないほど近かったということになる。こんなに近いのだから休まず進もうと彼が言わなかったことに怒ってもいいはずだったが、怒りは感じなかった。

「兵士たちと馬はどこです？」キャムはきいた。

「少し離れたところに馬を置いて、徒歩できみたちの野営地を調べた。敵だったら接近を知られたくなかったものでね。だが、きみが少年とここにいるのが見えたから、兵士たちに馬を取りにいかせた」

マッケイは身振りでジョーンを示しながら、明らかに落ちつかない様子だった。少年と呼ばれて、ジョーンは自分が男の子の恰好をしていることを思い出した。キャムがはずしたプレードにふたりでくるまって眠ったので、キャムは今シャツしか身につけておらず、大事なところもろくに隠せていないが、ジョーンは眠りにつくまえに夜の寒さに備えて服を着ていたし、髪も帽子に押しこんである。男性の気まずさが理解できた。ふたりが抱き合っているところに出くわしてしまったのだ。教会は男性同士の情交を大罪と考えており、その罰は死刑である。

ジョーンは帽子を取って、金色の髪を肩と背中にたらした。そこでようやくキャムが言った。「ロス、彼女はジョーンです。盗賊に刺されたぼくの命を救い、回復するまで世話をしてくれました。あなたと奥方に手紙を届けにマッケイに行く途中だと言うので、ここまで無事に送りとどけようとぼくが申し出たのです」

「おお、そうだったか、それならよかった」マッケイは安堵の息をつき、態度をやわらげた。首を振って言う。「どうすればいいものかと困っていたのだ。従者のひとりが天使祝詞《しゅくし》を唱えるのをさぼってきみたちのことを司祭に告げ口でもしたらどうなるか、よくわかっていたからな……」彼は首を振り、まえに進み出て手を差し出した。「その手紙とやらを受け取ったら、きみたちを残して立ち去ろう。わたしは姿を表すことで、何かのじゃまをしてしまったようだからな」

「あの」ジョーンは彼の手を見たが、シャツのなかにしまってある手紙は取り出さなかった。代わりに、申し訳なさそうに言った。「手紙はレディ・マッケイ宛です。もちろんあなたにも読んでいただきますが、まずはレディ・マッケイにたしかに読んでいただくようにと、母から言われています」

「それならたしかに妻のもとに届くよう、わたしが取りはからう」マッケイはなおも手を出したまま言った。

ジョーンはためらったが、首を振った。「わたしが直接レディ・マッケイに手紙をおわたしするようにと、母から重々言われているのです」

彼は度重なる拒否に眉をひそめはじめたが、彼女のことばを聞くと、その顔に驚きがよぎった。「母?」

「手紙は彼女の母親が書いたものです。死ぬ間際にジョーンに託したのです」キャムが説明したあと、まじめくさって言い添えた。「母親の死に際の願いですから、彼女は指示されたとおり、あなたの奥方に直接手紙をお届けしたいことでしょう」

マッケイは眉をひそめて考えこんだあと、唇を引き結び、こう尋ねた。「きみの母親というのは何者だ、娘さん?」

「マギー・チャータズです」ジョーンは即座に答えた。

「マギー・チャータズ?」ロス・マッケイは繰り返したが、どうやらその名前に聞き覚えはないようだった。

「治療師でした」キャムが助け舟を出したが、ロスは首を振るだけだった。まったくぴんとこないらしい。

「グリムズビーの」ジョーンは助けになるかもしれないと思って言い添えたが、男性はまた首を振り、ため息をついた。

「それなら、わたしたちといっしょに城に戻って、母親に言われたとおり、自分でアナベルとわたしに同時に届けるのがよかろう」ロス・マッケイはまじめに言ったあと、キャムのほうを見てからかった。「まずはプレードをつけたいだろう、キャンベル。従者たちがきみたちを見つけたときの様子を話しはじめたら、女たちは大騒ぎをすることになるからな。これ以上興奮の種を与える必要はない」

キャムはその言葉に顔をしかめ、膝をついてプレードをつかむと、振って土を払い、ひだをたたみはじめた。作業を終えかけたとき、数人の男たちが馬で空き地にやってきた。マッケイの馬を引いている。彼らの顔つきを見たジョーンは、ひと目で女だとわかる姿になっておいてほんとうによかったと思った。彼らも彼女とキャムが抱き合っているところを目撃して、すっかり勘ちがいしていたのだろう。ジョーンが女だと知ったときの反応は、安堵から好色な笑みまでさまざまだった。

赤くなるのがわかって、ジョーンは手のなかで帽子をねじりはじめ、うつむいてキャムの作業を見守った。

「ぼけっと見ていないで、彼が身支度をしているあいだに、シンクレアの馬に鞍をつけろ」、マッケイが突然どなった。

ジョーンはきつい口調の命令にびくりとしたが、うなずいて向きを変え、空き地を横切って、キャムが馬を木につないだ場所に急ごうとしたところで、ロス・マッケイに腕をつかまれた。彼女を立ち止まらせると、彼はやさしく言った。「わたしは兵士たちに言ったのだよ、娘さん」

「そうでしたか」と彼女はつぶやき、ふたりの兵士が馬を降りて、領主の命令に急いで従おうとしていることに、ようやく気づいた。ひとりは鞍を持ちあげて馬に乗せ、もうひとりはその鞍にくくりつけようと、キャムとジョーンのかばんを運んできた。

「グリムズビーのマギー・チャータズか」突然ロス・マッケイがつぶやき、ジョーンは期待をこめて彼を見た。彼女自身、この立派な領主とその奥方が母とどういう関係なのか興味があったが、その名前を聞いてもまだなんの記憶もよみがえっていないことは、彼の表情を見てすぐにわかった。ジョーンと目が合うと、ロス・マッケイは彼女を見返して尋ねた。「きみは母親似か?」

「ちがいます」ジョーンはすまなそうに言った。

「ほんとうに?」彼女の顔立ちをじっと見ながら聞き返す。「きみはだれかを思い出させる」彼は眉をひそめた。「頭の奥のほうで記憶が虫のようにうごめいているのだが、どうにもはっきりしない」

ジョーンは眉をひそめた。「母は黒っぽい髪に緑色の目をしていましたが、わたしは金髪で目はグレーです。似ていると言われたことはありません。おそらくわたしは父親に似たのだと思います」

「ふむ」ロス・マッケイはうなり、近づいてきたキャムを見た。

「行きましょうか？」キャムはジョーンの腕をしっかりつかむと、ロスから引き離した。

この嫉妬ともとれる行為に、ロスは片方の眉を上げたものの、うなずいて馬のほうに向かった。「行こう」

「はい」キャムはつぶやき、ジョーンを馬のところに連れていった。そこに着くと先に馬に乗り、身をかがめて彼女を抱きあげ、自分のまえに乗せた。そのあいだずっと無言だった。そのことと、動きのぎこちなさで、彼が怒っていることがわかった。この関係を終わらせたいと言ったからだろうか。あのときどういうつもりだったのかを説明できていたら、彼の怒りもすっかり消えることはなくても少しは収まっていたのだろうが、彼女は説明しなかった。彼が怒っているほうが都合がいいかもしれない。どちらにとってもそのほうが楽だろう。つらい別れにはならないだろうから。彼はマッケイの城の扉のまえで彼女をおろし、すぐに自分の城に向かうだろう。さっさと彼女をロス・マッケイに引きわたして、もう出発していてもいいはずなのに、そうしなかったので驚いているほどだ。野営した場所がマッケイの城からいかに近いかに気づいたときはとくに。一行が森から出て谷にはいると、城壁はそのすぐ先で、そこまでほんのわずかな時間しかかからなかった。

マッケイの兵士たちに無言で見つめられているのをいやになるほど意識していたので、道のりの短さはありがたかった。彼らに出会うまえに着替える機会があればよかったのに、と思わずにいられなかった。これ以外に着替えるドレスがあるわけではないが、彼らの視線のせいで、持っていればよかったと思った。

それに、キャムが怒っていれば別れが楽になるとはいえ、彼がこんなに怒っていなくて話ができたらよかったのに。恋人同士にはなったが、男の子だと思われていた最初のころは友だちだったのだし。母に託されたあの手紙の内容についても、急にひどく気になりはじめた。危険な旅をすることになるのに、何があっても直接わたすようにと母にたのまれた手紙。そのことについて彼と話したくてたまらなかったが、できなかった。そのためにはさっき言ったことの説明をして、彼の怒りを鎮めなければならず、それをすれば……。

ジョーンはごくりとつばをのみ、手綱をにぎる彼の手に目を落とした。説明すれば、自分のなかで彼がどんなに大切な存在になっているか、知られることになる。どんなに彼といっしょにいたいと思っているかを知られることになる。すると彼は得意技で対抗してくるだろう。キス、愛撫、甘いことば。やすやすと覚悟を決めて彼とシンクレアに行くことになるのは目に見えている。すでに心の一部は折れそうになっているのだ。なんとか持ちこたえているのは、将来への不安、用心したにもかかわらず、すでに子供ができているかもしれないという恐れのせいだった。彼が自分に飽きて捨てられる日がかならず来るという恐怖のせいもあった。

冷たい雪のなかで赤ん坊を抱いて立ち、厩の陰からほかの女とキスをしていちゃつくキャムを見ている自分の姿が突然頭に浮かんだ。そんな経験をしたら胸がつぶれてしまう。いや、この関係は細菌に感染した手足のようなもので、腐ってほかの部分に菌が広がるのを待つよりは、切り落としてしまったほうがいいのだ、と自分に言い聞かせた。

「馬はここに置いていきなさい。うちの者が世話をする」一行が城の階段のまえに馬を止めて馬から降りると、ロス・マッケイが言った。

キャムはあたりを見まわし、そのことばにうなずいた。そして、ジョーンを抱きおろそうと向きを変えたが、すでに彼女はひとりですべり降りていた。

おれに触れられるのもがまんならないというわけか？　キャムは苦々しく思った。ジョーンは腕を取って案内しようとした彼を巧妙に避け、急いでロスのあとから城の階段をのぼった。ここまで安全に送り届けてもらった今となっては、もうお役御免ということのようだ。彼と寝床をともにしたのも、旅のあいだ保護してもらうためにしたことだったのではないかという気がしてきた。たしかに彼女は、これ以上交際をつづけるつもりはないとはっきり言っている。

〝これはちがうよ、ジョーン。終わりにしたくない〟

〝でもわたしは終わりにしたいの〟

城までの短い旅のあいだ、彼のことばと彼女の答えがキャムの頭のなかに繰り返し響いていた。記憶のなかの彼は恋わずらいの若者のように、捨てないでくれと訴えていた。そして彼女は心ないハルピュイア（上半身が人間の女で鳥の翼と爪を持つ、ギリシャ・ローマ神話の怪物）のように、彼をたたきのめした。

せめて友だちではあると思っていたのに、あれほどのおしゃべりと、笑いと、情熱を共有したあとで、徹底的に彼を拒絶して後悔もしないなんて。

キャムは口をきつく引き結んで、彼らのあとから階段をのぼった。馬に乗って家に帰り、心の傷をなめたいところだったが、プライドがそれを許さなかった。手紙の内容を知るまではとどまろう。レディ・マッケイがまちがいなく誘ってくれるはずの食事の席にも加わるかもしれない。そのあとで家に帰ろう。それが世界でいちばん自然なことで、別に傷心しているわけでも怒っているわけでもないというふりをして。

「だめよ！　ジャスパー、いけません！　やめなさい！　そんなことしちゃ——もう！　それをよこしなさい、なんてたちの悪い犬なの！」

ジョーンとロスのあとから城にはいったキャムが、悲痛な叫びに興味を引かれてあたりを見まわすと、大広間の奥にある暖炉のまえの椅子のまわりで、飼い犬のジャスパーを追いかけているレディ・マッケイが見えた。キャムはわずかに目をみはったが、一行を見つけたジャスパーがこちらにすっとんで来たので、犬が布をくわえているのに気づき、事情を理解した。

ロスがかがんで突進してきた犬を受け止めようとしたが、犬はすばやく彼をよけ、キャムの腕のなかに飛びこんだ。

「よしよし」彼は小声でつぶやくと、暴れる犬を押さえつけるのに苦労しながらも、シャツらしきものを犬の口からそっと引き離した。犬は激しくしっぽを振るあまり、ヘビのように下半身を左右に揺らしていたので、押さえつけるのは楽ではなかった。

「ありがとう、キャム」アナベル・マッケイが急いでやってくると、いらだちのため息をついて言った。「わたし、いつかこの犬に殺されるわ」

キャムは軽く微笑んだが、片膝をついて片手で犬をなでながら、反対の手でレディ・マッケイにシャツを差し出した。「いつからジャスパーは服を盗むようになったんですか？　それに、この犬にいったい何を食べさせているんです？　このあいだ見たときは、年老いて疲れた様子だったのに。今じゃ子犬のようにじゃれている」

「ほんとうに子犬なのよ」アナベルはシャツを受け取って言った。

「冬の終わりにジャスパー二世が死んでね」ロスが説明した。「こいつはジャスパー三世だ。いま七カ月というところかな」

「そうなの。ジャスパー二世がチーズに目がなかったように、この子は服をかむのが好きなのよ」アナベルはいらだちを見せながら言った。

キャムは眉を上げてジャスパー三世に視線を移した。七カ月の子犬ならまだ成長中のはずだが、すでに成犬だったジャスパー二世と同じくらいの大きさだ。さぞかし大きな犬になるにちがいない。

「ペイトンのシャツを救ってくれてありがとう。破れたところをちょうど繕《つくろ》い終えたと思ったら、ジャスパーに持っていかれてしまったのよ」アナベルは顔をしかめながら言い、今はシャツを調べている。「よかった、被害はないみたいだわ……今回は」

「どういたしまして」キャムはそう言うと、犬をもう一度なでてから体を起こした。

「会えてうれしいわ、キャム」アナベルが言う。「お母さまはお元気？」

「元気だと思います」キャムは一瞬顔をゆがめて言った。

「ああ、そうそう、あなたは夏じゅう留守にしていたんだったわね」アナベルは思い出すと微笑んだ。「あなたが帰ったらおよろこびでしょうね」

「そう思います」彼は静かに言った。

アナベルはうなずき、興味津々でジョーンのほうをうかがうと、背中に流れ落ちる髪に気づいて目をしばたたかせた。レディ・マッケイは最初に彼女を見たとき、男の子だと思ったにちがいない、とキャムは気づき、無理もないと思った。今は髪をおろしているが、肩のうしろに払ってあるので、すぐにはそうとわからない。それに、最初に彼と出会ったときに着ていたブレーとチュニック姿だ。だれでも最初は男だと思うだろう。

「妻よ、こちらはジョーンだ」ロス・マッケイが静かに言った。「キャムは帰宅途中に彼女と出会い、ここに手紙を届ける途中だと聞いて、案内を申し出たのだ」

「まあ、なんて親切なんでしょう」アナベルは言った。そしてジョーンに微笑みかけた。

「いずれにせよ、おふたりともよく来てくださったわ。旅をしてきてお疲れでしょう。どうぞテーブルについてくださいな。侍女に何か食べ物と飲み物を用意させましょう」

「ありがとうございます」キャムはつぶやき、ジョーンの腕を取って、アナベルに従った。

レディ・マッケイは一同を案内しようと、向きを変えて大広間を横断した。女主人はテーブルのところで一度足を止め、掛けるよう身振りで示すと、せかせかと厨房《ちゆうぼう》の扉に向かった。

ロスは急いで妻のあとを追うジャスパーを見て首を振った。「あのばか犬は家内の行くところならどこにでもついていくのだ」うんざりしたように言うと、ゆがんだ笑みを浮かべて付け加えた。「と言っても、アネラを追いかけていないときだけだが」

「アネラ？」ジョーンが興味を引かれて尋ねた。

「うちの娘だ」ロスは説明した。「ふたりのうちのひとりだよ。うちには娘がふたりに息子がひとりいる。アネラ、ケンナ、ペイトン。上の娘がアネラだ。兄のペイトンはさらに三つ上だが」

「まあ、そうですか」ジョーンはテーブルにつきながらもごもごと言った。

「アネラとアナベルはあの犬を甘やかしていてね」ロスは小さく笑って言い添えた。「好物を交代で与えるんだが、アネラはベッドの足もとで寝かせてやるから、あの子がいるときはあとをついて歩く。いないときは家内のそばから離れない」

「まあ」ジョーンは言った。そういうわけだったのか。

「アネラとケンナとペイトンはどこですか？」キャムが尋ねた。

「ペイトンは教練場にいる。娘たちはリンゴの収穫ができるかたしかめるために、厨房の裏の庭に出ていったはずだ。コックにリンゴのタルトを作ってもらうつもりらしい」

「そうですか」キャムはかすかな笑みを浮かべて言うと、ベンチのジョーンの隣に座ったので、彼女はロスとキャムにはさまれることになった。そのとき、彼女がほぼ旅のあいだじゅうチュニックにしまっていた手紙のふくらみに気づいた。そこにしまうようにと彼に言われてから、それを取り出すのはチュニックを着ていないときだけだった。巻いて布にくるみ、安全に守るように、つねに気をつけてきた……まあ、ほかのことに夢中で忘れていたことも一度や二度はあったが。キャムは一瞬、情熱がふたりを圧倒したときの記憶に押し流されそうになった。

少なくとも、キャムはあのとき、ふたりとも情熱に圧倒されたと思っていたが、今はジョーンがほんとうに何か感じていたのか、それとも楽しんでいるふりをして彼をよろこばせ、援助を得ようとしていたのか、わからなくなっていた。キャムにとって、ふたりの情熱は激しく癖になるものだった。終わらせたくないと思うだけでなく、それが必要だと感じたし、彼女がそばにいなかったら生きている気がしないだろうとさえ思った。だが彼女は同じ思いではなかったらしい、と思うと暗い気分になる。そこに厨房の扉がきしりながら開く音が聞こえ、彼はそちらを振り返った。

「お待ちどうさま」アナベルは明るく言うと、テーブルに来て、ベンチの夫の隣に座った。

キャムは彼女に微笑みかけた。レディ・アナベルのことは自分が幼いころから知っている。もう四十歳をすぎているはずだが、いい歳のとり方をしていた。キャムが幼いころ初めて会ってからもう二十年になる。もともと女性的だった体つきは少し丸みを帯び、黒っぽい髪には軽く灰色が混じるようになり、かわいらしい顔の目や口のまわりには笑いじわがあった。それにもかかわらず、美しい女性だと思っていたが、親切で愛情深いことも知っているので、それがキャムの判断力に影響しているのかもしれなかった。

隣にいるジョーンに目を移し、彼女の顔を眺めまわした。顔は旅のあいだに回復していた。腫れはとっくに引いて、今はほんのかすかにあざが残るのみだ。そこにいるのは、レディ・アナベルと同じくらい美しいと思える女性だった。ジョーンを初めて見たとき、その目はひどく腫れて、細い裂け目のようになっていた。今は大きくぱっちりとして、色は美しいブルーグレーであることがわかる。鼻の切り傷は治ってからも小さな傷跡が残ったが、いずれは薄くなっていくその傷も、小さくて彼にはほとんどわからないほどだったし、唇の切り傷も治って、似たような薄い線を残すのみとなっていた。口もまた美しく、端整でふっくらしており、事情を知らなかったら、まだ少し腫れているのかと思ったことだろう。

「ところで」召使いたちが彼らのまえに食べ物と飲み物を並べ終え、厨房に戻ると、すぐにロス・マッケイが言った。「ジョーンはきみ宛の手紙を持ってきたのだ」

「わたし宛の？」レディ・アナベルは驚いて聞き返した。「差出人はどなたかしら？」

「彼女の母親だ」ロスが答えた。「マギー・チャータズという」

アナベルは眉をひそめたが、首を振って言った。「知らない名前だわ」

ロスは思ったとおりだというようにうなずき、期待するようにジョーンのほうを見た。

「それで、手紙は?」

「あっ」ジョーンは突然声をあげて立ちあがった。

「何か不都合なことでも?」ロスが眉を上げて尋ねる。

「いいえ、ただ……」ジョーンは赤くなり、シャツの上から手紙に手を重ねる。そして、顔をしかめて首を振ると、ベンチをまたいで何歩か離れた。

「旅のあいだ安全を保つために、彼女はそれを肌身離さず持っていたんです」領主夫妻が興味津々でジョーンを見つめているので、キャムが説明した。「路上で出会ったとき、盗賊たちが手紙のはいった彼女のかばんを奪おうとしていたので、かばんではなくチュニックの下にしまうよう、ぼくが助言しました」

「そう」レディ・アナベルは理解を示してうなずき、彼女の夫はうなずいて力を抜いた。

キャムがジョーンに視線を戻すと、手紙はもう取り出してあったが、彼女はそれを見つめて立ち尽くしていた。ためらったあと、立ちあがって彼女のそばに行った。「どうかしたのか?」

ジョーンはぎょっとしたような顔つきで彼を見あげた。おれがいることを忘れていたような顔だな、とキャムは思った。だが、すぐに彼女は首を振った。「いいえ。ただ……母は……」

彼女はうつむいて突然あふれだした涙を隠し、彼は内心ため息をつきそうになった。今は怒って傷ついているが、なぐさめようともせずに、ただそばに立って苦しむ彼女を見ていることはできなかった。口を引き結び、彼女を胸に引き寄せて、ぎこちなく背中をさすった。

「大丈夫だよ」

「どうしてこんなに涙が出るのかわからない」ジョーンは彼の胸で鼻をすすった。

「きみはこの手紙を母親が亡くなってからずっと持っていた」と彼は指摘した。「母親との最後のつながりだ。手放すのを悲しいと思うのは当然だ」

「そうね」ジョーンはつぶやき、片手を上げて顔の涙を拭いた。たしかに彼の言うとおり、これは母との最後のつながりであり、それを手放さなければならないのは悲しかった。だがそれだけではなかった。母の死以来、この手紙を届けることだけが目標だった。これを手わたしてしまえば、その任務は終わる。もう目標はなくなることになり、ここを出たあとどこに行けばいいのかわからなかった。ウェンデル修道士の方針によれば、ジョーンはもうグリムズビーではお払い箱になっていた。帰るべき家はない。受け入れてくれる家族もない。しかも、手紙をわたしてしまったら、キャムとのつながりもほんとうに終わることになる。彼はジョーンを無事ここまで送ると約束し、それを果たした。いつここを出ていってもおかしくない。実際、彼がまだ出発していないので、ジョーンはいまだに驚いていた。だが、手紙を手わたせば、まちがいなくふたりのつながりはすべて終わってしまうのだ。

そうした思いがすべて混じり合い、ジョーンは座りこんで泣きたくなった。だが、深呼吸をひとつして、もう一度顔から涙をぬぐうと、胸を張った。顔を上げ、重々しくキャムにうなずく。「ありがとう。何もかも」

キャムは何か言いかけたが、急に口をつぐむと、ぎこちなくうなずいて、テーブルに戻るよう促した。

ジョーンはためらい、何か言いたそうにしていた。なんでもいいから、彼の固い表情をやわらげ、笑わせるのは無理でも、せめて微笑ませるようなことを。だが、それを可能にするのはシンクレア行きに同意することだけだろうし、そんなことはできない。絶対にできない。彼女はため息をついてうなずき、向きを変えてテーブルに戻った。

「ありがとう」背後で立ち止まったジョーンから差し出された手紙を受け取ると、アナベルはつぶやくように言った。

ジョーンはただうなずき、ロス・マッケイの隣の席に戻って座った。彼女が腰をおろすと、すぐにキャムがその隣に座った。そして、手紙を広げるレディ・アナベルに目を向けた。ロス・マッケイも興味津々で妻を見守っている。ジョーンは飲み物を取ってひと口飲んだ。手紙の中身には彼女も興味があったが、教えてもらえるとは思っていなかった。実の母親でも教えてくれなかったのだ。レディ・アナベルが教えてくれるわけがあろうか?

レディ・アナベルが息をのみ、ジョーンは飲み物を置いてそちらを見た。

「どうした?」心配そうに眉を寄せてロスがきく。

「マギー・チャータズはベッドフォードシャーの治療師だったんですって。彼女は村とエルストウ修道院のために働いていたの。そして、わたしの姉のケイトを知っていたみたい」アナベルは、なおも手紙に書かれたことばにすばやく目を走らせながら、つぶやくように言った。

「ふむ」ロスがうなった。その知らせを聞いてうれしそうではなく、ほとんど非難するようにジョーンのほうを見た。「グリムズビーの出身だと言ったな。ベッドフォードシャーのこともエルストウ修道院のことも言わなかった」

「わたしは生まれてからずっとグリムズビーに住んでいました」ジョーンはそう言うしかなかった。「ベッドフォードシャーのこともエルストウ修道院のことも、母から一度も聞いたことはありません」

ロスは眉をひそめたが、妻が「まあ、たいへん」と言うと、そちらに視線を戻した。

「どうした?」とすぐに問いかけた。何かに身がまえている様子だ。

「ケイトは二十年まえに亡くなったそうよ」アナベルは読みつづけながら言った。

ロス・マッケイはその知らせを聞いてほっとしたらしく、「少なくとも、彼女がまたここに来て面倒を起こす心配はなくなったな」と言ったので、ジョーンはひどく驚いた。

ジョーンが反射的に大きな目でキャムを見ると、彼は顔を寄せてささやいた。「ロスとアナベルが結婚したばかりのころ、ケイトはこの家の財産を盗んで妹のアナベルを殺そうとしたんだ」

ジョーンはそれを聞いて驚愕したが、レディ・アナベルがまた息をのんだので、すぐにそちらを見た。

「今度はなんだ？」ロス・マッケイが語気粗く尋ねた。妻から手紙を奪って自分で読みたいという衝動と戦っているかのように、両手をにぎりしめている。

「修道院に来たとき、姉は身ごもっていたそうよ。グラントの子供を」アナベルは読みつづけながら言った。「そして出産で亡くなったんですって」

ロス・マッケイは身をこわばらせたあと、ゆっくりと向きを変え、なんともいえない表情でジョーンを見つめた。

理由もわからずに見つめられたジョーンは、居心地の悪さにもじもじした。

「そのとき修道院長はうちの両親に手紙を書いて知らせたけれど、自分たちに娘はひとりしかいない、それはわたしだと返事をよこしたそうよ。ケイトは死んだものと思っていたから、その子供という重荷を背負わされるのはごめんだと」アナベルは怒りを顔に表しながら暗い声でつづけた。

「人間のクズどもめ」ジョーンを見つめたままロスがつぶやく。

「マギーは、わたしに手紙を書いてケイトの死と赤ちゃんのことを知らせるよう修道院長に言ったけれど、拒否されたんですって」レディ・アナベルはぞっとした様子で手紙の内容説明をつづけた。「わたしたちはお金を払ってまでケイトをやっかい払いしたのだから、その娘になど興味はないだろうと修道院長は言ったらしいわ。そしてこうも言ったそうよ。修道院はケイトを受け入れるための持参金こそもらっているけれど、その子供にはまったく責任を感じないし、育てるつもりもないと」

「老いぼれの売女《ばいた》め」ロスはうなった。いぜんとしてジョーンを見つめている。

「そして赤ちゃんをマギーに引き取らせた」アナベルはつづけた。「そしてマギーは……」

ジョーンはロスの奇妙な視線から目をそらし、口ごもった彼の妻を見た。先が気になる。

レディ・マッケイはその先を黙読したあと、手紙を置き、顔を上げてまっすぐジョーンを見た。

その先を言いあてたのはロス・マッケイだった。「マギーは赤ん坊をジョーンと名付け、自分の娘として育てた」

8

「なんですって?」ジョーンは思わず笑ってしまった。短くぎこちない笑いだったが、笑いにはちがいない。なんてばかげた考えだろう。彼女は首を振った。「ちがいます。わたしはマギー・チャータズの娘で、ケイトとかいう人の娘じゃありません」と請け合う。

「わたしがさっき、きみはだれかを思い出させると言ったのを覚えているかな?」マッケイの領主は静かに尋ねた。「ケイトは修道院に着いたとき身ごもっていたと妻が言った瞬間、それがだれだかわかった。きみは母親にそっくりだ」

ジョーンは首を振って否定した。すると、アナベルが背後に現れたので、驚いて顔を上げた。

「夫の言うとおりよ。あなたはケイトに生き写しだわ」領主夫人はまじめな顔で言った。

それでも首を振りながら、ジョーンはこれ以上首をひねらずにすむよう立ちあがり、アナベルから一歩あとずさった。「わたしの母はマギー・チャータズです。わたしを育ててくれたのは」

「ええ、マギーはあなたを育て、娘として愛した。でも産んだのはわたしの姉よ」アナベルは静かに言った。「あなたはケイトとその夫グラントの娘。わたしの姪《めい》なのよ」

「ちがいます」ジョーンはなおも否定し、距離が否定を真実にしてくれるかのように、もう一歩あとずさった。「それがほんとうなら話してくれていたはずだわ」

「あなたが傷つくのを見たくなかったのよ」アナベルはやさしく言った。「わたしの両親はあなたを拒絶したから、わたしたちもそうだろうと恐れていたのね。彼女は手紙の最後にこう書いているわ。あなたには絶対に話さないつもりだったけれど、自分が余命幾ばくもないと知り、あなたがひとりぼっちになってしまうことに気づいて、手紙を託してわたしたちのもとに送ることにしたと。そして、両親と同じように、わたしたちにあなたを引き取る気がないのなら、何も告げずに送り返してほしいと書いているわ。拒絶されたのをあなたが知ることがないように」

ジョーンはあっけにとられて彼女を見つめた。言われたことを理解しようと頭のなかは大混乱だった。母さんは母さんじゃなかったの？　わたしはレディ・マッケイの姉、ケイトの娘だったの？　目のまえにいる親切な女性を殺そうとしたというケイトの。ジョーンはくるりと向きを変え、城の玄関扉に向かった。「帰ります。手紙は届けましたから、もう失礼します」

「いいえ」アナベルが彼女の腕をつかんで止めながら言った。「行かせないわ」

ジョーンは振り向いてけげんそうに彼女を見つめた。「どうしてです？　あなたのお姉さまがわたしの母だというのがほんとうなら、わたしにここにいてほしくはないはずです。彼女はあなたを殺そうとしたとキャムから聞きました」

それを聞いてアナベルはキャムに向かって顔をしかめ、キャムはすまなそうに言った。

「すみません。あのときは彼女がケイトの娘だとは知らなかったもので」

アナベルはため息をつき、ジョーンに向き直ってやさしく両手をにぎった。「もうずっと昔のことよ、ジョーン。あのときあなたのお母さまはとても……」少しためらってから、「混乱していたの」とつづけた。

ロスは鼻を鳴らしたが、妻ににらまれると不意に立ちあがり、ふたりのところにやってきた。

「きみの母親がほんとうに混乱していたとは思えないが、妻の言うとおり、ずっと昔のことだ。いずれにせよ問題ではない。母親のしたことできみに責任をとらせるつもりはないよ。きみはわたしたちの姪だ。家族だ……歓迎するよ」

「ほらね」アナベルは夫ににっこりと微笑みかけ、その笑みをさらに大きくしてジョーンを見た。彼女の両手をにぎって告げる。「ここにいてちょうだい。娘たちもいとこに会ったらとてもよろこぶでしょうし——」不意にことばを切って目を見開いた。「あらたいへん。そのまえにお風呂に入れて着替えさせてあげないと——」そこでまた中断し、口を開けたまま夫のほうを見た。

「侍女たちに風呂の用意をさせよう」妻のことばを待たずに、ロスが言った。

「ありがとう、あなた」アナベルは伸びあがって彼の頰にキスをした。そしてジョーンの腕を取り、階段のほうに向かわせながら言い添えた。「空いている部屋に運ばせてね。そこをジョーンの部屋にするから」

「とりあえずケンナの部屋を使ってもらったほうがいいんじゃないか」ロスが言い返した。「空いている部屋はキャムが使うだろうから」

「あらいやだ」アナベルは立ち止まって向きを変え、ジョーンもそれに倣《なら》った。今のことばに領主夫人と同じくらい驚いていた。夫人はさらに言った。「ごめんなさいね、キャム。あなたが泊まることを忘れていたわ」

「ここに着いたときは、ぼくもそのつもりではなかったのですが」キャムが静かに言った。

「あら、そうなの」とアナベルは言ったが、その顔つきを見れば理解していないのは明らかだった。ジョーンもだ。実際、キャムはきっとすぐに出発するのだろうと思っていたので、これはまったく予想していなかった事態だった。いや、ほかにもまだある。いちばん意外だったのは、母が実の母親ではなく、自分がマッケイ夫妻の姪だと知ったことだ。

ジョーンは頭ではまだこの件を処理しながら、そしてキャムはこのまま立ち去るのか立ち去らないのかということを気にしながら、あなたは娘のアネラと同じくらいのサイズだから、自分のドレスをあつらえるまでアネラのドレスを借りればいいわ、とレディ・アナベルが言うのを聞いていた。キャムがいるあいだは空き部屋で眠ることはできないが、帰ったあとでその部屋に移れること、そこが彼女の部屋になるのだという話も。

家族、高価なドレス、自分の部屋……これだけで娘の目をくらませるには充分だ。とくに、ひと部屋しかない小屋で育った娘なら。片隅に暖炉、ぐらぐらする古いテーブルと椅子がふたつ、夜に自分と母のむしろを敷く空間があるだけの部屋だった。彼女の知るかぎり生き残ったただひとりの家族である母が亡くなって、その小屋も自分の家ではなくなった。少しまえまで、ジョーンには家族もなく、いま着ている服とかばんのなかの薬草以外は何も持っていなかった。だが今は……。

あまりにも突然人生に訪れた変化に圧倒され、とまどいながら首を振った。

ジョーンがレディ・アナベルとともに階上の部屋のひとつに消えるまで見守ったあと、ゆっくりロスのほうを向いたキャムは、彼にじっと見つめられていることに気づいた。

「ここにとどまる理由があるようだな？」ロスが尋ねた。

キャムは「はい」とだけ答えた。

マッケイの領主は首をかしげ、興味深げに彼を見た。「彼女がわたしの姪だとは知らなかった、だから自分に責任はない、と言うつもりではないだろうな？」

「いいえ」と答えてキャムは肩をすくめた。「滅相もありません。彼女はあなたの姪だ。ぼくは彼女の純潔を奪った。彼女と結婚します」

ロスは緊張を解くと、テーブルを示した。「座ってエールを飲みたまえ。きっとそれが必要なはずだ。わたしはジョーンのために風呂を用意させ、コックにごちそうを用意するよう念を押したら戻ってくる。こんな意外な事実を知ったあとでは、飲まないとやっていられない」彼は首を振ってきびすを返し、厨房の扉に向かいながらつぶやいた。「ケイトに娘がいたとはな。あの女に似ていないことを願うばかりだ」

キャムはそれを聞いて眉をひそめ、テーブルに移動してふたたび席についた。だが、すぐにはマグを手にしなかった。なんだか妙な気分で、座ったまま状況を整理しようとした。マギー・チャータズがケイトの子供を引きとってジョーンと名付け、自分の娘として育てたのだろうとロスが推測した瞬間に、キャムはそれが事実だろうと気づいていた。その瞬間、自分は彼女と結婚しなければならないこともわかった。先ほど言ったように、彼女はマッケイ夫妻の姪だ。自分はその彼女の純潔を奪った。それゆえ、貴族の義務として彼女と結婚しなければならない。それは単純なことだった。

単純ではないのは彼の胸の内だった。

実のところキャムは、自分の気持ちがよくわからなかった。ほんとうならよろこんでいいはずだ。ジョーンといっしょにいたいと思っていたし、結婚すればまちがいなくいっしょにいることになる。だが、彼女はいっしょにシンクレアに来てほしいというたのみを拒んだ。

それも、ただ断るのではなく、ふたりの関係を終わりにしたくないと彼が言うと、〝でもわたしは終わりにしたいの〞と答えたのだ。それを受け入れてしまった自分を呪ったが、そのことばで傷ついたのはプライドだけではなかった。そのふたりが結婚することになるのだ。

ジョーンはどう思うだろう？　彼女はまだ叔父の計画に気づいていないはずだ。突然知らされたすべてのことに圧倒されているようだから、だれかが教えるまで自分が結婚することになっているとは気づかないかもしれない。そのとき彼女はどんな反応をするだろう。よろこぶかもしれないとは思う。キャムは裕福な男で、有力なスコットランド領主の跡継ぎなのだから。今後の彼女の人生はまったくちがったものになるだろう。貧しい庶民から、富と召使いを持ち、いずれは城も持つことに……。

そう、それらがすべて手にはいるなら、キャムの存在にもよろこんでがまんするかもしれない。残念ながら彼の望みは、彼が与える富や安寧とは関係なく、彼女に望まれることだった。だが、今はどちらにも選択肢はないのだ。

「あら、まあ」レディ・アナベルはうしろにさがってジョーンを見ると、思わず感嘆した。

ジョーンは不安そうに彼女を見た。風呂に入れられ、香水をつけられ、ドレスを着せられた彼女は、梳《と》かして乾かした髪を、ひどく落ちつかない形に結《ゆ》いあげられながら、じっと座っていた。髪を結われるのは拷問のようで、永遠に終わらないような気がしていたので、ましな見た目になっていることを願うばかりだった。髪をこんなふうに結うことをはじめ、あらゆる手間にレディ・アナベルがどうして耐えられるのかわからなかった。

「ほんとうにあなたのお母さまにそっくりね」レディ・アナベルはやさしく言った。

ジョーンはもじもじと体を動かした。レディ・アナベルが言っているのは彼女の姉のケイトのことで、その人が自分の母親だとみんなは言うが、心のなかではジョーンはやはりマギー・チャータズの娘だった。

「あなたのほうがかわいらしさでは勝《まさ》っているかもしれないと思うけど」アナベルは思慮深く言った。「きっとあなたには姉に欠けていた、生まれながらのやさしさがあるからね」

ジョーンは驚いて目をぱちくりさせた。これまで自分をかわいらしいと思ったことなどなかった。でも、それ以外は——「あなたにここに連れてこられてから、わたしはひと言も口をきいていません。わたしがやさしいかどうかなんて、どうしてわかるんですか？」

「あなたはやさしい目をしているわ」アナベルはおだやかに言った。そして、微笑んでつづけた。「マギーの手紙にもそう書かれていた。あなたは賢くてやさしくて勇気があって、ずっとあなたのことがとても誇らしかったと」

それを聞いて目に涙があふれ、ジョーンは泣くまいとまばたきを繰り返した。つねに母を愛し、尊敬していたので、その母に高く評価されていたと知ってうれしかった。

「それに、あなたが彼女のあとを継いで、最高に腕のいい治療師になったとも書かれている。

治療師は生まれつきやさしいものよ。腕のいい治療師ならとくにね」アナベルはそう言ったあと、思いやり深くつづけた。「そういうところはむしろわたしに似ているわ。わたしの知るかぎり、ケイトにはそういう技術はまったくなかった」

「あなたにはあるんですか？」ジョーンは驚いてきいた。

アナベルは微笑んでうなずいた。「わたしはエルストウ修道院の馬小屋で働いていたの。治療についてはそこの責任者のシスター・クララがすべて教えてくれた。たいてい動物が相手だったけれど、ほかの修道女たちの病気を治すこともあって、その分野についてもいろいろと教わったわ」考えこむような顔つきになってつぶやいた。「でもシスター・クララはかなりの年配だった。わたしがいなくなったから、女子修道院長は彼女を助けるためにマギーを雇い入れたのね……あるいはシスター・クララが亡くなって、代わりとして雇ったのかもしれない」彼女は小声で言うと、悲しい思いを振り払うかのように、ため息をついて首を振った。

ジョーンはうなずくしかなかった。風呂のあいだもそれにつづく身支度のあいだも、ジョーンはずっと黙っていたが、レディ・アナベルはしゃべりどおしだった。彼女が修道女になるためにエルストウ修道院で育ったという話は、そのときに聞いていた。だが運命の気まぐれで、状況が変わり、ロス・マッケイと結婚して三人の子供を産むことになったのだった。

「さあ、もう階下《した》に行かないと——」そこまで言ったとき、不意に扉が開いたので、レディ・アナベルは振り向いた。若い娘がふたり、スカートをひるがえしながら飛びこんできて、何歩か進んだところでジョーンに気づくといきなり立ち止まった。ぽかんと見つめられて、ジョーンはもじもじと体を動かし、アナベルのほうを見ると、かすかに微笑んでいるのがわかった。

「どうしたの？」レディ・アナベルはおもしろそうに言った。「あなたたちのいとこにごあいさつは？」

「いとこ！」年下のほうが金切り声をあげ、走り寄ってジョーンに抱きついた。「あたしたちにいとこがいるってお父さまに言われたけど、どうしても信じられなくて、会ってみなくちゃと思ったの。だって、いとこがいるなんて知らなかったんだもの。家族といったらお父さまとお母さまとわたしたちきょうだいだけで。あ、それと、フィンガルおじさまね」娘は抱擁を解いてジョーンを見ながら説明した。「エインズリーおじさまとオウエンおじさまもいたけど、どちらもご高齢で亡くなったの。もちろんフィンガルおじさまもお年寄りだけど、まだ村の鍛冶屋として働いているのよ。そのおかげで健康で丈夫なんだってお母さまは言ってる」

「いいかげんしゃべるのをやめて息をしなさい、ケンナ。息がつづかなくなって気絶するわよ」もうひとりの娘がおもしろがっているような顔つきで近づいてきながら言った。

ケンナはぐるりと目をまわし、ジョーンににっこり微笑みかけて言った。「お姉さまはいつもああ言うけど、あたし一度も気絶したことなんてないのよ」

「そう、それならよかったわ」ジョーンはふたりの娘を交互に見ながら弱々しく言った。黒髪にバラ色の頬をした娘たちは、それぞれの年齢なりに母親にそっくりだった。十二歳のケンナはアナベルとロスのいちばん下の子供で、十六歳のアネラはまんなかだ。入浴中にレディ・アナベルがうれしそうに話してくれたことはほかにもあった。

「そのドレス、わたしが着たときよりあなたが着たほうがずっとすてきに見えるわ」アネラがそう言って注意を引くと、ジョーンは首を振った。

「いいえ。そんなことはないわ」彼女はまじめに言った。「でも貸してくれてありがとう。返せるようになったらすぐに、洗濯してお返しするわね」

「どういたしまして。でも、返す必要はないわ。あなたが着たほうがわたしよりすてきだもの」アネラが納得させせようとする。

「ありがとう」ジョーンはいたたまれずにつぶやいた。

「さて、階下《した》に行きましょうか」アナベルはそう言うと、ぎこちなく微笑んでつづけた。

「入浴と着替えのために急いでここに連れてきてしまったから、朝食をとる機会がなかったものね」

「ああ、それならコックの作るペストリーを食べてみてよ」ケンナがジョーンの手を取って興奮しながら言った。

「あら、それは勧められないわ」アネラは冷静に言い返したあとで打ち明けた。

「だってまずいんだもの」

「そうよ」ケンナは同意して姉のほうを見た。「だから食べてもらいたいの」そしてジョーンに向き直ってつづけた。「うちのコックほどまずいペストリーを作るコックはスコットランドじゅうさがしてもいないのよ。お父さまがそう言ってるわ。お父さまの言うことはいつだって正しいんだから」

「そうね」アネラも同意した。「でも彼が作るシチューとケーキはすごくおいしいわよ。まえのコックよりも」

「でもまえのコックはすっごくおいしいペストリーを作ってくれたわ」ケンナはため息をつき、ジョーンに向かって言った。「あたし、ペストリーが大好物なの」

「わたしもよ」ジョーンはにっこりして言った。

「あら、そう！」ケンナは悲しげに言った。「じゃあまえのコックが死んじゃって残念だわ。彼ならあなたの結婚式に、すごくおいしいペストリーを作ってくれたでしょうに」

「結婚式？」ジョーンとアナベルは同時に聞き返した。ふたりとも同じくらいびっくりしている。

「そうよ」ケンナは驚いて言った。「キャムとの」

「あの子たちがしゃべってしまうとは思わないんですか？」キャムが唐突に尋ねた。リンゴは熟れて摘みごろだった。ケンナとアネラはふたつのかごいっぱいに摘んだが、それを厨房のコックのもとに持っていったとき、召使いたちが結婚式や自分たちが準備することになっている披露宴について、興奮気味に話しているのを聞いてしまったのだ。キャムの結婚相手のジョーンというのはだれで、どうしてシンクレアではなくここで結婚式をするのか。それを知りたくて、少女たちは興奮状態で厨房から飛び出してきた。ジョーンはおまえたちのいとこだとロスは説明した。自分たちにいとこがいると聞いた少女たちは、興奮のあまりほかの質問を忘れ、ジョーンに会うために上階に急いだのだった。

「何を？」ロスはきいた。「結婚式のことか？」

「ええ。彼女には自分で言いたいんです」キャムは静かに言った。

ロスはまじめくさってうなずいたあと、顔をしかめて立ちあがった。「それなら階上《うえ》に行ったほうがいいな。あの子たちが代わりに言ってしまうまえに」

キャムは突然立ちあがり、ロスのあとを追って階段に向かい、駆けあがりはじめた。

もうすぐのぼりきるというところで、キャムは言った。「ぼくがひとりで彼女と話します」

部屋に向かいながらロスはうなずいた。「もちろんだ。娘たちがまだ話していないようなら、わたしがあの子たちを階下《した》に行かせて——」

「なんですって？」

甲高い声が聞こえてきて、キャムは足を止めてロスを見た。

ロス・マッケイは顔をしかめ、すまなそうに言った。「娘たちが何かしゃべったのかもしれない」

キャムは無言でまた歩きはじめた。今度はかなりの速さだ。

「彼と結婚？」部屋の扉に近づくと、つぎの叫びが聞こえてきた。「しません！」

「ああ、これはまちがいなくしゃべったな」ロスはつぶやき、キャムの腕をつかんだ。「キャムがこちらを見るまで待ってから言う。「わたしが姪と話すあいだ、きみは階下《した》で待つほうがいい」

キャムは口を引き結んで立ち尽くした。ジョーンの恐ろしい叫びが耳の奥で響いていた。

「キャンベル」ロスが強い口調で言った。

キャムは息を吸いこみ、頭をあげ、肩をいからせると、無言でうなずいてから、きびすを返して階下に向かった。いい知らせは、ジョーンが財産目当てで彼と結婚するつもりはないということだ。財産さえも彼女を惹きつけるのに充分ではないらしい。

「ねえジョーン、この子たちはちょっと混乱しているんじゃないかしら」かすかに眉を寄せて、ジョーンをなだめようとしながらアナベルが言った。

「ちがうわ。ケンナの言うとおりよ、お母さま」アネラが静かに言った。「お父さまはキャムとジョーンが結婚すると言ったの。ここで。お昼食のあとに。コックはさっき言った披露宴の準備をしているわ」

「あなたは誤解してるのよ、アネラ」アナベルはきっぱりと言った。「ご両親に出席してもらわずにキャムが結婚するわけないし、これからシンクレアに知らせたとしても……」彼女は首を振った。「間に合うようにここに来られないでしょう」

「キャムはご両親に出席してもらう必要はないと言ったの」とケンナが告げた。

それを聞いてアナベルが眉をひそめたことに、ジョーンはぼんやり気づいたが、自分の考えで頭がいっぱいで気にしていられなかった。キャムは自分の結婚式なのにご両親の出席を望んでいないの？　別に彼と結婚するつもりでいるわけじゃない。でももし結婚するならどうして両親に出席してもらいたくないのだろう？　わたしのことを恥じているのだろうか？　庶民に育てられたから？

「誤解に決まっているわ」アナベルは言い張った。「あなたたちのお父さまが、わたしに相談もなしに、あなたたちのいとことキャンベル・シンクレアの結婚に同意するわけありません。もちろんジョーンにも事前に話してくれるはず」彼女はそう付け加え、如才なくジョーンに微笑みかけた。

「でも、お父さまは――」

「アネラ、ケンナ、階下《した》に行きなさい」

命令する低い声が聞こえ、女性四人は扉のほうを見た。開いた戸口にロス・マッケイの姿を見たジョーンは顔をしかめた。つぎにいとこたちに視線を移すと、ケンナはまだつかんでいたジョーンの手をしぶしぶ離し、姉のあとについておとなしく部屋を出た。

アナベルはロスが娘たちを部屋の外に出し、扉を閉めるまで待ってから、不安そうに急いで部屋を横切った。「あなた、あなたがキャムとジョーンの結婚の手配をしていると、あの子たちに聞いたわ」

「ああ」ロス・マッケイはなだめるように妻の上腕をつかんでいかめしく言った。「先に話さなかったのは悪かったと思っているよ、おまえ。だが、どっちにしろ同じだ。ふたりは結婚しなければならない。今朝わたしと部下たちが見つけたとき、ふたりは……」彼は首を振った。「キャムは名誉のために彼女と結婚しなければならない」

ジョーンは自分が赤くなっているのに気づいて顔をしかめた。それでも彼女は抗議した。「わたしたちは何もしていませんでした。話をしていたんです」

「キャムの尻はむき出しで、きみは彼の腕のなかにいた」ロスはきびしく言った。

「彼は別に――」と言いかけて、議論の方向を変えた。キャムはシャツだけだといつもお尻を隠せていなかったので、たしかにお尻はむき出しだったかもしれない。「わたしたちは話をしていただけです」

「ほう?」ロスは明らかに信じていないようだ。「キャムは名誉のために結婚しなければならない事態であることを認めた。きみはそうではないと言うのか?」

ジョーンは口をつぐんだ。彼は名誉のために結婚することを決めたのだ。あまりよろこばしいことではない。

「それなら、もしアナベルがきみの体を調べれば、まだ処女だとわかるのかな?」彼は冷静にきいた。

「ロス」アナベルが抗議した。

「今やわたしたちは彼女に責任がある。彼女の将来について考えなければならないのだ」彼は静かに言うと、こう指摘した。「すでに身ごもっているかもしれないのだから」

「いいえ、そういうことにならないよう、デビルズ・プレイグを服用しています」ジョーンは急いで言った。そして、アナベルの表情を見て、言うべきことではなかったと思った。キャムに純潔をささげたと言ったも同然だからだ。ジョーンはため息をついて首を振った。

「あなたがたとは関係のないことです。母が亡くなってから自分の面倒は自分でみてきましたし、これからもそのつもりです。彼とは結婚しません。だいたい、これは」そう言って自分の着ているドレスを示す。「着るべきではありませんでした。もとの服に着替えておいとましします。わたしがここに来てあの手紙をわたしたことは、なかったことにしてください」

「まあ、ジョーン、だめ、だめよ!」アナベルはすぐに反論し、急いでジョーンのそばに行った。

「妻の言うとおりだ」ロスがいかめしく言った。「これまで自分の面倒は自分でみてきたのかもしれないが、それはひとえにわれわれがきみの存在を知らなかったからだ。だが今は知っている。きみはわれわれの姪で、われわれはきみに責任があるのだ」彼は少し間をおいてからさらに言った。「叔父として言わせてもらえば、もうきみをどこへも行かせない。ここにとどまって、準備が整いしだいキャムと結婚しなさい」

「でも、彼はわたしを望んでいません」ジョーンはすぐに反論した。

「望んでいない？」ロスは眉を上げて聞き返した。「きみたちが階上《うえ》に行ってしまうと、キャムは勢いこんでわたしに言ったのだぞ、きみと結婚すると」

「あなたがそれを望むと知っていたからでしょう」彼女はうんざりしたように言った。「わたしがあなたたちの姪だとわかるまえは、彼に結婚の意志はありませんでした」

「そうかもしれない」ロスは肩をすくめて言った。「だが、きみはわたしの姪だし、結婚するのは正しいことだ」

ロス・マッケイはきびすを返し、ジョーンに背中をにらみつけられながら大股で部屋から出ていった。

「大丈夫よ」彼女の叔母はやさしく言うと、ジョーンの腕をなだめるようにさすりながら、夫が出ていった扉を見つめた。

「何が大丈夫なんです？」ジョーンはみじめな気分できいた。そしてぶちまけた。「彼とは結婚できません。恐怖のなかで暮らしたくない」

アナベルは驚いて彼女に向き直った。「あなたはキャムが怖いの?」

「ええ。いいえ。彼にぶたれるとか、そういうことを恐れているという意味じゃありません」アナベルが眉をひそめたので、ジョーンは急いで付け加えた。

「それならどういう意味?」叔母が理解しようと努めながらきく。

ジョーンは説明するためのことばをさがそうとした末に、ついに認めた。「あなたの夫がわたしたちを見つけたのは、キャムがふたりの関係を終わらせたくないから、手紙を届け終えたらいっしょにシンクレアに行こうと言い、わたしがそれを断ったときだったんです」

「彼とシンクレアに行きたくなかったの?」アナベルは眉を寄せてきいた。

「いいえ、そんなわけありません、行きたかった」ジョーンは言った。「たまらなく行きたかったわ」

叔母は不可解そうに顔をくもらせた。「それならなぜ――」

「怖かったんです」ジョーンは悲しげに認めた。「今も怖いわ。こんな気持ちは初めてです。彼といっしょにいればいるほど、もっといっしょにいたくなる。何をしていても、キャムといっしょだとすごく幸せなんです。歩いているときも、しゃべっているときでも、焚き火のそばに静かに座っているときも、そして……とにかく何をしているときでも」自信なさそうにそこまで言うと、ため息をついた。「この二週間ほど幸せだったことはありません。いまだかつて」彼女は静かに言ったあと、こうつづけた。「でも、いっしょに来てくれと言われたとき……」彼女は首を振った。「この二週間が幸せだっただけに、いっしょに来てくれと言われたときは、彼が愛人であるわたしに飽きて、別の人に気持ちが向いたとき、どんなみじめな思いをするだろうということしか考えられなかったんです」

「彼を愛しているのね」アナベルがやさしく言った。

「おそらく」ジョーンは弱々しく言った。

「愛しているのよ」アナベルは請け合った。「でももう恐れる必要はないのよ、ジョーン。あなたは愛人としてではなく、妻としてシンクレアに行くんですもの。彼はあなたを捨てて別の人のもとに行ったりしないわ」

「そうかもしれません」彼女は言った。「でも彼は再婚したくないんです。わたしにそう言いました。でも今はそれを強《し》いられている」ジョーンはすっかり落ちこんで首を振った。「結婚しなければならなくなって、彼はわたしを憎むでしょう。自分を憎んでいる人との結婚生活がどんなにつらいかわかりますか？」

　アナベルはため息をつき、ジョーンを引き寄せて抱きしめた。背中をさすりながら言った。

「今はそう思えないでしょうけど、人生にはうまくいく道があるものよ」

「ええ、たしかにそうは思えません」ジョーンは悲しげに言った。

「ロスと結婚するのだと聞かされとき、わたしもまったく同じ気持ちだったわ」アナベルは重々しく言った。「妻としてのわたしにがっかりされるだろうと思ったの。わたしは修道女になるために育てられたのよ。妻になる教育なんて受けていなかった。城を切り盛りする初歩も知らなかったし——」

「ああ、たいへん！」ジョーンは叫んだ。恐怖に襲われて、アナベルの抱擁から逃れる。「そのことを忘れていたわ！」

「何を？」アナベルはとまどいながら尋ねた。

「わたしも教育を受けていないんです。でも、お城の切り盛りだけじゃありません。わたしは村育ちです。だいたいレディがどんなものかさえ知らないんです。彼が結婚式に両親を呼びたくないのも無理はないわ。彼は恥ずかしい思いをして、ご両親はたちまちぞっとするでしょうね——」

「それはちがうわ、ジョーン」アナベルが急いでさえぎり、こうつづけた。「それに、わたしのときとちがって、あなたはひとりじゃない。母はわたしを見捨てたけど、私はあなたを見捨てないわ。必要なことはすべて教えてあげます。だから大丈夫よ」

ジョーンは黙って叔母を見つめた。何もかも大丈夫だと信じたかったが、彼女の経験上、自分の人生でものごとがうまくいくことはめったになかった。

9

「ひと晩じゅうここに座っているつもりか？　それとも花嫁のいるベッドに行くのか？」

ロス・マッケイに問いかけられたキャムは、じっと見つめていたエールから顔を上げ、ため息をついた。「ぼくは身を引くべきかもしれません」

「早まるんじゃない」ロスは冷ややかに言うと、首を振った。「きみたちのことが理解できないよ。今朝森のなかではいかにも仲睦《なかむつ》まじげだったし、旅のあいだに寝ていたことも認めた。それなのに今はふたりとも、結婚することが最悪の罰であるかのような態度をとっている」

「罰だと思っているのはぼくではありません」キャムはタンカード（取っ手とふたのついた大ジョッキ）をテーブルに置きながら、皮肉っぽく言った。「あなたは気づいていなかったかもしれませんが、今日の午後の式のあいだ、彼女は殺されにいく子羊のようでしたよ」

「ああ、たしかに」ロスは同意した。「だが、きみが葬式に参列するような暗い顔をしていたから、彼女もそういう反応をしていたのかもしれないぞ」

キャムはものうげに首を振った。「彼女のほうがぼくを夫にしたくないんです」

「ふむ」ロスは自分のエールをひと口飲んで、首を振った。「ジョーンもきみについて同じことを言っていた」

「そうなんですか?」キャムは驚いてロスを見た。

「ああ」ロスはうなずいた。「きみは彼女を望んでいない、彼女の名誉を守るためだけに結婚するのだと」

キャムはそれを聞いて顔をしかめた。「ふん、よく言うよ。空き地であなたに見つかったとき、ぼくは彼女に言ったところだったんですよ。手紙を届け終えたら、いっしょにシンクレアに来てほしいと……だが彼女はいやだと言った」

ロスはそれについて考えたあと、こう尋ねた。「どういうつもりでシンクレアに来てほしいと言ったのだ?」

「どういうつもりで、とは?」キャムは眉を寄せてきいた。

「その、結婚を考えていたのか? シンクレアで仕事を世話するつもりだったのか? それとも愛人として来てもらうつもりだったのか?」

「それは……」キャムは口ごもった。結婚のことは頭に浮かばなかった。結婚は二度としないつもりだと何度も言っているうちに、それが本心だと思いこんでいたが、実際は妻を出産の危険にさらしたくないから結婚したくないというのが偽らざる気持ちだった。女性は子供をほしがるものなので、妻を娶《めと》るわけにはいかないと考えたのだ。だがジョーンはちがった。出産を恐れ、キャム同様に危険を冒したくないと考え、妊娠を避ける知識も持っていた。そう考えると、彼の妻として申し分なかったのに、キャムは結婚を考えなかった。だいたい彼女は平民、自分は貴族なのだから、結婚するわけにはいかないと思っていた。少なくとも、そんな例はめったにない。

「あの娘はきみを愛しているとアナベルは思っている」ロスが唐突に言って、キャムの思考を即座に中断させた。

彼は鋭くロスを見た。「そうなんですか？　なぜです？」

ロスは肩をすくめた。「理由は言わなかった。そう思うとしか」

キャムは心乱れたままタンカードに視線を戻した。彼女がおれを愛している？　ということは——彼は考えるのをやめてまたロスを見た。「レディ・アナベルの言うとおりなら、なぜジョーンはぼくとシンクレアに行くことを拒否したんでしょう？」

「プライドかな」ロスがそう言ったあと、顔をしかめて肩をすくめた。「女の考えることなんてだれにわかる？　わたしはひとりの女と二十年以上も結婚していて、娘もふたり育て、三人とも心から愛しているが、彼女たちがやることの理由など、ほとんどの場合今でもわからん。女というのはひどく感情的な生き物で、理性的に判断することはあまりないからな。説明を聞いてみると、たいてい彼女たちが心やさしいからということに落ちつく。少なくともアナベルと娘たちの場合はそうだ」

「女、か」キャムは軽い嫌悪感を覚えてため息をついた。

「そう、女はやっかいだ」ロスはそう言ったあと、微笑んで付け加えた。「だが天国にもなる。わたしはイングランドとスコットランドじゅうのすべての金をやると言われても、アナベルと娘たちを手放さないぞ」

キャムはかすかに微笑んだ。それがまぎれもない真実なのはわかっていた。ロス・マッケイは妻と娘たちを心から愛していた。そして彼女たちもロスを愛していた。幸運な男だ。キャムは最初の妻を亡くしたとき、そういうものをすべてあきらめたが、もしジョーンが自分を愛してくれるなら——

「シンクレアに行きたくないと言われたことは心配しなくていい」ロスは静かに言った。「きみたちはもう結婚したんだから。彼女はシンクレアに行くことになるし、ここからきみたちの関係がどうなるかは、きみたちしだいだ」キャムがうなずいてエールを見つめるばかりなので、ロスはつづけた。「だが、きみが新妻のいるベッドに行かずにここでぐずぐずしていたら、ますます彼女はきみに望まれていないと思うことになるだろうね」

そう指摘されて、キャムはいきなり頭を上げた。そうだ、この人の言うとおりだ。立ちあがり、心を決めて言った。「階上《うえ》に行きます」

「よし。これでわが妻も花嫁をなぐさめるのをやめて、おりてきてくれるだろう」ロスは皮肉っぽく言うと、ベンチをまたぐキャムの腕をつかんだ。「待て」

「なんです？」キャムは眉をひそめてきいた。せっかくジョーンのところに行こうと決心したのに、引き止められて少しむっとしていた。

「初めて結ばれたとき、きみは彼女の純潔を奪ったんだな？」ロスが目をすがめて尋ねた。

キャムは身をこわばらせた。「はい。彼女との結婚についてあなたに最初に相談したとき話したとおりです。彼女は処女でした」

ロスはうなずいた。「だが、証拠のシーツという問題がある」

キャムは肩の力を抜いてうなずいた。「それはなんとかしましょう」

「いいだろう」ロスは腕を離した。「では明日の朝会おう」

キャムはうなずき、テーブルを離れようとしたが、ロスとアナベルの息子のペイトンとぶつかりそうになって、不意に足を止めた。数人の男たちを従えた十九歳の青年は、満面に笑みをたたえて立っていた。

「今回はぼくらがあなたを花嫁のもとに運びます」若者は宣言した。

キャムはぽかんと若者を見つめたあと、助けを求めてロスのほうを見た。

「いや、きみにこんな恥ずかしいまねをさせるつもりはなかったんだが」ロス・マッケイはおもしろそうに言った。「まあ、いいじゃないか。わたしだってがまんしたんだ、きみを除外するわけにはいかないだろう？」

「くそっ」いきなり男たちに囲まれて、キャムはつぶやいた。

「なんでこんなに時間がかかっているのかしら？」アネラがいらいらと言った。

「キャムは来ないわ。わたしを望んでいないのよ」部屋のなかを行ったり来たりするいとこを見ながら、ジョーンは悲しげに言った。全裸でなかったら、自分もいっしょに歩きまわっていただろう。ジョーンはシュミーズ一枚着ることも許されなかった。床入りの儀では裸でベッドにはいらなければならず、キャムもそうだという。貴族がこんなに野蛮だなんて知らなかった。裸で眠るなんて初めてだ……キャムと交わったあとうとうとした何度かを別にすれば。それ以前は裸で寝るなんて考えたこともなかった。母と暮らしていた小屋は、夜に火を消してしまうとあまりにも寒かった。裸で眠ったりしたら凍え死んでいただろう。それは好ましくない。

「あなたを望んでいるに決まってるじゃない」ケンナがびっくりして言った。走ってきてベッドに座り、ジョーンの両手を取る。「あなたは美しくて、賢くて、いい人だもの。望まないわけないわ」

ジョーンは少女のことばにかすかに微笑んで指摘した。「わたしは愛嬌《あいきよう》はあるかもしれないけど美しくはないわ。それにどうしてわたしが賢いとかいい人だってわかるの？　今日会ったばかりなのに」

「だって、あなたはあたしのいとこだもん」ケンナは言った。

「じゃああなたも賢くていい人なのね？」ジョーンはおもしろがってきいた。

「そうよ」ケンナはあっさりと言った。

ジョーンは微笑んだが、すぐにため息をついて首を振った。

「ねえ、ケンナ」レディ・アナベルが突然言った。「ジョーンとキャムのためにワインとチーズとパンを持ってくるように、召使いにたのむのを忘れていたわ。あなたにお願いしても――？」

「あたしが持ってくるわ、お母さま」ケンナは母に最後まで言わせず、ベッドから飛びおりた。

「ほんとうにいい子だわ」末っ子が出ていって扉が閉まると、アナベルは愛情をこめて言った。

「そうですね」ジョーンがつぶやくように言った。

「わたしの娘はふたりともいい子」アナベルはアネラに微笑みかけて付け加えた。十六歳の娘は母に微笑み返すと、ベッドに近づき、さっきまでケンナがいた場所に座った。

「キャムに求められていないなんて、ほんとは思ってないんでしょ？」ジョーンの冷たい手を自分の温かい両手でこすりながら、アネラは眉をひそめてきいた。「ケンナの言うとおりよ。あなたは美しいし、賢くていい人そうに見えるわ」

ジョーンは顔をしかめた。「いい人でも賢くても関係ないのよ。わたしは村で育ったから、レディの心得は何ひとつ知らないし、とてもじゃないけどお城の切り盛りなんて……彼は両親のまえでわたしに恥をかかされるのが怖いのよ……きっとわたしはそうするだろうから」

「あなたは村で育ったの？」アネラは驚いてきいた。

ジョーンは少女がそれを知らないことに驚いて目をぱちくりさせたが、アネラとケンナは彼女が自分たちのいとこで、キャムと結婚することしか知らないのだと気づいた。

「ええ、そうよ」ジョーンが黙ったままなので、アナベルが言った。「わたしの姉であなたの伯母のケイトは、ジョーンを産んで亡くなったの。幸いなことに、村の治療師だった助産師は親切で愛情深い人で、彼女を自分の娘として育てたのよ」

「イングランドの村で？」アネラは動揺しているようだ。

村で育ったことと、その村がイングランドにあること、そのどちらに少女がよりぞっとしているのか、ジョーンにはわからなかった。

「ええ、グリムズビーという村よ」アナベルは落ちついて言った。

「でも、どうしてここに送られなかったの？」アネラはけげんそうな顔を母に向けてきいた。

「お母さまとお父さまが育てるべきだったのに」

「そうね」アナベルは同意した。「でも、わたしたちは彼女の存在さえ今日まで知らなかったのよ」

「どうしてわかったの――」

「今はだめよ、アネラ」アナベルは静かにさえぎった。「この話はまたあとでね」

少女は答えを知りたかったらしく、迷っているようだったが、すぐにジョーンのほうを向いて彼女を抱擁した。「ごめんなさいね」

「何が？」反射的に両手を上げて相手の背中を抱きながら、ジョーンが驚いてきく。

「あなたは他人ばかりの村で育てられるべきじゃなかった。ここでわたしたちといっしょに暮らすべきだったのよ。わたしたちはあなたの家族なんだもの」

「悪かったと思う必要なんてないのよ」ジョーンはいっそう心をこめていとこを抱きながら言った。「母はいい人だったわ。わたしを愛してくれたし、いろんなことを教えてくれた。たいていの人より幸せだったと思うわ。食べるのに困ったことはほとんどなかったし、暖炉にくべる薪はいつだってあった。わたしは幸運だったのよ」そう説明したが、なぜかそれがアネラを落ちこませたようだった。彼女の表情からも、ぎゅっと手をにぎられたことからもそれがわかった。

「レディの心得はわたしたちが教えるわ」突然アネラが宣言し、母親のほうを見た。「いいでしょう？」

「ええ、もちろんよ」アナベルは誇らしげに娘に微笑みかけながら言った。

アネラはうなずき、ジョーンに向き直った。「わたしはダンスや楽器の演奏や、そういったこと全般を教えるわ。お母さまはお城の切り盛りのしかたとか、そういうことを教えられる。わたしでも教えられるけど、お母さまのほうがよくわかっているし、それに——」

「来るわよ！」ケンナが甲高い声で叫びながら、食べ物と飲み物ののった盆を持って部屋に飛びこんできた。急いで暖炉のそばのテーブルに盆を置くと、こうつづけた。「わたしが階段まで着たとき、男の人たちがキャムを肩にかついで、ここに運びあげようとしていたの」

「さあ、あなたたちはここから出ていきなさい」アナベルはそう言って、娘たちを扉に向かわせた。

ジョーンは部屋から出ていく少女たちを見ながら眉をひそめた。ふたりを見送って叔母が扉を閉めた瞬間、うろたえながらきいた。「彼はひとりで来るわけじゃないんですか？　男の人たちが引きずってこなくちゃならないほどいやがって——？」

「これも床入りの儀の一部なの」アナベルがなだめるようにさえぎった。「女たちが花嫁をベッドに入れたところに、男たちが花婿をかつぎこんできて服を脱がせ、花嫁の隣に寝かせるのよ」

「つまり、男の人たちがここに来るってことですか？　そして——」突然扉が開き、十人ほどのマッケイの戦士たちがなだれこんできて、彼女のことばは立ち消えになった。戦士たちは仕留めたイノシシのように頭上にキャムをかついでいる。どうやら存分に婚礼を祝って、酔っぱらっているようだ。彼らはキャムを床におろそうとして落としそうになったし、服をはぎ取りながら、何度かうっかり彼を傷つけたのではないかとジョーンは思った——それはまさにはぎ取るとしか表現できない行為だった。叔母といとこたちがジョーンの服を脱がせたときほどやさしくも丁寧でもなかった。

ジョーンは恐怖にも似た気持ちで、そのすべてを眺めていた。もしかしたら自分は温室育ちだったのかもしれない。それともこれはスコットランドの伝統なのだろうか。たとえ平民同士の婚礼にしろ、イングランドでは呼ばれたことがなかったので、こんなことはイングランドではおこなわれていないとは言い切れないが、何もかもがひどく野蛮に思えた。

幸い、あっという間の出来事でもあった。キャムはすばやく裸にされ、ベッドのジョーンの横に押しこまれた。やがて男たちはぞろぞろと出ていき、彼らが廊下を歩いていくにつれ、笑い声や下品な冗談も遠ざかっていった。

「よし、これですんだな」

ロス・マッケイの声がしたのでジョーンが目をやると、さっきまで男たちといっしょにいたのに出ていかなかったロスが、アナベルのそばに立って腰に腕をまわしているのが見えた。その男性——叔父だ、と思い出した——はジョーンを励まそうとしたらしく、ウィンクをした。そのウィンクに励まされなかったのと同様、ジョーンを安心させようとアナベルが浮かべた笑みにも安心できなかったが、ジョーンがなんとか笑みを浮かべると、ふたりはそっと部屋から出て静かに扉を閉めた。そして、ジョーンとキャムのふたりきりになった。

ジョーンはゆっくりと息を吐き、体を覆う毛皮とシーツに目を移した。キャムを見て怒りを認めるのは怖い気がした。だが、すぐに沈黙に耐えられなくなった。キャムに見つめられているのが感じられ、それにも耐えられなかった。

「お腹がすいているなら、暖炉のそばのテーブルにワインとチーズがあるわ」沈黙を破りたくて、突然言った。

「腹ぺこだ」キャムは言った。「だがワインもチーズもいらない」

ジョーンは恐る恐る彼を見た。怒ってはいないようだ。「それなら何を食べるの？」

「きみだ」

「わたしがほしいの？」彼女は甲高い声をあげた。

「そうだよ、鈍い人だな」キャムは言った。せっかちに舌を鳴らしながら、ベッドのなかの彼女の横で体を起こす。「この二週間、ずっときみに触れずにはいられなかったんだぞ。どうして今はちがうと思うんだ？」

「だって——叔父に結婚させられたのに、あなたは怒っていないの？」ジョーンは恐る恐るきいた。

「ああ」彼は真剣にそう言うと、シーツと毛皮を押しやって、彼女の肩と胸をあらわにした。手を伸ばして片方の球体を包み、乳首の上で親指をそっと左右に動かしながら、心ここにあらずのように聞こえるかすれた声で言った。「それに、彼に言われて決めたわけじゃない。

きみとの結婚はおれが言いだしたことだ」

「でも、わたしが彼の姪だと知ったからでしょ」ジョーンは指摘した。すると、彼が突然顔を寄せてきて、いじっていた乳首を口に含んだので、彼女はあっと声をあげた。乳首を吸われ、さっきまで親指がしていた動きを舌につづけられると、ジョーンの両手がひとりでに上がって、片方は彼の肩をつかみ、もう片方は後頭部に当てて引き寄せながら愛撫に応えた。

キャムは乳首をかまうのをやめて頭を上げた。

「何が問題なんだ？」ふたりの体からシーツと毛皮をすっかりはだけ、ジョーンの体を見おろしてうなった。視線を上げ、彼女の顔を見ながら、手で体をなでおろす。

「おれたちは結婚したんだ」キャムはうなるように言い、お尻を軽くつかんでにぎった。腿のあいだに手を入れて脚を開かせ、ようやく花芯を見つけた。

「きみはおれの妻だ」とささやき、頭を下げて、しゃべるたびに熱い息が唇にかかるようにした。温かく濡れた肉を軽く一度たどった指が、花芯に戻ってきて円を描く。どうやらそこが彼にかき立てられつつある快感の中心らしかった。

ジョーンはうめき、落ちつきなく体を動かした。彼が与えてくれるとわかっている絶頂に向かって、体の緊張感が高まる。彼の髪と肩をぐっと引っぱってキスをさせようとしているのに、彼は思わせぶりに口を合わせないままささやいた。「そしておれはきみの夫だ」

「ええ」彼女はあえいだ。今やお尻を彼の指に合わせて円を描くように動かしながら。

「きみはシンクレアに行くことになる」とつづけながら、キャムが指に少し力をこめると、ジョーンは首をよじりはじめた。もうどうにかなりそうだった。彼の口同様、彼女の絶頂はすぐそこまで来ていた。あとは彼が……ジョーンは彼の肩に爪を立てるのをやめて彼のものに手を伸ばし、それが熱く固くなっているのを知って安堵した。

キャムは触れられたのを感じて身をこわばらせ、不意に愛撫をやめると、彼女の脚のあいだにはいって組み敷いた。

ジョーンに押し入ると、ほっとしたような声をあげたので、キャムもよろこびのうめきをもらした。自身を完全に埋めたあと、動きを止めて、熱く濡れた激しいキスをした。そしてキスをやめ、顔を離して動きはじめ、途中まで引き抜いた。

「ああ」ふたたび押し入れてうめく。「なんて気持ちがいいんだ。きみがシンクレアに来れば、毎晩この快楽に溺れることができる」

やがてキャムは本格的に動きはじめ、体と体がぶつかり合った。ふたりで絶頂に向かいながら、ジョーンは両手で肩をつかんで彼にしがみついていたが、体を重ねるようになってから初めて、自分たちのしていることに完全にのめりこめずにいた。頭のなかのごく一部が切り離され、これまでの日々について思いをめぐらせていた。夜の営みだけが得意な妻を、どうして彼はよろこぶだろう？

その不安が頭のなかを駆けめぐる。と、いきなりキャムが言った。「思い悩むのはやめろ」

びくっとして彼の顔に焦点を合わせると、また唇を奪われた。腰の動きのリズムに合わせて舌が差し入れられ、体のあいだにすべりこんだ手が花芯を愛撫する。この猛攻撃に、ジョーンの悩みは引っこんだ。たちまち情熱の炎が息を吹き返して燃え盛り、ほどなくしてふたりは絶頂の叫びをあげた。

ことを終え、キャムは横向きになってシーツと毛皮を引きあげた。ジョーンも横向きになると、うしろから腰に腕がまわされて背中を引き寄せられた。すぐに小さないびきが聞こえてきて、彼が眠りこんだのがわかった。うらやましさを感じた。ジョーンのほうは急に目が冴えてしまい、あらゆる心配ごとが心をくもらせていた。そのほとんどは、彼女が妻としていかに無知で、準備ができていないかを知ったら、キャムはどんなにがっかりするだろう、ということに尽きた。だが今は、さっき彼に言われたことが気になっていた。彼は愛の営みがつづけられるから彼女のシンクレア行きをよろこんでいるようだったが、それだけが理由なのだろうか？　彼をよろこばせるためにできることは、ほかに何もないのだろうか？　もしそうなら、彼に飽きられたとき、彼女の人生はどうなってしまうのだろう？　妻でいながら夫がほかの女性と寝るのを見ているのは、彼が別の女に心変わりして捨てられた愛人でいるのと同じだ。そこで不意に気づいた。いや、妻でいるほうがもっと悲惨だ。愛人なら引っ越すことができ、つらい思いをしないですむ。だが妻である彼女にはそれができない。おそらく耐えなければならないのだろう。自分にそんなことができるとはとても思えなかった。

「問題は一度にひとつずつ」ジョーンは小声でつぶやいた。アネラとアナベルがレディの心得を教えてくれることになっている。さっそく明日からはじめよう、と心に決めた。シンクレアに出発するまえに、できるかぎりのことを学ぶのだ。そう思ったら、マッケイに向かうまでの時間はあとどれくらいなのか気になった。だれも言っていなかったが、少なくともあと二日はここにとどまるはずだ。なんといっても、彼女は家族に会ったばかりだし、その存在すら知ったばかりなのだ。そうよ、シンクレアに旅立つまで、あと二、三日、もしかしたら一週間は滞在できるはずだわ。ジョーンはそう自分に言い聞かせ、ようやく眠りについた。

「今日ですって？」ジョーンはびっくりして悲鳴にも似た声をあげた。大きな目でまじまじと叔母を見つめる。

「そうよね。わたしももう少し時間がほしいと思っていたんだけど」叔母のアナベルは、テーブルに置いた手で軽くその表面をたたきながら、なだめるように言った。「家族が心配するだろうとキャムが気にしているのよ。もともと彼はいとこたちと旅をしていたらしくて」

「彼はいとこたちを先に行かせたんです」ジョーンは思い出して眉をひそめた。酒場の女のためにそうしたと言っていたのも思い出し、嫉妬の痛みを覚えた。ばかばかしい。そのときふたりはまだ出会っていなかったのに。

「それで」叔母はつづけた。「キャムはいとこたちに二日で追いつくと言ったのよ。でも、ここに着くまでに思ったより時間がかかってしまったんでしょう？」

ジョーンは唇をかんでうなずいた。「路上で盗賊に襲われたわたしを助けたとき、キャムはけがをしたんです。そのあと彼は三日間寝たきりだったし、そのあとはここに来るまで二週間かかってしまって」

「二週間も？」アナベルは驚いて尋ねた。

「ええ。それほど速く進めなくて」ジョーンは気まずそうにもごもごと言った。

アナベルは事情を察してうなずいた。「そうでしょうね。大けががまだ治っていなかったんだから、ゆっくり進まないと」

「はあ」ジョーンは叔母の視線を避けてつぶやいた。ゆっくりしか進めなかったのは傷を癒す必要があったからではなかった。概して、目を覚ましたあとのキャムの回復は目覚ましかった。実際、二日もするとすっかり健康になったように見えた。たしかに、彼の……その……精力にはなんの問題もないようだった。

「つまり、今現在、彼は予定より二週間遅れをとっているの。家族がやきもきして、捜索隊を送り出すんじゃないかと心配しているわ。それで、今すぐあなたを連れてシンクレアに帰り、みんなを安心させたほうがいいと考えたのよ」

「でも――」

「お母さま！」ケンナの叫び声にさえぎられ、ジョーンがあたりを見まわすと、少女が黒髪をなびかせ、頬を紅潮させながら走ってきた。「コックから聞いたの。ジョーンとキャムの旅のために食べ物を用意してるって」

「そうよ、ケンナ。わたしがたのんだの」アナベルが辛抱強く言った。「シンクレアまでは半日の旅だから、途中休んでピクニックをしたいんじゃないかと思って」

ケンナは首を振り、ジョーンを見た。「でも、出発するわけにはいかないわ。まだ着いたばかりじゃない。あたしたち、もっとあなたのことが知りたいのに」

「キャムが決めたことなのよ、ジョーンじゃなくて」アナベルがおだやかに言った。

「それなら彼に考え直してもらいましょう」アネラがテーブルに来て言った。「わたしたち、ジョーンにレディの心得を教えることになってるのよ。約束したじゃない」

「そうね」アナベルは悲しそうに言った。「でも、わたしたちに何ができるというの？キャムはもうジョーンの夫だし、彼がそう決めたなら——」

「それなら、わたしたちもついていけばいいのよ」アネラがきっぱりとさえぎり、母親が反論しようとすると、断固とした口調でつづけた。「約束をしたら守らなければいけないと、お父さまはいつも言ってるわ。わたしたちはジョーンがレディになれるよう手助けすると約束したのよ」

アナベルは目をぱちくりさせ、やがて口もとにゆっくりと笑みを浮かべた。「ええ、たしかにあの人はそう言うわね」

「でしょ」アネラが言った。今ではにっこり微笑んでいる。

「ねえ、あたしも約束する、あたしも約束する」ケンナがあわてて言った。「あたしも手伝うから。お願い、お母さま、あたしも行っていいでしょ？」

「ええ、いいわよ」アナベルは娘の肩をぽんとたたいて言った。「みんなで行きましょう。そうすればジョーンともっとよく知り合えるし、約束も守れるわ」

ジョーンは目を見開いて、微笑む三人を見つめた。やがてアネラが警告した。「でも、わたしたちがみんな行ってしまったら、お父さまはすごく怒るでしょうね」

「それならあの人も来ればいいのよ」アナベルは軽く言って、立ちあがった。「行きましょう、お嬢さんたち。急いで支度をしないと、キャムに置いていかれるわ」

アネラはうなずき、向きを変えてジョーンをすばやく抱きしめると、安心させるように言った。「急ぐから大丈夫よ」

「あたしたち抜きで出発させないようにね」そう言って今度はケンナがジョーンを抱きしめ、すぐに母と姉を追った。

ジョーンはあたふたと去っていく三人を見つめながら、一連の出来事にいささかめまいを覚えていた。平民ではなくレディが、結婚していて、彼女の叔母でもある女性が、いとこたちとともにマッケイの領主の怒りを買ってまでも彼女を助けようとするなんて……叔父のことはよく知らないので、彼の怒りというのはどんなものなのか、あれこれ考えるより、あるいは目《ま》の当たりにするまえに、詳しくきいたほうがいいかもしれない。

　ジョーンは首を振り、テーブルのほうを向いてリンゴ酒のゴブレット（脚つきのグラス）を手にした。家族がいるというのはこういうことなのかしら？　そう思うとたちまち罪悪感を覚えた。マギー・チャータズは二十年のあいだ彼女の家族だった。たったひとりの家族だ。ジョーンのために死と戦っていたにちがいない彼女は、すばらしい女性だったが、彼女との暮らしはつねにおだやかで平和だった。急患のときでも母は冷静さを保ち、動揺して大声をあげたり、あわただしい行動をとったり、叔母やいとこたちがジョーンのために計画しているような、小さな反乱を起こしたりすることはけっしてなかった。だがこれはちがう。今やジョーンの生活は、さまざまな点でこれまでとはちがっていた。

　たとえば、ジョーンは昨夜生まれて初めて、床に敷いたむしろの上でも、冷たく湿った地面の上でもなく、ベッドで眠った……天国のようだった。ちゃんとした寝室で眠ったのも初めてだった。むしろを敷いた小屋の隅ではなく、ほんとうに眠るためだけに作られた部屋で眠ったのは。夜中に目覚めるとだれかがいて、それもキャムのような裸のたくましい美丈夫がいて、ベッドから抱きあげられて床に重ねた毛皮の上に運ばれ、そこにワインとチーズとパンの軽食が用意されていたのも。そして、彼女の名誉のために自分を傷つける男性というのも、まったくもって初めてだった。

上階の廊下の手すりに掛けられた、血で汚れたベッドシーツに視線を移した。昨夜、ケンナが持ってきてくれた食べ物とワインを楽しんだあと、キャムが自分の手を切ってシーツの上に血をしたたらせ、〝花嫁の純潔のあかし〟としたのだ。そしてふたりは、暖炉の火が消えるまえに、毛皮の上で愛を交わした。その後彼はジョーンをベッドに運び、そこでもう一度愛し合った。

ふたりは夜のかなりの時間を費やして快楽を追求していたらしく、翌朝扉をノックされたとき、ジョーンはうめくことしかできず、またシーツと毛皮の下にもぐろうとした。だが、キャムはベッドから彼女を抱きあげて、彼女の叔母と叔父とマッケイの司祭が血で汚れたシーツを回収できるようにした。ジョーンは疲れきっていたので、彼らが出ていってキャムに上掛けと毛皮のあいだに入れられると、すぐにまた眠ってしまった。

しばらくして目覚めると、キャムの姿はなく、ベッドの彼がいた側は冷たくなっていた。ジョーンが起きて服を着てから階下に行くと、レディ・アナベルひとりがテーブルで待っていた。キャムはどこかと叔母に尋ねると、厩で馬に鞍をつけているところだという。そして、彼が今日出発することを決めたと告げられたのだった。それを聞いて、ジョーンは心臓が胸からこぼれ落ちるかと思った。出発までに、叔母や叔父やいとこたちと知り合える時間も、レディとしてふるまうために最低限必要なことを二、三学ぶ時間もまだあると思っていたのに。

だがその時間はない。今日シンクレアに旅立つのだ……そしてキャムの家族に会うことになる。そう思うと気が滅入った。そのときになって動転しないように、叔母といとこたちにはそばにいてもらうしかない。ぜひとも。

10

「シンクレアまではあとどれくらい？」

ケンナの質問にキャムはため息をついた。今朝マッケイを出てから、少なくとも二十回は同じ質問をしている。そのあいだじゅうしゃべりづめでもあった。少女は彼をいらいらさせていた。

それに、いったいどうして、マッケイの女性たちと兵士の一団を引き連れて旅をすることになってしまったんだ？　自分の馬一頭で、ジョーンとふたりだけで出発するはずだったのに。新妻とキスを交わしながら、ときにはドレスの下に両手をすべりこませて豊満な体を楽しみながら、時間をかけて帰るつもりだった。スカートの下でゆっくり手を動かしてうめき声をあげさせ、馬に乗りながら膝の上ですすり泣かせることもできたかもしれない。そんなことを考えると妙に興奮した。馬上でそんなことをしたいと思ったことは、今まで一度もなかったのだが。興奮したジョーンが、そんなふうにさわられたときいつもするように身をよじりはじめたら、絶対にふたりとも馬から落ちてしまうに決まっている。

だが、結局そんなことにはならなかった。キャムが自分の馬に鞍をつけにいくと、厩から出てきたロス・マッケイから、いくつもの贈り物のうちの最初のひとつ、ジョーン用の馬を贈られたからだ。これで彼女はキャムといっしょに馬に乗る必要がなくなった。彼はすぐさま計画を修正し、帰路の途中にある美しい渓谷に立ち寄ることを思い立った。アナベルがコックに用意させると約束してくれた食べ物と飲み物をジョーンと楽しみ、ついでに森のなかで妻とまぐわうのだ。旅を再開するまでに、もしかしたら二回まぐわえるかもしれないと思い、二週間も性の探求を繰り返したあとなのに、自分がまだこの女性を求めてやまないことに驚いた。それどころか、ますますほしくなるばかりだった。

この最後の夢想が消えたのは、ロスとともに城に戻って、レディ・アナベルと娘たちが彼とジョーンの旅に同行するつもりであることを知ったときだった。ジョーンを知りたいのだと彼女たちは主張し、その意志は固そうだったが、家族が家を空けることにロスが抗議をはじめると、レディ・アナベルは夫を脇に引っぱっていって、しばらくひそひそ声で何やら熱心に話していた。そのかいあってか、ロス・マッケイはしぶしぶ折れた。彼女がなんと言って夫の意見を変えさせたのか、キャムにはわからなかったが、〝約束〟ということばが何度か聞こえ、そのたびにロスは眉をひそめては少しずつうなだれていき、最後にはうなずいて同意したのだった。

ロスはその場でキャムを呼び、妻と娘たちがジョーンとともにすごして彼女を知ることができるように、帰省の旅に同行してもいいかと礼儀正しく尋ねた。護衛のための兵士をつけるし、キャムが望めばいつでもロス自身が迎えにいくからと。

キャムに何が言えただろう？　もちろん同意し、花嫁といちゃつきたいという彼の願望を踏みにじったことにまったく気づいていない、さわがしい女性たちと半日馬で旅することを受け入れた。昼すぎにはシンクレアに着くだろうから、マッケイの女性たちの相手は母にまかせてジョーンと抜け出し、城からそう遠くない滝に連れていって、そこで妻を誘惑すればいいと自分をなぐさめた。

女性たちの荷造りが終わるのを待つあいだ、キャムは大広間のテーブルのまえに座り、タンカードからエールをちびちび飲みながら、滝のそばでジョーンにしたいと思っているあらゆることについて考えた。

だが、異常に荷造りに時間がかかっていることにようやく気づいた。その理由がわかったのは、召使いたちが上階から衣装箱を運びおろしはじめたときだった。訪問というより引っ越しのための荷物のように見えたが、衣装箱のいくつかは彼とジョーンのための結婚祝いだとレディ・アナベルは説明した。シーツとかそういうものよ、と彼女は笑顔でうれしそうに言った。

「きっともうすぐよ」ジョーンがなだめるように言った。キャムは自分がケンナの質問に答えていなかったことに気づいた。

「ジョーンの言うとおりだ。この丘を越えた先だよ」キャムはそう言うと、自分のまえでいっしょに馬に乗っている女性を見おろした。ジョーンはもちろん馬に乗れなかった。それは彼には思いもよらないことだった。ロス・マッケイにとってもそうだったらしい。結局キャムは彼女を自分の馬のまえに乗せてやらなければならなかった。もちろんまったく異論はなかった。彼女が鞍のまえでもぞもぞ動き、衣服越しに尻が彼の下腹部をこするまでは。わざとやったわけではないとわかっていたものの、彼としてはたまらなかった。彼女が動くたびに体がこすれ、プレードの下の獣が目覚めて固くなるのだから。プレードの下の獣がようやくおとなしくなったと思ったら、彼女がまた動いて獣をふたたび目覚めさせるのを繰り返しているようだった。

「ほら、あれよ」レディ・アナベルがほがらかに言って、妻の尻と自身のうずく昂《たかぶ》りから現在地へと、キャムの注意を向けさせた。一行は丘の頂上からシンクレア城を見おろしていた。「美しいと思わない、ジョーン？」ケンナが興奮しながらきいた。「こんなきれいなお城はほかにないと思うわ」

キャムはその表現に顔をしかめた。シンクレア城を美しいとかきれいだと表現するのは女性だけだった。たしかに見事な要塞で、外側の城壁は幅四・五メートル、高さが七・五メートルあり、その手前にある水の張られていない広い濠《ほり》は、先を鋭くとがらせた木の杭で満たされ、敵が近づきすぎるのを阻んでいた。城壁の向こうには外側の中庭があり、城の手前のもうひとつの濠には水が張られている。その先には内側の中庭と城を守る門楼と塔があった。そしてもちろん、城の裏にはもうひとつ内側の中庭もあった。

シンクレアは大きくて見事に設計された城だが、キャムには美しいとは思えなかった。

「ええ、美しいわね」ジョーンが元気のないささやき声で同意した。

キャムは興味を引かれて彼女に目を落とした。どうして落ちこんでいるような声なのだろう。残念ながら、彼に見えるのは彼女の頭のてっぺんだけだったので、聞きまちがいかどうか確認することはできなかった。

「でも大きいと思わない？」ジョーンは弱々しく付け加えた。

いや、聞きまちがいではない。たしかに沈んだ声だ。

「ええ、大きくて美しいわ」みんなといっしょに丘の斜面をくだりながら、ケンナは言った。

「具合でも悪いのか？」キャムは妻の耳もとでささやいた。

ジョーンは彼のまえですぐに背筋を伸ばし、首を振った。「いいえ。そんなことないわ。シンクレアはきれいなところね」

彼はその言い方に眉をひそめたが、今は受け流すことにして、馬で丘の斜面をおりることに集中した。

外側の城壁の橋の上に六騎の騎馬兵たちが現れたときも、キャムは驚かなかった。予想はしていた。大人数の隊なので、丘をのぼった時点で確認できたはずだ。いや、そのずっとまえからわかっていただろう、と肩越しに荷馬車や兵士たちを振り返りながら思った。騎馬兵たちは一行が友人か敵かを確認するために送り出されたのだろう。

騎馬兵たちは、外側の城壁の手前二十メートルほどにわたって木々が切り倒された区域を一行が横切りはじめるのを待って、前進しはじめた。キャムはかまわず進みつづけた。両者とも互いに出会うまで速度を落とさなかった。

「兄上」弟のダグラスが彼のまえで馬を止め、おごそかにあいさつした。「ようやくぶらりと帰ってきてくれましたか……お客を連れて」とつづけ、キャムの膝の上のジョーンに気づいて目をすがめる。一瞬、その顔に好奇心がひらめいたが、すぐにほかの随行者たちに注意を向けた。レディ・アナベルを認めると、驚いて眉を上げ、敬意に満ちた表情になった。鞍の上で軽く会釈をして、ダグラスはつぶやいた。「レディ・マッケイ」

「こんにちは、ダグラス」彼女は微笑んであいさつした。

「マッケイのご領主もごいっしょですか？」随行の兵士たちに目をやりながらきく。

「いいえ。すぐには来られないの。でも、一週間後にわたしたちを迎えにくるわ」アナベルは答えた。

「一週間後？」ダグラスは驚いて聞き返し、すがめた目をキャムに向けた。目の奥から不快さが伝わってくる。

「この方たちはおれの客人だ」とだけキャムは言った。ほんとうはそうではなかったが。実際は義理の家族を招いたわけではないが、そうするべきだったのだと思った。なんといっても、彼らはジョーンを紹介されたばかりで、まちがいなく彼女のことを知りたがっているのだから。おそらくジョーンとて同じだろう。彼が察して、取りはからってやるべきだったのだ。マッケイにたのんで使いの者を送り、まもなく帰る、客を同行するので部屋を用意しておいてほしいと、家族にまえもって知らせておくことも考えるべきだった。いろいろなことがありすぎて、そんなことは思いつきもしなかった。

「またお客が増えると母上に言っておきましょう」ダグラスがうなるように言った。

「増える？」キャムが聞き返したが、弟はすでに馬の向きを変えて走り去っていた。シンクレアのほかの兵士たちがあとにつづく。キャムは眉をひそめ、また馬を進めはじめた。母がいまだに城を女性たちでいっぱいにしていませんように、城にはいったとたん、その女性たちが彼のもとにおりていこうと待ちかまえている、などということがありませんようにと神に祈りながら。ああ、まさか母は夏じゅう女性たちを滞在させていたわけではないだろうな？

母のことならよくわかっていた。そう、母ならやりかねない。キャムはそう考えてため息をついた。

シンクレアは広大で、さまざまな方向に移動する人々がひしめいていた。跳ね橋をわたって外側の中庭にはいりながら、ジョーンはぽかんと口を開けてそれを眺めた。ぼーっと見ているのは彼女だけではなかった。中庭にいるだれもが立ち止まって、通りすぎる一行を見つめ、すべての目がキャムの膝の上のジョーンに向けられているようだった。少なくともキャムとジョーンが通りすぎるまでは。そのあと好奇心旺盛な視線はレディ・アナベルを、その娘たちを、マッケイの兵士たちを、そしてそれにつづく荷車をとらえた。

多くの人たちに見つめられて気詰まりだったジョーンは、内側の濠にかかる橋まで来て、門楼をくぐるとほっとした。少なくとも内側の中庭にはいり、ここにもほぼ同じくらい多くの人びとがいて、みんな外側の中庭にいた人びとと同じように、立ち止まってぽかんと彼らを見つめていることに気づくまでは。

「あごを上げて」キャムが耳もとでささやいた。「きみはもうレディ・シンクレアだ。ここにいるのはきみの領民なんだよ」

ジョーンはあごを上げ、落ちついているふりをしたが、キャムのプレードのなかにもぐりこんで隠れる以外のことはしたくないときに、それはむずかしかった。とくに、城からあふれ出て階段に集まっている人びとを見たときは。すぐに彼女の視線は、階段のいちばん上にいる身なりのいい男女に引き寄せられた。男性はごま塩頭で、かたわらの女性は長身で首が長く、アナベルと同年代で、ブロンドの髪にはグレーのものが混じっていた。

「あなたのご両親？」と小声で尋ねた。

「そうだ」

ジョーンはうなずき、階段の上にいるほかの人びとに視線を向けた。ほとんどが女性だ。年配の女性もふたりほど混じっているが、ほとんどがジョーンぐらいの年齢かそれより若く、全員美人だった。キャムは妹がひとりいると言っていたので、おそらくこのなかのひとりがそうなのだろうが、残りはいとこというわけではないだろう。少なくとも、全員ではないはずだ。そういえば、キャムの母は独身女性で城をいっぱいにして、そのなかのだれかと再婚してくれることを願っているのだ、と彼が言っていた。

彼の母親はひどく落胆することになるだろう。そう思ってジョーンが小さなため息をついたとき、キャムが階段の下で馬を止め、馬から降りると、彼女を抱きおろした。彼が向きを変えてまずレディ・アナベルに、つぎにその娘たちひとりずつに手を貸しているあいだ、ジョーンはもう一度義理の母親の無表情な顔を見た。

ほら、がっかりしてる、とジョーンはまた思って、さらに暗い気分になった。どうしたらがっかりせずにいられるかしら？　階段の上にいるきれいな女性たちのだれもが、まちがいなくわたしよりましなキャムの妻になれるだろう。高貴な領主のよき妻になるために必要なことは、なんであれすべて教えられているに決まっている。当然ながら彼女たちはすでに作法などを身につけているのに、わたしはそうではない。

「勇気を出して」地面に降りたったアナベルがささやいた。ジョーンの腰に腕をまわして軽く脇に抱き寄せてもくれた。

支えようとしてくれるのがうれしくて、ジョーンは叔母のためになんとか笑みを浮かべた。

「大丈夫よ。レディ・シンクレアはいい人だから」アネラが反対側に現れて、ジョーンの手を取りながら励ますようにささやいた。「きっとあなたが気に入るわ」

「行こうか、レディのみなさん」ケンナを馬からおろして、ほかの三人のところに行かせると、キャムがもごもごと言った。ジョーンの隣が埋まっていることに気づいてわずかに顔をしかめたが、力を抜き、軽く肩をすくめて、一同に階段をのぼらせた。

「アナベル」レディ・シンクレアが階段を二段おりて一同を迎えた。先ほどの無表情な顔に歓迎の笑みが浮かぶと、彼女はすばらしく美しく、ずっと気さくな感じに見えた。「なんてうれしい驚きでしょう」

「またお会いできてうれしいわ、バーナス」アナベルはにっこり微笑み、ジョーンの腰から腕を離して、差し出されたレディ・シンクレアの両手を取り、抱擁のあいさつをした。

「わたしもよ」とバーナス・シンクレアは返し、互いにうしろにさがると、キャムを見て言った。「息子を無事、健康な状態でわたしのもとに連れ帰ってくれたんですもの。道中、盗賊に襲われたのではないかと、心配になっていたところよ」

「実際、襲われたんですよ」キャムはそう言うと、進み出て母を抱きしめた。アナベルは階段の上で横に移動して、キャムの父、アルテア・シンクレアにやはり抱擁であいさつしている。シンクレア家とマッケイ家は親しい友人のようだ、とジョーンは思った。

「なんですって？」レディ・シンクレアが驚いて息子から身を引いた。「大丈夫なの？」

「ええ、ジョーンのおかげでね」キャムはそう言って向きを変え、ジョーンに手を差し出しながら付け加えた。「彼女がぼくの命を救ってくれたんですよ。二度もね。一度は襲撃者から助け、二度目は無防備に意識を失っているあいだ面倒をみてくれた。彼女がぼくを治してくれたんです。でなければぼくは今ここに立っていなかったでしょう」

ぎこちない笑みを浮かべながら彼の手を取り、ジョーンは彼の横に進み出た。

「まあ、そういうことならお会いできてほんとうにうれしいわ」レディ・シンクレアはまじめに言うと、ジョーンをじっくり見つめた。「ジョーンといったかしら？」

「そうです、母上」キャムは言った。「マッケイの領主ご夫妻の姪、レディ・ジョーン・シンクレアです」

「姪？」レディ・シンクレアは聞き返し、驚いてレディ・アナベルを見た。「知らなかったわ、あなたに――」そこまで言うと突然口をつぐみ、混乱に目をくもらせながら、ゆっくりとジョーンとキャムのほうに向き直った。「ジョーン・シンクレアですって？」

「はい。ぼくたちは昨日、マッケイで結婚しました。彼女はぼくの妻です」キャムは宣言した。だれもが凍りついたようになって一瞬沈黙が流れたあと、階段の上の女性がひとり、のどを詰まらせたような声をあげて、これ見よがしに気を失った。そのブロンドの娘はくずおれて階段から落ちはじめた。幸い、キャムを若くしたような男性――彼の弟のエイダンだろうとジョーンは思った——が脇に寄り、娘は彼の足首にぶつかって止まった。

「ありがとう、エイダン」若者がかがみこんで不運な娘を抱きあげると、レディ・シンクレアはため息をついて言った。「レディ・ミュアラインをなかに運んであげてちょうだい」

ジョーンは看護を手伝おうと反射的にふたりのほうに向かいかけたが、叔母がそんな彼女の腕をつかんで首を振った。「彼女の面倒はわたしがみるわ」

ジョーンはうなずき、しぶしぶ緊張をゆるめてその場にとどまったが、病人の面倒をみたいという切なる本能と戦わなければならなかった。

「もう花嫁候補のみなさんにはお帰りいただいていると思っていましたが」倒れた娘を城のなかに運ぶ弟と、そのあとからついていくアナベルを見送りながら、キャムは冷ややかに言った。「ぼくは夏じゅう留守にしていたんですから」

「ええ、そうしたのよ」城の扉が閉まると、レディ・シンクレアはため息をついて言った。「でも、ロデリックとブライソンが戻ってきて、兄上は帰還の途上にある、あと二、三日で到着するだろうと伝えたから、母上はまた彼女たちを呼んだんですよ」ダグラスがジョーンのほうに視線を向けながら伝えた。キャムが言っていたとおり、いかめしそうな人だ。母親とあとの兄弟ふたりは金髪だったが、ダグラスは父親譲りの黒髪だった。さらに彼は皮肉っぽく付け加えた。「それからもう二週間になりますがね」

「もういいだろう、ダグラス。キャムから説明があったように、盗賊に襲われて療養が必要だったのだから」キャムの父がようやく口を開いてたしなめた。そして花嫁に注意を移し、階段をおりてジョーンを抱き寄せた。「息子の命を救ってくれてありがとう。そして、わが家族へようこそ」

「ありがとうございます」ジョーンは小さな声で言うと、彼が抱擁を解いてうしろにさがってから、なんとかほんとうの笑みを浮かべた。

シンクレアの領主は妻を見やり、その表情に気づくと口角を上げた。ジョーンに向き直って付け加える。「妻もきみを歓迎しているよ。今はあまりに驚いて口がきけないだけだ。息子はもう再婚しないのではないかと思いかけていたのだよ。息子をふたたび祭壇に向かいたいと思わせてくれたきみは、きっと特別な人にちがいない」

ジョーンは恥ずかしさに赤くなり、うつむいた。結婚の裏にある事情を知ったら、あまり歓迎してもらえないかもしれないと思ったが、その事情について領主に話すつもりはなかった。

「さあ、なかにはいろう。まただれかが転げ落ちるまえに階段から離れないと」キャムの父はぶっきらぼうに言うと、ジョーンの腕を取って城のなかにいざなった。

よろこんで従いながらも、ジョーンは肩越しにうしろを振り返った。すぐあとにケンナとアネラがつづき、キャムはそのうしろで片腕を母親に、反対の腕を母親そっくりのブロンドの若い娘に預けた。妹のアイリーンだろう。残りの女性たちも、悲しげな表情を浮かべて静かについてきた。ジョーンは彼女たちを責められなかった。キャムは美男子で聡明でやさしい。まだ婚約も結婚もしていない男たちの大半よりも、だいぶ抜きんでているはずだ。ジョーンはまえに向き直ったが、レディ・シンクレアはいったいどこでこんなに大勢の若く美しい女性たちを見つけたのだろう、と思わずにはいられなかった。貴族の子供たちはまだおむつをしているころか、少なくともごく幼いころに結婚相手を決められる。花嫁候補になるということは、彼女たちは寡婦か、不運なことに結婚まえに許婚が亡くなったために未婚でいるかのどちらかだ。これほど多くの若くて美しい花嫁候補がいて、自分たちが着く直前にシンクレアに向かっていたとは、考えもしなかった。

でも、いちゃついていたおかげで、わたしたちはここに着くまで二週間以上かかったんだったわ、とジョーンは思い出した。それだけあれば、使いの者を送って、はるばるイングランドからでも花嫁候補たちを呼び寄せることができただろう。

「それできみは、アナベルとロスの姪なのかね?」

大広間を横切り、テーブルに向かいながら、ジョーンはアルテア・シンクレアを見て、その質問にうなずいた。

「イングランド訛《なま》りがあるな。イングランドで育ったのかい?」アルテアが尋ねる。

「はい」ジョーンは答えた。

「怖がらなくていいんだよ」自分の手に置かれた彼女の手を軽くたたいて、アルテアは言った。「イングランドに敵意は持っていない」

「そうですか」ジョーンは当惑して言った。自信なさげに付け加える。「感謝します」

彼はうなずいて彼女をテーブルに案内し、席につかせると、隣に座った。あたりを見まわして、自分の娘に目を留める。「アイリーン、みなさんにエールとハチミツ酒を出すよう、召使いに伝えにいきなさい。夕食のお客さまが増えることも伝えるように」

「はい、お父さま」キャムの妹は小声で言い、父の指示に従うために席をはずした。

「さて」キャムの父はジョーンに向き直った。「旅の話を聞かせてくれ。きみは息子を救ったんだね？」

「ええ、でも、実を言うと、彼が先にわたしを救ってくれたんです」ジョーンは正直に言った。

「彼女の旅の一行が盗賊の一団に襲われたんです」父親の向かい側の席に母親を座らせながら、キャムが言った。

旅の一行？　ジョーンはびっくりして彼を見つめた。

「ぼくが追いついたときには、ジョーンはひとりで四人の盗賊を相手にしていました」彼はテーブルをまわってジョーンの横の空席に座ったので、彼女はキャムとその父親にはさまれることになった。いとこのケンナとアネラがキャムのために席を空けておいたのだ。ダグラスはアネラから遠く離れた同じ側の席についていた。

「護衛兵たちはやられてしまったのか？」キャムの父が尋ねる。驚いてはいないようだ。首を振りながら「イングランド人め」とつぶやいた。

「そこへあなたが助けにはいったのね？」彼の母が尋ねた。彼女の娘が戻ってきて、母の隣に座る。

キャムはうなずいた。「はい。こんな勇敢な娘が四人の大男にたたきのめされ、襲われているのを見て、とても捨て置けませんでした。ぼくは三人倒しましたが、そのあいだに背中を刺されてしまいました。四人目がぼくを殺そうとしたのでしょう、でもジョーンが別の男のものだったナイフを拾いあげて、四人目を刺したんです」

「勇敢な娘だ」シンクレアの領主はジョーンの肩をたたいて褒めた。

ジョーンはなんとか笑みを浮かべ、話をつづけるキャムを見た。

「ぼくは負傷して倒れ、三日間意識を失っていました。彼女は傷口を縫い、そのあいだじゅうずっとぼくの看病をしながら守ってくれました。意識が戻ってからも、体力が戻るまで世話をしてくれました。彼女がそうしてくれていなかったら、ぼくはひとり路傍で死んでいたでしょう」彼はジョーンを見て微笑んだ。テーブルの上の手に自分の手を重ねてにぎり、さらにつづけた。「彼女がマッケイに向かう途中だと知り、ぼくは護衛を申し出ました」

「そしてその旅のあいだに恋に落ち、マッケイに着いてから結婚したのね」

ため息まじりのそのことばを聞いて、ジョーンは目をぱちくりさせてキャムの妹を見た。

若い娘はジョーンににっこり微笑みかけ、自分の席からぱっと立ちあがって、急いでテーブルをまわってくると、うしろから彼女に抱きついた。「歓迎します、お義姉《ねえ》さま。あなたを家族に迎えることができてうれしいわ」

「ありがとう」ジョーンは小さな声で言い、反射的に手を上げて首にまわされた腕をたたいたが、目はキャムから離さずにいた。

「妹のアイリーンだ」キャムがおもしろがっているように言った。

「すごくロマンティックね」とケンナが言ったので、ジョーンの視線は姉といっしょにキャムの向かい側に座っているいとこに向けられた。「今までだれも話してくれなかったなんて信じられない」

「ほんと」アネラも言った。そしてゆがんだ笑みを浮かべて付け加えた。「でも、ほんとうはわたしたちが聞く耳を持たなかったのよ。いとこがいるとわかって、そのいとこに会えると思ったらうれしくて、お父さまの話も聞かずに彼女をさがしに行ってしまったんだもの。そのあとは大急ぎで披露宴の準備をしなくちゃならなかったし、結婚式もあったし……」アネラは肩をすくめた。「ふたりの到着以来、なんだかめまぐるしくて」

「どうしてそんなに急いだのかしら？」

ジョーンは体を固くして、ことばを発した女性のほうを見た。キャムの花嫁候補だった女性たちのうちのひとりだろう。花嫁候補のなかでいちばん背が高く、長い黒髪に、やせてはいるが美しい顔の持ち主で、深紅のドレスの襟ぐりはV字型に大きく切れこんでいる。おそらく寡婦だろう。未婚の女性ならあんなに肌を露出したりしない。

みんなの注目を浴びながら、その女性は優美に肩をすくめた。「シンクレアのご領主とレディ・シンクレアは式に出席させてもらえなかったのよ。一日遅らせておふたりの到着を待つことだってできたはずでしょう？　あるいは、ここで式を挙げることだってできた。どうせレディ・マッケイもお嬢さまたちもここについて来ることになったんだから。そうすれば全員式に出られたはずよ」

「それだとうちのお父さまが出られないわ」ケンナが口をはさんだ。

少女の意見を無視して、黒髪の女性は眉を上げて尋ねた。「レディ・ジョーンの旅の随行者が盗賊に殺されたなら、そのあとあなたたちはふたりきりで旅をつづけたの？　侍女も付き添いもなしで？」

何をほのめかしているのかは聞きのがしようがなかった。結婚はジョーンの評判を守るために必要だったのだろうと言いたいのだ。もちろんそのとおりよ、と思いながら、ジョーンは悲しげに頭《こうべ》をたれた。

「これほど結婚を急いだのはぼくのせいなんだ」ジョーンの背中に手を伸ばし、なぐさめるようにさすりながら、キャムは暗い顔で言った。「早くうちに帰って、ぼくは元気だとみんなを安心させたかったたし、ジョーンを妻として連れて帰りたかった。それに、ぼくにとっては二度目の結婚だから、大騒ぎする必要はないと思ったんだ」

「それはわかるけど、結局ふたりきりで旅をしたの？」黒髪の女性はしつこくきいた。この結婚は事情により強制されたものだということを、どうしても認めさせたいらしい。

「フィノラ！」レディ・シンクレアがぴしゃりと言い、それが黒髪の女性の名前なのだろうとジョーンは思った。彼女が問いかけるように片方の眉を上げながら、しぶしぶキャムの母のほうを見たからだ。レディ・シンクレアはたっぷり一分もフィノラをにらんでから言った。

「どういう状況で旅をしなければならなかったかなど、問題ではありません。ふたりはもう結婚しているのですからね。結婚式に出席したかったのはやまやまだけど、息子が結婚したいと思う人を見つけてくれただけでうれしいわ。それに関してわたしの手腕がお粗末で、どうやら息子をその気にさせられない女性ばかり選んでしまったことは、神さまだってご存じだもの」

侮辱ともとれることばを聞いてフィノラの目が細くなった。彼女は冷たく微笑むと、ジョーンに向かって尋ねた。「だいたいどうして結婚できたの？　ほんとうに未婚だったの？　がっかりすることになる許婚がイングランドのどこかにいるんじゃないの？」

「いいえ」ジョーンは静かに言った。「許婚なんて――」

「わたしたち、機会がなくて姪のためにまだ婚約を整えてはいなかったの」エイダンを従えてテーブルに近づきながら、アナベルが告げた。ジョーンが見やると、叔母の顔には怒りが認められた。階下におりながら会話のかなりの部分を聞いていたらしい。

「それは息子にとって幸運なことだった」キャムの父が強い口調で言った。「さて、あらたなお客人たちは長い旅のあとで休みたいと思っておられることでしょう。わが妻にも送らなければならない手紙があるようですし」彼がそう言いながらレディ・シンクレアにいかにも意味ありげな視線を投げると、彼の妻は暗い表情でうなずいた。「そのあいだに、息子と少し話をしたいので……」彼が期待するように眉を上げると、女性全員が立ちあがった。エイダンがすぐに母のいた場所に移った。

「手紙の手配をするまえに、お部屋にご案内しましょう」レディ・シンクレアはそう言うと、ジョーンとその叔母といとこたちに微笑みかけながら、テーブルから引きあげさせた。そして、ほかの女性たちに視線を移すと、自分の娘のもとに行って指示した。「アイリーン、ほかのレディたちを日光浴室にお連れして、くつろいでいただいたら?」

「はい、お母さま」キャムの妹は素直にそう言うと、階段に向かいはじめた。

ほとんどの女性たちが微笑み、うなずいて、小走りにそのあとを追った。だがフィノラはその場でジョーンをせせら笑ったあと、はるかにゆったりした速度であとにつづいた。

レディ・シンクレアは顔をしかめてフィノラを見送ったあと、ため息をついて無理に笑みを浮かべ、ジョーンとその叔母といとこたちのほうを向いた。「今はすべての部屋が埋まっているのよ……」階段をのぼって消えていく女性たちを手で示す。「でも、キャムの部屋が空いているから、そこで体を拭いたり休んだりできるわ。早くあなたたちの部屋を用意できるといいんだけど」

「大丈夫よ」アナベルはそう言って安心させ、バーナス・シンクレアの腕に自分の腕をからませると、大広間を横切りはじめた。「予告もなく来てしまったのだから、使えるものを使わせてもらえるだけで充分」

「感謝するわ、アナベル」階段をのぼりながら、レディ・シンクレアは小声で言った。「息子が結婚したいと思うような姪ごさんがあなたにいたことにも。あの子が再婚する日は来ないんじゃないかと思いはじめていたのよ」

「すべて姉のおかげよ」アナベルは言った。「わたしたちにジョーンを与えてくれたのは姉ですもの」

「そうね、彼女にも感謝するわ」レディ・シンクレアは笑って言った。

「盗賊に襲われたとき、怖かった？」ジョーンと腕を組んで歳上の婦人たちにつづきながら、ケンナが突然きいた。

「怖かったに決まってるでしょ」あきれたように目をまわしてアネラが答えた。ジョーンの空いている腕に腕をからませながらつづける。「四人目の男を殺すなんて勇気があったのね。わたしだったらできたかどうかわからないわ」

「ほんと、すごく勇敢だったのね」ケンナも言った。「それに、キャムが助けにきてくれたなんて、ほんとに幸運だったわ」

ジョーンはうなずいただけで同意した。彼が現れてくれてたしかに幸運だった。もし現れなかったら、〝歯なし〟に殴り殺されていただろう。

「さあ、ここよ」ほどなくして、一同をキャムの部屋に招き入れながら、レディ・シンクレアは言った。「お話ししたように、運がよければ二日後にはひとりかふたりのお嬢さんがここを出ていってくれるでしょう。キャムはもう独身ではないのですからね。全員がいなくなるのは週の終わりごろになるかもしれないけれど、少なくともすぐにいなくなるわ」彼女は扉のところに立ち、自分を通りすぎて部屋にはいるジョーンに微笑みかけながらつづけた。「うちの者たち全員が、永遠にあなたに感謝するでしょう」

「娘さんたちといるのが苦痛だったのね、バーナス?」アナベルがおもしろがっているように尋ねた。

レディ・シンクレアはそう言われてふふんと鼻を鳴らした。「娘はたくさんいたほうが、そうね、六人ぐらいいるといいかしらと思っていたけど、今度のことでよくわかったわ。女が群れになるといかにおぞましいか。もう驚くほどよ。ほとんどのお嬢さんは問題ないのだけれど、なかには……」彼女はうんざりしたように首を振った。「言い合いをしたり、ののしり合ったり、ドレスを切り刻んだりしてほかのお嬢さんのじゃまをするのもいて」

アナベルは片方の眉を上げた。「フィノラね?」

「あなたたちが着くまえなら、ちがうと言っていたでしょうね。アイリーンからは、フィノラがどこかのお嬢さんを侮辱したとか、見かけほどいい娘ではないという話を聞いていたけれど、そのときは信じなかった。あの娘は到着以来とても感じがよくて、いつもわたしの手伝いを申し出てくれたし、控えめなかわいいドレスを着ていたのよ。ところが、ダグラスが戻ってきて、キャムがお客さまを連れてこちらに向かっていると知らせると、お嬢さんたちはいっせいにそわそわしだしたの。みんな身支度を整えようと急いで自分たちの部屋に行った。フィノラがあのドレスを着ておりてきたときは、目が飛び出しそうになったわ。それにテーブルでのあの態度……」レディ・シンクレアは首を振った。「ほかの娘たちだってどんな本性を隠しているのかわかりはしないわ」

「まあ」レディ・アナベルは同情するようにつぶやき、レディ・シンクレアはため息をついて肩をすくめた。

「そろそろ手紙を書いて、お嬢さんがたの家族に送る作業をはじめないと。早くお迎えの騎馬隊をよこしてもらえれば、お嬢さんがたも早くいなくなってくれますからね」彼女は扉に向かいながら付け加えた。「召使いに食べ物と飲み物を持ってこさせましょう。顔や手を洗うための水もね」

「それで？　話してくれ」

キャムは父のことばに驚いて眉を上げ、あたりを見まわすと、召使いたちが注文された全員ぶんの飲み物を持って、急いで厨房から出てきた。

「エールの水差しとタンカード四つはここに置いていけ」アルテア・シンクレアが命じた。「あとはキャムの部屋と日光浴室に運んでくれ」

彼は召使いたちが階段をのぼるまで待って向きを変え、三人の息子たちをひととおり眺めてからキャムに目を据えた。「今度はほんとうのことを。わたしたちが知っておくべきことすべてを。あの娘は何者だ?」

キャムは軽く背中をそらしてエールをひと口含み、飲みこんでから肩をすくめた。「さっきお話ししたのは、ほとんどがほんとうのことです。ジョーンはマッケイの領主夫妻の姪です」

「それはありえない」ダグラスがすぐさま言った。「マッケイの領主にも奥方にもきょうだいはいません」

「レディ・アナベルにはいたのだ」キャムの父が静かに言った。「名前はたしかケイトだった。彼女は昔、あのふたりにさんざん迷惑をかけた」

「どんな迷惑ですか?」エイダンがきいた。

「もともとマッケイと婚約していたのはケイトのほうだったのだが、彼女は逃げて別の男と結婚した。両親は彼女の代わりにアナベルを差し出した」アルテアは説明した。

「迷惑というより幸運だったように聞こえますよ」ダグラスが言った。「マッケイの領主夫妻はとてもお幸せそうだ」

「ああ、ふたりは結婚当初から仲睦まじかった」父はつぶやくように言った。「ところが姉のケイトが泣きながら城の門に現れて、自分は選択をまちがえたとかなんとか訴えたのだ。必死にな」冷ややかに付け加える。「パイもケーキもほしくなったということだろう。スコットランド人の厩番の若者をほしがって結婚したくせに、マッケイの富もほしがったわけだ。泣いて妹に取り入り、マッケイの城にはいりこんだ。そして夫と協力してマッケイの金を盗み、レディ・アナベルも誘拐した」

「それでどうなったんです？」エイダンが夢中になってきいた。

「マッケイがつかまえた。アナベルと金は取り戻したが、夫はそのときの小競り合いで命を落とし、ケイトは罰としてイングランドの女子修道院に送られた」

「それではあまり罰にならないように思えますが」ダグラスがつぶやく。

「そうか？」アルテアはおもしろそうに聞き返した。「一週間ほどまえから、ここシンクレアには大勢の女性がいる。おまえはそれをどう思う？」

ダグラスは顔をしかめた。「地獄です」

「だろう。何百人もの女と暮らすことを想像してみなさい。馬に乗って逃げることもできず、一刻の休みもなくそれがつづくのだぞ」

「ええ、それはたしかに罰ですね」エイダンが小声で言った。想像してぞっとしたらしい。無理もない、とキャムは思った。最初に母が女たちを城に集めたときは地獄だった。それで彼は傭兵の仕事を求めて城を出たのだ。女だらけの城よりも戦《いくさ》のほうがましだった。

「そのケイトがジョーンの母親なんですね？」ダグラスが眉をひそめてきいた。

キャムはうなずいた。「ああ。修道院に送られたときにはジョーンを宿していたらしい。母親は出産で死んだ」

「ジョーンはだれに育てられたのだ？」すぐに父が尋ねた。

キャムはためらったが、別に問題はないだろうと判断して言った。「女子修道院長はジョーンをやっかい払いするために助産師に与えました。治療師でもあった助産師は、彼女を自分の娘として育て、知るかぎりのことを教えたそうです」

「そして成長した娘は、裕福な親戚をさがしに来たというわけですか？」ダグラスが皮肉っぽく指摘した。

キャムは首を振った。「助産師はジョーンの出生の秘密を明かさなかった。おれと出会ったとき、ジョーンは自分がマッケイと縁続きであることを知らなかったんだ。昨日まで知らなかった」

「それなら、兄上と出会ったとき、彼女はなぜマッケイに向かっていたんですか？」エイダンがきいた。

キャムはため息をつき、臨終のたのみと手紙の巻物のことを手早く説明した。どのようにしてジョーンと出会い、いっしょに旅をするようになったかについての真実も。まあ、多少はしょってはあったが。この二週間、自分がさかりのついた雄牛のようだったことなど、父や弟たちには関係ない。話し終えると、タンカードをじっと見つめて、父の見解を待った。

キャムは父が激昂し、泥棒と殺人未遂犯の娘と結婚したことを嘆き、婚姻の取り消しを求めるのではないかと、半分恐れていた。婚姻を取り消すつもりはないので、ひどい言い合いになることが予想された。

「では、彼女は半分スコットランド人なのだな」父がようやく言い、キャムは驚いてすばやく顔を上げた。

「ええ、そういうことになります」彼はゆっくりと言った。

「それに、あのケイトという女ではなく、村の治療師に育てられたのだから、母親のようにわがままでも欲深くもないでしょう」エイダンが指摘する。

「彼女はわがままではない」キャムが請け合った。「それどころか、頭がいいし、おもしろいし、腕のいい治療師でもある。重労働もいとわない」

「勇敢でもある。母の手紙を届けにひとりで旅に出たのだから」ダグラスがしぶしぶ認めた。

「愚かだが、勇敢だ」

「ああ」キャムも同意した。たしかに愚かだ――勇敢だが愚かだった。死んでいたかもしれないのだから。たまたま彼がジョーンとその襲撃者たちに出会っていなかったら、彼女は死んでいただろう。

「旅のあいだ少年の恰好をしていたのは賢かったですね」エイダンが言った。そしてにやりとしてつづけた。「少年の姿の彼女を見たかったですよ」

それを聞いたダグラスが、信じられない様子でキャムを見た。「いったいどうして彼女を少年だなどと思ったんです？　たとえブレー姿でも、ぼくならひと目で女性だとわかったでしょうね。あの胸は――」

「胸に布を巻いていたのだ」キャムがうなるように言った。ジョーンの胸についての弟の発言が気に入らなかった。当然ながら、弟が彼女の曲線美に気づいたことも。

「そうですか」とダグラスは言ったが、すぐに肩をすくめた。「でもあの顔がある。彼女はきれいな顔をしています。あれは少年の顔じゃない」

「最初に出会ったとき、盗賊から殴られていたせいで、彼女の顔は腫れてあざができていた」キャムは辛抱強く言った。「今もまだこめかみに小さなあざがある」

「ああ、それはぼくも気づいた」ダグラスはつぶやき、首を振った。「襲われてからどれくらいたっているんですか？　ロデリックとブライソンは二週間以上まえに帰ってきましたが」

「二週間と四日だ」二週間の旅に、意識を失っていた三日間と、今日一日を急いで足して、キャムは言った。

「二週間と四日か」ダグラスはつぶやき、また首を振った。「それだけ時間がたってもまだあざが残っているんだから、よっぽどひどく殴られたんだろうな」

「ああ。ひどかった」キャムは言った。「彼女の顔は、カミンの女房といっしょにいるところを見つかって、亭主にやられたときのブライソンの顔のようだった」

「うわ、それはひどいな」エイダンが顔をしかめて言った。「きっとすごく痛かったでしょうね」

「ああ」キャムは同意したあとで、感心してみせた。「だが一度もつらいと言わなかった」

「では」父は突然そう言うと、立ちあがった。タンカードを持ちあげて胸のまえで止める。

「キャムの新妻、レディ・ジョーン・シンクレアに」

キャムは安堵の息をもらした。弟たちもすぐさま立ちあがる。父も弟たちもジョーンとこの結婚を受け入れてくれるつもりなのだ。これですべてがうまくいくだろう、と思って彼も立ちあがり、タンカードを掲げた。

「ジョーンに」四人で唱和した。

四人で酒を飲んだ。ふたたび腰をおろすと、父はキャムの背中をぴしゃりとたたいて言った。「おめでとう、息子よ。すばらしい女性を見つけたようだな。わたしもうれしいよ」

キャムはうなずいた。自然に笑みが浮かぶ。自分が再婚するとはまったく思っていなかったが、今はしているし、してよかったと思っている。すばらしい女性を見つけたのだから。彼女との愛の行為はすばらしかった……今こそ家族に受け入れてもらったことを祝って、愛の行為を楽しもう。そう決めたキャムは、エールを飲み干してタンカードをたたきつけるようにテーブルに置いた。

立ちあがってベンチをまたぎながら言った。「妻のところに行って休んできます。長旅でしたから」

「おまえの場所があるとは思えんな。レディ・アナベルと令嬢たちもおまえのベッドにいるようだから」父がおもしろがって言った。

キャムはテーブルを離れかけていたが、それを聞くと足を止めて振り向いた。「どういうことです？」

「ご婦人たちを階上《うえ》にお連れするまえに、母が言ったことを聞いていなかったのか？」アルテア・シンクレアが眉をひそめて尋ねた。

キャムはゆっくりと首を振った。母の話は聞いていなかった。父から何を言われるのか気が気ではなかったからだ。

「おまえをその気にさせるために母が呼び寄せた、例のいまいましい娘たちに、空き部屋はすべて占領されているのだ」父は説明した。「それで母はレディ・アナベルと令嬢たちを、ジョーンとともにおまえの部屋に案内した」

「そんな」キャムはぎょっとして声をあげた。妻と軽く愛の行為を楽しむという頭に浮かんだばかりの計画は、たちまち消滅した。

「そうなのだ」父はまじめくさって言った。「あの娘たちを何人か家に送り返すまで、彼女たちはおまえの部屋を使うことになるだろう」

キャムは愕然と父を見つめたあと、こう尋ねた。「でも、ぼくはどこで寝ればいいんです?」

「心配いりませんよ、兄上。兵舎にいくらでも場所はありますから」ダグラスがおだやかに言った。

「ええ」エイダンも言った。「ここに呼ばれてきた女性たちに自分たちの部屋を明けわたすよう母上に言われて以来、ぼくたちもそこで寝ているんです」

「なんてこった」キャムがつぶやく。

「心配はいらないぞ」アルテア・シンクレアが言った。「すぐにおまえの母があの娘たちを片づけてくれるだろう。長くても一週間の辛抱だ」

「一週間?」キャムががっかりしながらきき返す。

「これだけ人数が多いと、その家族や護衛兵まで泊める場所はないから、令嬢たちはおまえたちの母の世話にゆだねられ、彼女と侍女たちが付き添いを務めていたのだよ」シンクレアの領主は説明した。「そういうわけで、彼女たちを帰すには、まずそれぞれの家に使いの者を送って、迎えの護衛兵を派遣してもらい、連れ帰ってもらわなければならない」

「くそっ」キャムはささやいた。

「ほら、坊主、もう一杯飲め」父は空のタンカードにエールのお代わりを注ぎ、愉快そうに言った。「酒が必要だという顔をしているぞ」

11

眠たげに寝返りを打って仰向けになると、マットの上から硬く冷たい木の床の上に出てしまい、ジョーンはぱっちり目を開けた。一瞬、ここがどこなのかわからなかった。頭上にあるのは彼女が育った小屋のようなわらの天井ではなく、旅の途中で見たような木々の枝でもなかった。

起きあがって部屋を見まわし、かすかにゆがんだ笑みを浮かべて緊張を解いた。シンクレア城のキャムの部屋だった。叔母やいとこたちと混み合ったベッドで眠るよりはと、床に敷いたマットの上で寝ていたのだ。

ジョーンが召使いにマットを持ってきてくれとたのむと、親族三人は口をそろえて抗議し、それを思いついたことにもぞっとしていたが、自分は床に敷いたマットの上に寝るほうがいいのだと説得した。そのほうが慣れているのだから。それに、いくら大きなベッドだと言っても、四人が寝るにはちょっとせまい。彼女たちがようやく折れたのは、互いの体がぴったりくっついて、身動きできなくなるからのようだった。三人で寝るほうがずっと快適なはずだ。ジョーンのほうもマットで寝るほうがずっと快適だったが、ふかふかのベッドを楽しめなかったことはたしかに残念だった。

夜のあいだ温かくしてくれた毛皮を押しのけ、急いで起きてベッドを見ると、空っぽだったので驚いて眉を上げた。叔母といとこたちはもう起きて一日をはじめているようだ。どうして起こしてくれなかったのだろうと一瞬思ったが、すぐにそのことに感謝した。昨夜キャムが遅くまで彼女を部屋に帰してくれなかったことを思い出し、唇が笑みを形作る。

シンクレアでの第一日目は上々だった。キャムの家族に会うことは、恐れていたほどひどくなかった。少なくとも、家族がぎょっとして悲鳴をあげ、ジョーンを追い払うことはなかった。実の母がしたことを思えば、寛大な対応だ。レディ・シンクレアが部屋を出たあとで、叔母と話したことを反芻《はんすう》しながら思う。いとこたちが横になって寝入るのを待ち、火の消えた暖炉のそばにアナベルと座って、母のことを話してほしいとたのんだのだ。叔母はやさしい人だが、ジョーンの母はかいつまんで言えば、ロス叔父とアナベル叔母から財産を盗もうとし、殺すつもりで叔母を誘拐した嫉妬深い女だった。

もちろん、ほんとうに殺すつもりだったはずはないと叔母は言ってくれたが、事情が許せば殺していたはずだとジョーンは確信してもいた。実の母は恐ろしい女だったらしいと知るにつけ、自分を育ててくれたのがマギー・チャータズだったことにますます感謝した。そのことを育ての母に伝えられればよかったと思った。彼女と話したかったことはたくさんあるが、もう話すことはできない。

ため息をつき、髪をかきあげてなんとか整え、スカートをなでつけて目立つしわを取った。そうしたところでたいして役には立たず、着替え用のドレスがあればいいのにと思ったが、いま手もとにあるのはこれ一着だけだ。以前はドレスを二着持っていて、それを交互に着ていた。少年に扮して冒険の旅に出発するときかばんに詰めてきたものだが、キャムの手当をしたときに一着を切って包帯にした。もう一着は、あの日滝のそばでキャムに切り裂かれたあとで、胸当て用の布になった。ドレスはもう現在着ているものしかなく、それももともとはアネラのものだ。返さなくていいと言ってくれているが。

スカートについた草のしみに気づき、アネラがそう言ってくれてよかったと思った。またキャムにドレスをだめにされたんだわ、と思ったが、それほどがっかりしたわけではなかった。自分だっていっしょになってだめにしたのだから、文句は言えない。話をしたあと、叔母と姪も横になって少し休んだ。そもそもベッドは全員が快適に眠れるほど大きくないことに、ジョーンはそのときようやく気づいた。召使いがやってきて、夕餉《ゆうげ》の支度が整いました、みなさん大広間にお集まりです、と告げたときは正直ほっとした。そこでジョーンは自分用にマットを持ってきてほしいとたのんだのだった。お休みになるときまでには用意しておきます、と召使いは請け合った。叔母といとこたちは異を唱えたが、それもわずかなあいだのことだった。彼女たちもあまりよく眠れなかったのだろう。

階下におり、キャムの隣に導かれて座ると、彼はにこやかにあいさつしてくれた。そして召使いが持ってまわっている盆から、自分と彼女のために食べ物を取った。にぎやかな食事は、シンクレア家の人びとが出席できなかった祝宴の代わりとなった。ほかの人たちが笑ったりしゃべったりするなか、ジョーンは静かだった。気恥ずかしさと不安で黙りこんでいた。それでも話を聞いたりいっしょに笑ったりして楽しんだ。やがてみんなが引きあげる時間になった。

みんなのまえでキャムにお休みのキスをされ、ジョーンは頬を染めた。油断した隙に今度は抱きしめられた。キスのときに抱きしめられるのには慣れていたが、抱擁だけというのはめずらしかった。そのわけを理解したのは、みんなが眠ったら階下《した》で会おう、と耳もとでささやかれたときだ。彼女はうなずいて彼の腕からすべり出ると、おとなしく叔母といとこたちのあとについて部屋に向かった。だが、そのあいだじゅうずっと、なぜ彼はわたしに会いたがるのだろうと考えていた。

たのんだとおりマットが敷かれていたので、ほかの者たちが就寝するとジョーンも横になったが、眠りはしなかった。みんなが眠りこみ、大広間の物音がやんだと思えるまで待ってから、静かに部屋を出た。キャムは階段の下で待っていてくれた。彼女の手を取ると、無言で厨房の扉に向かい、まだ温かい部屋を通り抜けて、野菜や果樹が植えられた裏庭に出た。

月明かりをたよりに庭の奥の木立まで来ると、彼はジョーンのほうを向いてキスをした。

彼の手が乳房を解放するべくドレスの身ごろをつかんで押しさげはじめたとき、ようやく彼女はここに連れてこられた理由に気づいた。彼の腕のなかで緊張を解き、ますます激しくキスを返した。

こっそりと部屋に戻り、マットの上に敷かれた毛皮の下にもぐりこんだのは、明け方近くだった。それでこんなに寝坊をしてしまったのだろう。だが、叔母といとこたちがどうして起こしてくれなかったのか、まだ合点がいかなかった。

それについてはあとで考えることにして、階下に向かった。大広間には召使いこそいたが、ほかにはだれも見当たらず、テーブルについている人もいなかった。もう時間が遅いので、みんなすでに食事をすませて出ていったのだろうと思い、小さくため息をついた。レディ・アナベルといとこたちをさがしにいこうかとも一瞬考えたが、空腹に鳴るお腹には勝てず、代わりに厨房に向かった。

こっそり厨房にはいりこみ、果物か何かをつまんでそっと出てくるつもりだったが、そうはいかなかった。ジョーンが厨房に顔を見せたとたん、そこでおこなわれていた作業は突然中断された。戸口に顔を向け、だれがはいってきたのかがわかると、召使いたちは全員作業の手を止めて彼女を見つめたからだ。

「朝食に果物か何かをもらおうと思って取りにきたんですけど」背後で扉を閉めながら、ジョーンは不安げに言った。

「その必要はございません、若奥さま。ジニーがお持ちしますので」コックらしき男が言った。彼に視線を向けられた青白い小柄な女性が急いでまえに進み出る。

「はい、若奥さま。どうかテーブルでお待ちください。あたしが若奥さまの朝食の食べ物と飲み物をお持ちします」

「あの、でも、だれにも面倒をかけたくないので」ジョーンは反論した。「自分で持っていきます。だいたい、寝坊したわたしが悪いんだし――」

「面倒ではありませんよ、若奥さま」ジニーはそう言って、笑顔でジョーンを戸口に向かわせた。「そんなことはまったくありません。さあ、お座りになっていてください。すぐに参りますから」

ジョーンは小さなため息をついて降参し、ジニーに厨房から出されるにまかせた。給仕されるのには慣れていないので、ひどく居心地が悪かった。だが、厨房にいた人たちはみんな、まるで頭がふたつある人を見るようにジョーンを見ていた。どうやらレディはあんなふうに自分で食事を用意したりしないらしい。

ジニーに見られていることを意識しながら、大広間のテーブルに向かった。半分くらい進んだところで、厨房の扉が閉まる音が聞こえた。ジョーンが戻ってこないことをたしかめた侍女が、自分の仕事に取りかかったのだろう。

テーブルについて待ちながら、大広間に視線をめぐらせた。大きな部屋で、色とりどりの壁掛けが飾られ、床には清潔な新しいイグサが敷かれている。これまで見たところ、シンクレア城は広大で、暮らし向きもよく、手入れが行き届いていた。レディ・シンクレアが召使いを管理する手腕は、シンクレアの領主が兵士を管理するのと同じくらい見事なのだろう。

厨房の扉が開く音がして、ジョーンは盆を手に急いで出てくるジニーに微笑みかけた。侍女はまず広間の奥にある、ほかより少し高い位置にあるテーブルに向かったが、ジョーンが低いほうのテーブルのひとつについているのに気づくと向きを変えた。

「お待たせしました、若奥さま」ジョーンの横で足を止め、小さな声で言った。「ペストリーは焼きたてです。若奥さまが厨房にお越しになる直前に、コックがかまどから取り出しました。こちらのリンゴ酒は今年収穫した最初のリンゴで作ったものです。リンゴの実もお持ちしました。これでよろしゅうございますか」

「すてきな朝食だわ」ジョーンはもごもごと言った。「ありがとう」

「光栄でございます、若奥さま」侍女は膝を曲げておじぎをすると、あっという間に去って厨房に引っこんだ。

ジョーンは食べはじめた。半分ほど食べたとき、意地の悪い笑い声が聞こえて手を止め、振り向くと、レディ・フィノラが階段からこちらに向かってこようとしていた。

「あなたを城に連れてきた彼の神経が信じられないわ」彼女は残忍な興味をうかがわせながら言い、ジョーンがぽかんと見つめるばかりなので、追い討ちをかけた。「泥棒と人殺しの娘というだけでもひどいのに、あなたときたら低いテーブルに座っているし、ドレスも顔も汚れているし、髪はくしゃくしゃだし」

フィノラは鼻で笑い、テーブルに両手をついて身を乗り出しながら吠えた。「覚えておくのね。あなたへの肉欲が満たされたら、当然彼は婚姻を無効にして、あなたを放り出すわよ」体を起こし、鼻越しにジョーンを見おろして冷たく言い添える。「あなたはここにふさわしくないわ。レディじゃないもの。あなたにできるのはシンクレアの名に泥を塗ることだけよ」

背後からフィノラの横に向かう人影が目にはいり、叔母が階段から近づいてくるのがわかった。叔母は言った。「でもレディ・シンクレアは昨日わたしに、キャンベルがジョーンと結婚してくれて感謝していると言ったのよ。あなたとではなくてね、レディ・フィノラ。そういうわけだから、彼女はあなたの意見に賛成ではないようね」

ジョーンは唇をかんで、不安そうにフィノラを見つめた。フィノラはレディ・アナベルがことばを発したとたんにそちらを向いたので、顔は見えなかったが、じっと動きを止め、両手のこぶしをにぎりしめていた。一瞬ジョーンは彼女がアナベルに襲いかかるのではないかと思ったが、結局ひと言も発することなく階段を駆けあがっていっただけだった。

「いやな女ね」アナベルは去っていく彼女を見ながらつぶやいた。

「そうかもしれません」ジョーンは小声で言ったあと、ため息をついて付け加えた。「でも、彼女の言うとおりです」

「なんですって?」叔母はくるりと向き直ってけげんそうに彼女を見た。「いいえ、ジョーン、それはちがうわ」

「わたしは泥棒と人殺しの娘です」

「いいえ、姉は人殺しじゃなかった」アナベルはすぐに反論した。

「母は夫を、わたしの父を殺しました」ジョーンはアナベルにそれを思い出させた。それを知ったときはかなりの衝撃だった。母はこぶしでその男を殴り、彼はバランスをくずして倒れ、そのせいで首を折ったのだ。

「そうだけど、あれは事故だったのよ。あなたのお母さまはお父さまを愛していた。それはほんとうよ、ジョーン。彼を殺すつもりはなかったのよ」

ジョーンは肩をすくめてやりすごした。「たいしてちがいはありません。フィノラが言ったように、わたしはレディじゃないんですから。レディなら当然知っているべきことも知りません。低いテーブルについているのは恥ずかしいことだと彼女に言われましたが、低いテーブルがなんなのかも知らなかったんです。そこに座るべきではない理由も。つまり、このテーブルがほかのものより低いのはわかっても、どうして座ってはいけないか――」

「貴族は高座に座るの」アナベルが静かに言った。「奥にある、ほかのより高いテーブルのことよ。召使いや平民は低いテーブルに座る」

「わかりました」ジョーンはものうげに言って立ちあがった。「やっぱりわたしは——」

「ジョーン」アナベルは通りすぎようとした姪の腕をつかんでやさしく言った。「フィノラに言われたことなんか気にしちゃだめよ。あなたには学ばなければならないことがいくつかあるというだけのことでしょう。そのためにアネラとケンナとわたしがついてきたのよ。わたしたちが教えてあげます」

「そうしたところで、わたしが泥棒と人殺しの娘だという事実は変わりません」ジョーンは悲しげに指摘した。

「そうかしら。それを言うなら、わたしはケイトの妹よ。わたしはそれを恥じながら生きるべきなの？」彼女はまじめくさって尋ねた。

「いいえ、もちろんちがいます」ジョーンはすぐに言った。「あなたは被害者だったんですから」

「ある意味あなたもそうよ」レディ・アナベルは静かに言った。「あなたが彼女を母親に選んだわけではないでしょう、ジョーン。それに、彼女がしたことの責任をあなたに求める人はいないわ。少なくとも、そんなことを気にする人はいない」

「それはわかりません」ジョーンはすぐに言った。「キャムのご両親は気にするかもしれない。いいえ、このことを知ったらきっと気にするわ」

「おそらくもう知っていると思いますよ」アナベルは静かに言った。

「どうして知ってるの？　キャムはわたしとの出会いについてもほんとうのことを話さなかったんですよ。わたしには旅のお供なんていなかったのに」

「ここを訪れている女性たちの手前、そう言わなければならなかったの。彼女たちが広めるうわさ話からあなたを守るためだったのよ、ジョーン。でも、ご両親にはきっとあとでほんとうのことを話したと思うわ。彼のお父さまが息子たちと話したいからと言ってわたしたちをさがらせたのは、おそらくそのためよ。キャムが客人たちの手前、いくらか話を変えたのではないかと思い、事実を聞きたかったのでしょう」

彼女は姪の両手を取ってやさしくつづけた。「ジョーン。あなたはケイトの娘であって、ケイト自身ではないのよ。あなたの叔父もわたしも、ケイトがしたことの責任があなたにあるとは思っていないし、そんなことを思う権利はだれにもないわ」彼女は姪の両手をにぎりしめた。「キャムのご両親はいい人たちよ。きっとあなたに責任があるなんて思わないわ。それに」ゆがんだ笑みを浮かべて付け加える。「レディ・シンクレアはようやくキャムが結婚してくれて、とてもよろこんでいるのよ。何があろうとあなたの味方になってくれるでしょう」

ジョーンはため息をついて、悲しげに頭をたれ、スカートの汚れを払った。

「あなたのドレスをもう何着か仕立てましょうね」アナベルが安心させようと言った。「それまでアネラのほかのドレスを借りればいいわ。それから、あなたのために女主人付きの侍女を用意してもらえるよう、レディ・シンクレアにたのまないとね。マッケイを出るまえに手配するべきだったけれど、なにもかもがあっという間で時間がなかったのよ。あとは、あなたが知る必要があることをわたしたちが教えるだけだから簡単ね」

ジョーンはためらった。「わたしがキャムにとって恥ずかしくないまでになるには、どれくらいかかるんでしょう?」

「できるだけ急ぐわ」アナベルは請け合い、ジョーンがまだためらっているので、また手をにぎって言った。「ジョーン、お願いだから、フィノラのせいで自信をなくしたり、あなたがここで享受すべき幸せを台なしにしないで。彼女のねらいはそれなの。思いどおりにさせちゃだめよ。自分を信じて幸せを感じるだけで、あなたとキャムは楽しく暮らせるんだから。いいわね?」

ジョーンはまじめくさってうなずいた。選択肢はあまりないようだ。彼女はもう結婚している。逃げることを除外すれば、あとは立ち向かうことしかない。まずはやってみよう。もし必要なら逃げるのはあとでもできる。

「よろしい」アナベルはにっこりと姪に微笑みかけた。「さあ、食べ物と飲み物を二階に持っていきなさい。わたしは娘たちのところに行って、あなたのレッスンをはじめるように言っておくわ。そのあいだにわたしはレディ・シンクレアに女主人付きの侍女のことをたのんでおきますからね」

ジョーンはうなずくと、侍女が持ってきてくれたタンカードと食べ物を集め、それを持って上階に急いだ。だが、キャムの部屋の扉のまえまで来ると、手にしたものを見ながら眉をひそめて立ち止まった。

「わたしに手伝わせて」

ジョーンがびっくりしてさっとあたりを見まわすと、小柄な赤毛の娘が階段口からこちらに走ってくるところだった。レディ・シンクレアがキャムの花嫁候補として招いた娘たちのひとりだ。

娘はそばまで来るとジョーンに微笑みかけた。「手がふさがっているみたいだから」

「ええ、寝坊してしまって……」自分の服と髪をひどく気にしながら、ジョーンは力なく肩をすくめた。一瞬唇をかんだが、思いきって言った。「階下《した》に行くまえに髪とドレスをどうにかするべきだったんだけど、わたし――」

「だってあなた、盗賊に襲われて何もかも失ったんでしょ」娘はかすかに眉を寄せて言ったが、すぐにジョーンの腕をぽんとたたいて明るくつづけた。「でも大丈夫よ。レディ・シンクレアが専用の侍女を付けてくださるでしょうし、わたしとほかの娘さんたちであなたの新しいドレス作りを手伝うから」と彼女は申し出た。「みんなでやれば、シンクレアを出るまでに少なくとも二着は作れるわ」

ジョーンは親切な申し出に驚いて目をまるくした。「ありがとう――」

「ガリアよ」ジョーンが口ごもると娘は言った。「わたしはガリア・マコーミック」

「あの、ありがとう、ガリア」彼女は静かに言った。「ご親切に感謝するわ」

ガリアは肩をすくめた。「あなたは護衛兵も召使いも衣類もすべて、盗賊に奪われてしまったんでしょう。あなたが少しでも楽になるためにできることがあるなら、よろこんでするわ」彼女は向きを変え、扉を開けた。ジョーンがはいれるように大きく押しひらく。「さあ、はいって朝食をとったら。わたしはドレスを縫う話をほかの娘さんたちにしにいくわ」

「ありがとう」ジョーンはつぶやくようにまた言うと、彼女のまえを通って部屋にはいった。「ほんとうに感謝するわ。あなたたちはキャムと結婚したくてここに来て、わたしのせいでそれがかなわなくなってしまったのに」

「そうしたいのよ」ガリアはそう言ってなだめたあと、にやりと笑った。「どうせキャムを自分のものにできるとは思っていなかったしね。競争相手があんな美人ばかりなんだもの。でも、これで友だちを作ることができる。友だちはときとして金《きん》よりも価値があるわ。そう思わない？」

「ええ、思うわ」ジョーンはまじめに言った。

ガリアはうなずいた。「あとで戻ってきて、ほかの娘さんたちがなんと言ったか伝えるわね」彼女は約束し、ジョーンを部屋にひとり残して扉を閉めた。

キャムは大広間に飛びこんであたりを見まわしたが、自分たちの仕事にいそしむ召使いたちをのぞいて、部屋にはだれもいなかった。期待を裏切られ、そのまま階段をのぼって日光浴室に向かった。ほかの娘たちといっしょに、ジョーンがそこにいるかもしれないと思ったのだ。

だが、近づくにつれ、女たちが口論する声が聞こえてきて、キャムは歩く速度を落とした。声は聞こえるが姿を見られることのない廊下で足を止めたとき、自分とジョーンの名前が出ているのを耳にした。

「キャンベルが連れてきたあの平民娘のために、いったいどうしてわたしたちがドレスを縫わなくちゃいけないのよ？　わたしたちにはなんの得にもならないじゃない」

姿が見えなくても、しゃべっているのはフィノラ・マクファーランドだとキャムにはわかった。彼女は未亡人で、老齢の夫亡きあと、その財産と城を相続できると期待していたが、遺言によってすべては夫の甥《おい》のものになった。その傷に塩を塗るように、マクファーランドが死ぬと、遺族たちは全員のまえで遺言が読まれることを要求した。遺言には婚姻期間中に彼女がたびたび不貞をはたらいたことが記されており、甥がすべてを手に入れ、彼女が何ももらえなかったのはそれが理由だった。彼女はそれ以前から自分勝手で向こう見ずな女だったが、それ以降は辛辣《しんらつ》で冷酷な女となった。彼女の態度はキャムには意外でもなんでもなかった。

「あのかわいそうな娘さんは、南からの旅の途中、盗賊のせいですべてを失ったのよ」だれかがまじめに言った。キャムは扉に近づいて部屋のなかをのぞきこんだが、そこにいたのは花嫁候補たちだけで、しゃべっているのは彼の知らない小柄な赤毛の娘だった。「それに、やることなんてほかに何もないでしょう。家族が迎えの者をよこしてくれるまでの時間つぶしになるし、彼女を助けることにもなるのよ。彼女はいい人みたいだし、わたしたちの助けをすごく必要としているの」

「ばか言わないでよ、ガリア」フィノラがうんざりしながらぴしゃりと言った。「そりゃいい人でしょうよ。貴族のテーブルにつくことを許された平民なんだから。すごく感謝して、あなたのブーツだってなめかねないわ。でも覚えておきなさい、あの子は長つづきしやしないから。低いテーブルについちゃいけないことも知らないのよ。キャンベルはすぐにあの子に飽きて捨てるでしょうね」

「ふたりは結婚したのよ、フィノラ」ガリアが静かに言った。「彼女を捨てることなんてできないわ」

「いいえ、捨てるわよ」フィノラは勝ち誇ったように言った。「あの子の父親はただの厩番で、母親は人殺しで泥棒なのよ。そんなことは何ひとつ知らされていなかったと言いさえすれば、婚姻は無効にできるわ」

キャムは女のことばを聞いて体をこわばらせ、顔をしかめた。ジョーンの両親のことをどうして知っているのだろう。だが、あの話は当時話題になり、その後何年も炉辺で語られてきた。彼だってアナベルの姉のことは知っているのだから、フィノラが知っていてもおかしくないのでは？　実際、多くの人びとがあの話を知っている。ジョーンが現れてキャムと結婚した今、うわさ話好きはまた当時の話を引っぱり出してくるだろう。ジョーンがその話を耳にしたり、そのせいで傷ついたりしないように、自分が気をつけていなければならなかったのに。

「キャムは彼女を捨てないと思う」ガリアが真剣に言った。「ふたりは愛し合っているもの。見つめ合う様子を見ればわかるわ」

キャムはそれを聞いて目をしばたたいた。ガリアという娘はおれたちのあいだに愛を見ているのか？　おれたちのあいだには愛があるのか？　自分では実感がなかった。旅の終わりに彼女を失いたくないと思ったこと、ふたりの関係を終わらせたくないと思ったことは覚えていた。だがジョーンはそうではなかった。なのにロス・マッケイによると、彼の妻の考えではジョーンはキャムを愛しているのだという。

「愛ですって！」フィノラは苦いものを吐き捨てるように、そのことばを発した。「彼にあの娘のどこが愛せるというの？　彼女は平民よ。教育もなければ、なんの技能もなく、彼と話すにしたってろくに話題もないに決まってるわ」

実際は、この旅のあいだ、ふたりで何度も長いこと話をしたな、とキャムは思った。

ジョーンは貴族の令嬢のような教育こそ受けていないかもしれないが、まったくひけをとらないくらい聡明だった。まだ彼女を少年だと思っていたころ、夜に焚き火のそばで初めて話をし、それは女性だとわかったあともつづいた。それがふたりの時間をつぶす方法だった。馬を進めるときも、夜に焚き火のそばで互いの腕のなかで安らぐときも、朝の食事をしているときも。ふたりはたくさん話をした。

「いいえ。ふたりの目のなかにあなたが見ているのは肉欲よ。長つづきしやしないわ。すぐに彼女に飽きて捨てるに決まってる」フィノラは自信たっぷりに言った。「その日が来るのをじっと待てばいいのよ」

「それなら好きなだけ待つといいわ」ガリアは静かに言った。「わたしはドレスを縫うから」

「ええ、そうしなさいよ、まぬけさん」フィノラは皮肉っぽく言った。

キャムはきびすを返して静かにその場から離れた。これ以上あの女の毒舌を耳に入れたくなかった。残念ながら、彼女がたわごとを口にするのをやめさせるためにできることはあまりない。あの場に彼がいることを知らせていたら、黙らせることはできただろうが、彼がいなくなったとたん、また話しはじめていたに決まっている。いちばんいいのはただ無視して、彼女の家の者が早く迎えにきてくれるのを願うことだ。それより、シンクレアの兵士を六人ばかりつけて今すぐ送り返したほうがいいかもしれない、と考えていたところ、背後から廊下を小走りで進んでくる足音が聞こえたので、肩越しに振り返った。先ほどのガリアだとわかり、ためらいながら立ち止まる。

「まあ、キャンベル」彼女はあいまいな笑みを浮かべ、彼のそばまで来ると歩く速度を落とした。「レディ・ジョーンをおさがしでしたら、あなたのお部屋にいらっしゃいますよ。叔母さまやいとこさまたちと。わたしもそちらに向かうところなんです。よい知らせを持って」

「よい知らせ？」彼は尋ねた。

「ええ。ほかのお嬢さんたちに話をしたところ、ひとりをのぞいて全員が、ここにいるあいだジョーンのドレスを作る手伝いをしたいと言ってくれたんです」彼女はうれしそうに微笑みながら言った。

賛成しなかったひとりがだれなのかを問う必要はなかった。「ありがとう、ガリア。ぼくの妻のために、ドレス作りを手伝うよう娘さんたちを説得してくれて。感謝するよ」

「いえ、とんでもありません。ジョーンを手伝えるのがうれしいんです。彼女はかわいい人だし、おふたりが出会ったことがうれしくて」と笑顔で請け合った。「彼女に朗報を伝えたら、ドレス作りをはじめられるように寸法をとらせてもらわなければ」

「ああ、そうだね」口もとをわずかにゆがめながら、キャムはもごもごと言った。

「何か問題でも？」ガリアが不安そうに尋ねる。

「いや、なんでもない」彼はそうつぶやいて、無理やり笑みを浮かべた。「実は、ジョーンを外に連れ出して、教えようと――」そこで急にことばを切った。乗馬を教えるという口実でジョーンを城から連れ出し、ふたりきりでいちゃつくつもりだった。だが、ジョーンに乗馬を教えることはガリアに言いたくなかった。なぜ貴族の婦人が今さら乗馬を学ぶ必要があるのかと不思議に思われるだろう。キャムは首を振り、歩きつづけるよう彼女を促しながら言った。「馬で出かけないかと言いにいくところだったんだ。だが、それはあとでもいい。ドレスを作るために寸法をとるほうが重要だからね」

「まあ」ふたりで廊下を進みながら、ガリアは軽く眉をひそめて言った。「ほんとうですか？　ドレス作りに取りかかるのは待てますけど――」

「いや」キャムは急いでさえぎった。「ドレスはすぐにも必要だ。馬に乗りにいくのはいつでもできる」

「わかりました」扉のまえで立ち止まり、ガリアは言った。「それであなたがよろしいのなら」

「ああ」彼はそう言って、彼女の代わりにノックしようと手を上げたが、そのまえに扉が開いた。

「あら」扉を開けた侍女は、彼からガリアへとぎこちなく笑みを向けた。「あたしはただ、だれもいないあいだにお部屋を片づけようと思いまして」

「だれもいない？」キャムがそう聞き返して侍女の背後を見ると、たしかに部屋にはだれもいなかった。「妻はどこだ？」

「叔母さまやいとこさまたちと中庭におりていかれました。弓矢の練習に行かれたのだと思います」侍女は言った。

弓矢の練習？　ジョーンはこれまで弓を見たことさえないはずだ、とキャムは思ったが、うなずくだけにした。「ありがとう」

侍女がうなずき、彼らの脇をすり抜けて階下に向かうと、キャムはガリアのほうを見て微笑んだ。「きみは日光浴室に戻るといい。ぼくがジョーンを見つけて、きみたちのところに行かせるから」

ガリアはうなずき、向きを変えて小走りで戻っていった。キャムは彼女が静かに日光浴室にはいるまで見守ったあと、婦人たちがその手の練習をするのはどこだろうと考えながら階下に向かった。男たちのいる練習場ではないだろう。かといって、だれにも姿を見られず、ジョーンが矢尻と矢羽根のちがいもわからないことを気づかれない場所があるとも思えなかったが。

12

「さあ、的《まと》にねらいをつけて、息を吐きながら放つのよ」レディ・アナベルは教えた。

ジョーンはうなずき、的に向かって目をすがめ、大きく息を吸って、その息を吐くと同時に矢を放った。そして、よろよろと飛んだ矢がほんの三十センチほどまえの地面に落ちると、がっかりして肩を落とした。

「大丈夫よ」と言って、叔母はジョーンの肩をたたいた。「もう少し弓を引いたほうがいいわね。もう一度やってみましょう」

ジョーンはため息をつき、あらたな矢をつがえると、大きく息を吸って弓を引き、息を吐きながら矢を放った。今度はだいぶうまくいった。矢は高く遠く飛んだ。だが的には当たらず、的から三メートルほど右の土の上に落ちた。そこは、近づいてこようとしていた夫の足もとから数センチしか離れていなかった。

「まあ、たいへん」ジョーンとアナベルは同時に声をあげ、キャムは足を止めて矢を見おろした。

ジョーンは弓をおろして唇をかみながら、キャムが矢を拾ってそのまま近づいてくるのを見守った。「ごめんなさい、あなた。わたし——」

「おれが悪いんだ」彼はさえぎって言った。「的のうしろから近づくべきでないことはよくわかっていたのに。この裏庭に的を設置して練習しているとは知らなかったものだから」彼はとまどいながら言った。「でも考えればわかりそうなものだな。きみたちは弓矢の練習に出かけたと侍女から聞いていたんだから。でもあれは一時間以上まえの話で——」

「一時間もあたしたちをさがしていたの?」ケンナが目をまるくしてきいた。

「ああ。まさかここにいるとは思わなかったよ」と彼は認めた。「練習場にはいなかったから、もしかしたら弓矢はやめたのかと思ったんだ。でもまあとにかく、もっと注意しながら来るべきだった」

「ほかの人がいないところで練習したほうがいいと思ったのよ」レディ・アナベルが静かに言った。「召使いたちをのぞけば、ここにはだれも来ないでしょう」

「たしかにそうですね」彼はつぶやくように言った。

「問題はそういうことじゃないの」ジョーンはため息をついて言った。「一時間以上もここにいるのに、まだ一度も的に当てられないのよ」

「でも回数を重ねるごとによくなってきているわよ」叔母が励ますように言った。「もっと練習すればうまくなるわ」

「その練習だけど、あとにしてもらいたいんだ」キャムは軽く笑みを浮かべて言った。「ガリアが令嬢たちを説得して、きみのために新しいドレスを縫う手伝いをしてくれることになった。みんな日光浴室できみを待っているよ。寸法をとりたいそうだ」

「まあ、すばらしいわ!」アネラは飛びあがって叫んだ。母親がジョーンにまっすぐ矢を射る方法を教えようとしているあいだ、彼女とケンナは座って縫い物をしていたのだった。

「彼女たちが手伝ってくれるなら、ドレスはずっと早く仕上がるわね」

「すばらしい知らせね」レディ・アナベルもかすかに微笑みながら同意した。「今日はもう弓矢の練習は充分したわ。なかにはいって、娘さんたちにジョーンの寸法をとってもらいましょう。そのあとは音楽かダンスのレッスンよ」

ジョーンはそれを聞いて顔をしかめまいとした。ガリアは好きだが、ほかの令嬢たち、とくにフィノラに会うのは気が進まなかった。音楽やダンスのレッスンに移るというのも気が重い。子供のころはそういう娯楽に充《あ》てる時間はあまりなかった。いつも母についてまわっては、治療の技術を学んでいたからだ。だから、そういう趣味においても弓矢と同じくらい見所がないだろうということは、わかりすぎるくらいわかっていた。実際、今日のレッスンで学んだことといえば、自分はまさに平民だということ、レディであることを演じている平民にすぎないということだった。

「もういいのかい？」

ジョーンは驚いてキャムを見てから、自分の空の木皿に目を戻した。キジをもう少しもらおうかと思っていたが、やめておいたほうがいいだろう。体重が増えて、レディたちが作ってくれようとしているドレスが着られなくなったらまずい。そのことを思うとかすかな笑みが浮かんだ。心やさしい令嬢はガリアひとりではないことがわかったのだ。ほかにも何人かいた。もちろん、そうでない人もふたりほど。ひどく感じの悪い人はフィノラだけではなかったが、ジョーンはその午後令嬢たちとの時間をおおむね楽しんだ。そのあと、ダンスのレッスンをはじめるために、その場から叔母に連れ出されたのだった。

そのことを思い出すと、ジョーンの笑みは浮かんだときと同じくらいすばやく消えた。彼女はダンスも弓矢と同じくらい下手だった。実際、いとこのつま先を踏んでばかりいたので、今後彼女たちがこのレッスンの手伝いを拒否しても驚かないだろう。もしそうなっても、ジョーンは気にしないだろうが。レッスンは楽しくなかった。自分の不器用さを思い知り、きびしいレッスンを終えたあとは、暑くて汗だくでみじめな気持ちになった。

「ジョーン？」キャムがかすかに眉をひそめて問いかけた。

無理に笑みを浮かべてうなずき、〝ええ、もういいわ〟と言おうと口を開いたが、レディ・シンクレアに名前を呼ばれると、その口を閉じてあたりを見まわした。

「お食事がすんだなら、あなたにちょっとお話があるのよ」

ジョーンは目をまるくして、不安そうにキャムを見た。

「行っておいで」キャムはため息をついて言った。「待っているから」

ジョーンはうなずき、立ちあがってテーブル沿いに進み、義理の母のところに行くと、レディ・シンクレアは立ちあがった。

「今日の午後、レディ・アナベルと少し話をしました」レディ・シンクレアはジョーンに腕をまわして階段に向かわせながら言った。「彼女はあなた付きの侍女が必要なことを思い出させてくれたわ。それで、侍女のひとりにキャムの部屋で待つように言っておいたの。彼女でいいかどうか、あなたに確認してほしいのよ」

「はあ」ジョーンはぽかんとしながらつぶやいた。

「その娘はこれまでレディ付きの侍女のような重要な地位についたことはないけれど、お付きのいないお客さまをお迎えしたときなどには、同じような役目を果たしてきたの。驚くほどいい侍女だとお褒めのことばをいただいているのよ。あなたが話してみて、彼女でいいと思えば、わたしの侍女のエディスとレディ・アナベルの侍女が仕込んでくれるでしょう」

「ありがとうございます」ジョーンは小さな声で言った。「ほんとうにご親切に」

「いいのよ」レディ・シンクレアは言った。「レディ付きの侍女としてきちんとしつけられた娘を用意できなくてごめんなさいね」

「いいんです」ジョーンは静かに言った。彼女にしてみれば、本心からのことばだった。研修中の侍女を持つなんて、自分にとってこれ以上ふさわしいことがあるだろうか？　何しろこっちも研修中のレディなのだから。

そう思いながらジョーンがまだ笑みを浮かべているうちに、現在叔母といとこたちとともに使っている寝室に着いた。レディ・シンクレアが約束したとおり、そこでひとりの侍女が待っていた。それがだれだかわかると、ジョーンは驚いて目を見開いた。今朝コックに言われて朝食を運んでくれた、ジニーという名の色白の若い娘だったのだ。

「わたしはこのままぶらぶら日光浴室まで行って、話がすむまで待っているわ」レディ・シンクレアは言った。「話がすんだらそこに来て、彼女でいいかどうか知らせてちょうだい」

「ありがとうございます」ジョーンはつぶやき、義母は扉を閉めた。侍女のほうを振り向いてなんとか笑みを浮かべ、ためらってから暖炉のそばの椅子を勧めた。「座らない？」

侍女はうなずいたが、ジョーンが先に行くのを待った。腰をおろして、互いに見つめ合う。侍女は期待をこめて待ちながら、そしてジョーンはいったい自分はどうすればいいのだろうと考えながら。ようやく咳払いをしてからこう尋ねた。「わたしのために働きたい？」

「ええ、それはもう、若奥さま」ジニーは熱心に答えた。

「そうなの？」ジョーンは侍女の熱心さに軽く圧倒されながら尋ねた。「どうして？」

「どうして？」そうきかれてジニーのほうも驚いたらしい。「だって、このお城の侍女たちはみんなレディ付きの侍女に憧れているんですよ、若奥さま。最高の地位ですから。それと、あなただけに打ち明けますけど、あなた付きの侍女になって、ただの厨房の下働きでなくなったら、もうあの暑い厨房で働かなくていいし、コックにお尻をつねられることもありませんから」

「コックはあなたのお尻をつねるの？」ジョーンは眉をひそめて尋ねた。

「はい。もっとひどいことも。あいつは意地悪で好色な老いぼれ――」侍女は急に話すのをやめて口を覆い、恐怖に目を見開いた。やがて手をおろし、ささやき声で言った。「ああ、どうかあたしの言ったことは忘れてください、若奥さま。コックに問題はありません。あたしはただ、暑い厨房で働くより、あなたのお世話がしたいだけなんです。ほんとうです」

ジョーンは侍女をじっと見つめたあと、ため息をついた。ほかに何を質問すればいいのかわからなかった。この娘はわたしのために働きたがっている。この娘をわたし付きの侍女にすれば、彼女は望んだ職を得ることになる。大切なのはそのことだけだった。あるいはこれまでは。今は、シンクレア城の好色なコックの餌食にならないようにしてやる必要もある……そう、一石二鳥だ。ジョーンは弱いものいじめや、権力を悪用する人間にはがまんできなかった。

「いいでしょう」ジョーンはそう言って立ちあがった。「あなたはこれからわたし付きの侍女よ」

ジニーは目をぱちくりさせて立ちあがった。「ほんとうに？」

「ええ」

「まあ」それを聞いてジニーはよろこぶというよりとまどっているようだった。

「何か問題でも?」ジョーンは心配顔で尋ねた。

「いいえ、問題は何もありません。ただ……」彼女はどうすればいいかわからない様子で肩をすくめた。「もっといろいろきかれると思ったもので」

「どんなことを?」ジョーンは自分がどんな質問をするべきだったのか興味があったのできいた。

「わかりません」侍女は困ったように言った。「とにかくいろいろです」

ジョーンはうなずいた。「そうね、今後何か思いついたら、また質問するわ。それでいい？」

ジニーはすばやくうなずいた。「はい、若奥さま」

「よかった」ジョーンは扉に向かった。

「あの、若奥さま」

ジョーンは足を止め、何事かと振り返った。

「あたしは厨房に戻って食事の後片づけをするべきでしょうか、それとも……」侍女は不安そうにあたりを見まわしている。ここで何をすればいいのかわからないらしい。

ジョーンはそうきかれて眉をひそめたあと、侍女に尋ねた。「レディ・アナベルの侍女はどこにいるの？」

「あたしが来たときはここにいましたが、レディ・シンクレアの指示で来たことを説明すると、外の空気を吸ってくると言って、部屋を空けてくれました」

そう聞いても驚かなかった。アナベルの侍女は必要とされているときに正しい判断をし、そうでないときは引っこむことを心得ているのだ。

「そうね、あなたは厨房に戻らなくていいわ。ここでレディ・アナベルの侍女が戻るのを待って、何をすべきなのかについては彼女の指示に従ってちょうだい」ジョーンは提案した。

ジニーは厨房に送り返されずにすんで明らかにほっとしてうなずいたが、ジョーンが扉のほうを向くとまた呼び止めた。「若奥さま」

「なあに？」ジョーンはすぐに振り返ってきいた。

侍女は両手をもみしぼりながらためらっていたが、やがてこう訴えた。「お願いです、あたしが告げ口したこと、コックには言わないでください。すぐかっとなるけど、それほど悪い人ってわけじゃないんです。あれがあいつの流儀ってだけで、少なくともぶったりはしませんし」

ジョーンはのどもとまでこみあげた怒りをのみこみ、真顔でうなずいた。「あなたから聞いたことは口外しないわ」

「ああ、ありがとうございます、若奥さま」ジニーは安堵の笑みを見せた。

ジョーンもなんとか笑みを浮かべながら部屋をあとにし、レディ・シンクレアと話をするために日光浴室に向かった。

ジョーンが部屋にはいると、レディ・シンクレアは「来たわね」と言って、それまで調べていた深紅の生地を脇に置いた。「娘さんたちのドレス作りがどのくらい進んでいるのか見せてもらっていたの。あの子たち、すごく仕事が速いのよ。これは助かるわ。明日は三人かここを去ることになるし、あさってはさらに三人が帰っていくでしょう。そのあとも四人がここに残る人も少しはいるけれど、ほとんどはあと三日以内にいなくなってしまうから、あとはわたしたちだけで仕上げないとね」彼女は立ちあがり、期待の笑みを浮かべた。「それで？　ジニーは気に入って？」

「はい」と言って、ジョーンは微笑んだ。「ありがとうございます、奥さま」

「いいのよ」レディ・シンクレアはまえに進み出ると、ジョーンの腰を抱いて扉に向かった。「専属の侍女は必要ですからね。それに、あなたには感謝しなければならないわ。息子は孫を見せてくれないのではないかと心配していたのよ。これでまた希望を持つことができるわ」

「はあ」ジョーンはため息まじりに言った。たちまち罪悪感がこみあげる。彼女はまだ出産を恐れており、キャムがそれでまた妻を失う危険を冒したくないと思っていることも知っていたので、結婚したにもかかわらずノラニンジンの服用をつづけていた。つまり、この結婚によって子供が生まれることはないのだ。レディ・シンクレアはひどくがっかりすることになるだろう。

キャムは自室が近づくと歩く速度を落とし、なかから聞こえてくる交尾期のネコのような声にうろたえて目を見開いた。今は午前の半ば、昼食まではまだあと二時間ほどあるので、レッスン中の妻が少し休憩をとって、自分とすごせないかと期待していた。だが、この音は彼の部屋から聞こえている。つまり、妻はまさにそのレッスン中ということだ。

「だめ、だめ、やめて」レディ・アナベルの声が聞こえ、部屋に響きわたっていた調子はずれの悲鳴がやんだ。

ケンナが歌いはじめ、キャムはかすかに微笑んだ。勇敢な戦士を愛する乙女のことを歌ったゆるやかな甘い歌が聞こえてきて、あの子は天使の歌声をしているな、と思った。よく知られた歌だが、キャムは今ようやくその歌だとわかった。ジョーンが歌ったときは、これだと判断することはできなかった。

「わかったわね」ケンナの声が聞こえなくなると、レディ・アナベルは満足げに言った。「さあ、やってごらんなさい、ジョーン。でもここから、胸から声を出すようにしてね、鼻から出すんじゃなくて」

さかりのついたネコのような声がまた聞こえてきた。今度はさっきの鼻声よりも声が少し小さめだが、やはりまだ調子はずれのキーキー声で、キャムは顔をしかめた。歌はジョーンの得意分野ではないようだが、別に気にはならなかった。彼自身それほど歌はうまくないのだから。そう思いながら、扉をノックしようと手をあげたとき――

「ここにいたんですか」

キャムがノックせずに手を止めて横を見ると、エイダンが階段からこちらにやってくるところだった。キャムは扉に背を向け、弟を迎えにいった。「どうかしたのか?」

「父上が兄上と話したいそうです」エイダンは告げた。

「そうか」キャムは自室の扉を振り返ってため息をついた。「父上はどこだ?」

「厩で、父上用と兄上用の、二頭の馬に鞍をつけています」エイダンはぼんやりと答えた。その視線は兄を通りすぎて、ジョーンの歌唱もどきがつづけられている寝室の扉に向けられている。

キャムはうなずき、弟を通りすぎて階段に向かったが、最上段で立ち止まると振り返った。エイダンは恐怖にも似た表情で寝室の扉を見つめていた。「おまえも来るか?」

「ああ、はい」エイダンは向きを変えて歩いてきたが、兄のもとに来ると肩越しに振り返ってつぶやいた。「あのなかでいったい何がおこなわれているんですか? ネコの皮をはいでいるとか?」

キャムは首を振るだけにして、階段をおりはじめた。いくらなんでもジョーンの歌はそこまでひどくない。だが、下手なのはたしかだ。彼女が歌えても歌えなくても気にしないことにしよう、と彼は思った。

「ちがうでしょう、ジョーン。やめてちょうだい」今やいささか無理やり笑みを浮かべながら、レディ・アナベルは言った。

ジョーンはすぐに歌うのをやめた。やめることができてほっとした。ため息をつきながら首を振る。「練習しても無駄です。歌えません」

「そんなことないわ」叔母はすぐに言った。「あなたはかわいらしい声をしているんだから、そんなに力まないで歌う練習すればいいのよ」そして、ほとんどすまなそうに付け加えた。「あなたのは歌うというよりどなるという感じね。だからうまく節に乗れないのよ」

ジョーンは首を振った。ケンナのように美しく歌えるようになど、絶対になれないのはよくわかっていた。

「もう一度やってみましょう。でも今度はできるだけやさしく歌うのよ。ささやくようにね、そうすれば――」そこでノックの音がして、レディ・アナベルは扉のほうを見た。「ケンナ、お願いしても……？」そう言いかけたとき、ケンナはすでに扉に向かっていた。

「おはようございます」ケンナが扉を開けると、レディ・ガリアが明るく言った。ジョーンを見つけて笑顔で告げる。「一着目のドレスがもうすぐ完成するから、そのまえに着てみてもらえないかと思って」

「ええ、もちろんいいわ」と言うと、ジョーンはすばやく立ちあがって扉に向かった。今は早く歌のレッスンをやめたくてたまらなかった。実際、すべてのレッスンをやめてもかまわないと思えた。レディに欠かせないと叔母やいとこたちが思っているらしいことを、何ひとつできないと証明するのは、ひどく気の滅入ることだった。

「きっと気に入ると思うわ」先にたって足早に廊下を進みながら、ガリアは言った。「少なくともわたしはそう願ってる」と不安そうに付け加える。

「気に入るに決まってるわ」とジョーンはガリアを安心させるために言ったが、心からそう信じていた。いま着ているドレスもアネラから借りたもので、きれいだけれど、借り物であること、汚さないようにしなければならないということが、ずっと頭から離れなかった。夜になると夫に裏庭に引っぱり出され、草の上で転げ回るのだから、汚さないようにするのは想像以上にむずかしかった。昨夜、ジョーンとレディ・シンクレアが階下に戻ると、ほとんどの人びとは寝室に引きあげるところだった。キャムは妻を脇に引っぱっていき、抱きしめておやすみのキスをすると、みんなが寝静まったらまた会いにくるようにと告げた。

ジョーンは喜び勇んで会いにいったが、昨夜は肌を刺すような寒さだったし、アネラのドレスのことが心配でしかたがなかった……ああ、何人かの娘さんたちがここを去って、キャムと同じベッドで眠れるようになれば、そんな心配はしなくてすむのに。

「どう思う？」

ジョーンはまばたきとともにその考えを追いやると、日光浴室にはいって足を止め、ふたりの女性が掲げるドレスを目にした。スクエアネックで肩を出すデザインの、すてきな深紅のドレスだった。バストの下と上腕には金色の飾りが施されていた。

「ドレスに合う頭飾り《チャプレット》も作ったのよ」女性のひとりがそう言って、赤いベルベットの輪を掲げた。金の飾りひもが交差しながら輪に巻きつけられ、うしろにもたれている。

「まあ」ジョーンはため息をついた。ほんとうに美しいドレスだった。針仕事には自信があるが、こんなすばらしい作品は自分では絶対に作れなかっただろうと思った。

「着てみて」ガリアが促した。「どこを直せばいいかわかるように」

ジョーンはまえに進み出ると、たちまち女性たちに囲まれた。女性たちはまずいま着ているドレスをてきぱきと脱がせ、同じくらいてきぱきと新しいドレスを頭からかぶせてボタンを留めたあと、うしろにさがって出来映えを見た。

「まあすてき」ガリアがため息をつき、ほかの女性たちも口々に感想を述べてはため息をついた。

ジョーンは自分の体を見おろして、やわらかい生地に両手をそっとすべらせた。見える範囲では美しいが、全身を見ることはできない。裾がかなり長いのに気づいてかすかに眉をひそめ、ドレスを引きずらないようにそっとスカートを持ちあげた。

「心配しないで」ガリアがすぐに言い、スカートをつかむジョーンの手を払った。「長すぎるのはわかっていたの。フィノラが、自分はあなたと胸や腰の寸法が同じだから、ドレスの作成中あなたの身代わりになると言ったのよ」

「そうなの?」ジョーンは驚いてきいた。

「ええ、わたしたちも驚いたわ」とガリアは認めたあと、肩をすくめた。「自分から進んでやったのはそれだけだけど、役には立ったわね。でも、丈は彼女に合わせてあるの。残りの部分がぴったりかどうかたしかめてから、裾上げをして縁に金の飾りをつけようと思って」

「ほんと、ぴったりね。完璧だわ」そう言ったのは、ジョーンたちが到着した日に階段で気を失った女性だった。たしか、レディ・シンクレアはこのブロンド女性をミュアラインと呼んでいた。

「ええ」小柄なブルネットの娘も言った。大きな茶色の目で自分たちの仕事ぶりをきびしく確認して、肩をすくめる。「でも、完璧な仕上がりにするためには、彼女が着ているあいだに裾を上げて待ち針で留めないと」

同意の声があちこちであがり、ガリアが眉を上げた。「裾に待ち針を打つあいだ、そのまじっと立っていてもらえる?」

ジョーンは肯定の返事をしようと口を開けたが、そこでためらった。叔母は自分にレッスンを受けさせたがっている。叔母といとこたちがわざわざ身の回りのものを荷造りし、夫や息子を置いてここまでついてきたのは、そのためなのだ。レッスンから逃げるわけには——

「もちろん、彼女はそうしてくれるわよ」

そのことばに驚いて扉のほうを見ると、叔母がいたのでジョーンは目をまるくした。「いいんですか?」

「ええ」レディ・アナベルは笑みを浮かべて言うと、じっくりとジョーンを見て首を振った。「想像していたよりずっと美しいわ、ジョーン。もちろん、あなたは彼女たちがドレスを仕上げる手伝いをしないとね」まえに進み出て、軽く頬にキスしてささやく。「あなたのこんな姿を見たら、マギーはどんなに誇りに思ったでしょう」

それを聞いたジョーンはこみあげてきた涙をまばたきでこらえ、叔母を抱きしめた。するとたちまち、ドレスがしわになってしまうという抗議の声があがった。

レディ・アナベルは笑いながら、よけるように両手を上げてうしろにさがった。「わかりましたよ。さあ、作業をはじめてちょうだい。わたしはあなたたちにペストリーとリンゴ酒でも持ってきてくれる召使いがいないか見てきましょう」

ジョーンは微笑みながら、叔母が出ていくのを見送った。

「たいへん」ガリアが突然背後から言った。

「どうしたの?」ジョーンは女性たちを見まわしながらきいた。

「待ち針があと二本しかないの」ガリアは背後の小さなテーブルの上にあるものを見ながら、ゆっくりと言った。「残りは作成中のほかの二着のドレスに使われているみたい」彼女はスカート越しにジョーンの手を軽くたたくと、向きを変えて扉に向かった。「わたしの部屋のたんすのなかに、たしか少しあったと思う。取ってくるわ」

ガリアが日光浴室を出ていくと、室内の雰囲気がいくぶん変わり、ぎこちない沈黙に満たされたので、ジョーンは居心地が悪くなった。もうこれ以上耐えられなくなると、思いきって言った。「こんなことまでしてもらって、ほんとうに感謝してるわ。きっとすごく――だって、あなたたちがここに来たのはキャムに会うためで、その目的は……」自分の夫と結婚するためと言うわけにはいかず、むやみと手を振ることで表現する。「そうしたら彼はわたしを連れて現れた。それなのにあなたたちは……」彼女は軽く唇をかんだあと、心から言った。「こんなに親切にしてくれた。ほんとうにありがとう」

「どういたしまして」小柄なブルネットがまじめな顔で言った。そしてまえに進み出ると、手を差し出した。「わたし、サイ・ブキャナン」

「よろしく」ジョーンは差し出された手を取り、やさしくにぎって心から言った。

「ミュアライン・カーマイケルよ」よく失神する色白の娘が言った。

「エディス・ドラモンド」つぎに長身の赤毛が手を差し出す。

みんなが順に自己紹介をし、つぎからつぎへと名前が告げられたので、ジョーンの頭のなかではいくつもの名前がぐるぐるまわっていた。娘たちは全部で十二人いた。最初の四人の名前だけはなんとか覚えられたが、そのあとはフレイジャーとグレアムというラストネームと、グレンナとローナというファーストネームしか思い出せず、その正しい組み合わせはわからなかったし、名前と顔も一致しなかった。

幸い、そこに召使いが現れ、レディ・アナベルにたのまれたペストリーとリンゴ酒を運んできた。娘たちはわれ先にと飲み物を注ぎ、ペストリーを選んだが、ジョーンは遠慮した。新しいドレスにペストリーのかけらを落としたり、リンゴ酒をこぼすのを恐れたからだ。のどが渇いていたのでそそられはしたが、がまんした。

「あったわよ!」ほどなくして部屋にはいってきたガリアは、勝ち誇ったように報告したあと、テーブルに置かれた盆から離れていく娘たちを見ると、「わあ、うれしい」と叫びながら進み出た。

小柄な娘はテーブルに走り寄り、ジョーンはひきつった笑みを浮かべた。

「どうしてゴブレットがふたつ残っているの?」ガリアが尋ねた。「ひとつはもうだれかが使ったあとなの? それともだれか飲んでない人がいるの?」

「ジョーンは飲んでないみたいよ」ミュアラインがジョーンを見てから言った。

「ドレスにこぼしたらいけないと思って」ジョーンは困った顔をして説明した。

「そう」ガリアはジョーンと飲み物を交互に見ながら聞いた。「飲まないで大丈夫?」

ジョーンは顔をしかめて言った。「のどは乾いてるけど、やめておいたほうがいいと思う」

「胸の上に布か何かを広げてあげたら?」ミュアラインが言った。「それなら安心して飲めるわよ」

「そうね、それがよさそう」ガリアが同意して、リンゴ酒のお代わりを注いだ。

「ねえ、こんなのでいいんじゃない？」かがんであまり布のかごをあさりはじめていたサイが、しばらくしてちょうどよさそうな布を手に体を起こした。「これを襟もとに押しこめば」

ジョーンはドレスと胸のあいだに布が押しこまれるのを見おろし、「気をつけて、ミュアライン」というガリアの叫びを聞いて振り向いた。

「ごめんなさい、あなたにぶつかったとき、リンゴ酒をこぼしちゃった？」ミュアラインが心配そうにきく。

「いいえ、大丈夫よ」ガリアはすまなそうに小さくため息をついて言った。「ジョーンのそばではくれぐれも気をつけてよ。彼女がリンゴ酒を飲んでるときはね。せっかくサイが布を当ててくれてもなんの意味もなくなっちゃうわ」

「もちろん気をつけるわ」ミュアラインは悲しそうに言った。「わたしが代わりにジョーンにリンゴ酒を持っていきましょうか？」

「ええ、お願い。そうすればわたしはペストリーを持っていけるから」ガリアはつぶやくように言った。

「ジョーン、両腕を上げてくれる？　縫い目がちゃんとしているか、まだ確認していなかったわ」

ジョーンはサイのたのみにあたりを見まわし、反射的に両腕を上げて、ほかの娘たちといっしょに自分も縫い目をのぞきこんだ。

「飲み物はあなたの横のテーブルに置いておくわね、ジョーン。手がすいたら飲めるように」ミュアラインが反対側から言った。

「ありがとう」ジョーンはまた彼女のほうを向いて言った。

「腕をおろさないで」サイが命じた。向きを変えたせいで、ジョーンは少し腕をおろしてしまったらしい。サイはジョーンのまわりを移動しながら説明した。「うしろのほうもちゃんとしているかどうか確認したいの」

ジョーンはうなずき、辛抱強く待った。

「腕をおろして」サイが指示し、少ししてまた言った。「また上げて」

「どう?」ガリアがペストリーを頬張りながらきいた。

「いいわ」サイは結論を下した。

「よかった!」ガリアは明るく言うと、両手からペストリーのくずを払い落とした。「これで裾に待ち針を打てるわ」

「椅子の上に立ちましょうか?」ジョーンがきいた。「そのほうが楽なんじゃない?」

ガリアはその提案について考えたあと、首を振った。「いいえ、このままのほうがいいわ。床との距離を考えなくちゃならないのに、椅子にのるとスカートの裾から床までの距離がわからなくなるし」

サイはそのとおりだというようにうなずき、手を出してガリアの大切な待ち針を受け取りながらきいた。「やり方はどうする？　わたしがうしろからはじめて、あなたがまえから？」

「いいえ、ふたりともまえからはじめて、逆方向に進み、うしろで出会うようにするのがいいと思う」ガリアが提案した。「どうかしら？」

サイはうなずき、ジョーンのまえに膝をついた。ガリアが最初の待ち針を刺し、ふたりの娘が作業をはじめて、互いに離れていくのをジョーンは見おろした。しばらく見たあとで、飲み物はどこかとさがした。ミュアラインが飲み物を置いておくと言ったテーブルを見つけ、慎重にリンゴ酒のゴブレットを取って大きくひと口含んだが、すぐに吐き出しそうになった。どういうわけか苦かった。まったくなじみのない味だった。リンゴ酒といえば普通は甘くて——

「じっとしてて、ジョーン」ガリアが待ち針をくわえたまままつぶやいた。

「ごめんなさい」ジョーンは口のなかの液体を飲みこんでから謝った。ゴブレットをテーブルに置くには向きを変えなければならず、そうするとドレスも動いてしまうので、ゴブレットは持ったままでいた。彼女は自分を取り囲む娘たちを見まわして尋ねてみた。「それで、あなたたちはみんな許婚がいないの？」

みんなが無言でうなずき、ジョーンは唇をかんだ。だれにも責めるような視線を向けられはしなかったが、それでも罪悪感を覚えた。彼女たちはキャムの心を射止めて結婚しようとここに来たのに、会いさえしないうちにジョーンに彼を盗まれたようなものなのだ。ジョーンは彼女たちの視線を避けるために急いでリンゴ酒をひと口飲んだが、苦い液体が舌に広がってすぐに顔をしかめた。これがいかにまずいかを忘れていた。液体を飲みこみ、ドレスが動いてしまう危険を冒してまで、手を伸ばして脇のテーブルにゴブレット置いた。二度とうっかり飲んでしまわないように。

「フィノラは未亡人よ」とサイが教えてくれた。「でも彼女以外はだれも結婚したことがないの」

「そしておそらくこれからも」ミュアラインが小さなため息をついて言った。「みんな修道院に入れられることになるでしょうから」

「いっしょにしないでよ」サイがむっとしてどなった。待ち針を打つ手を止め、怖い顔でミュアラインを見あげる。「わたしは修道女にはならないわ」

「ごめんなさい」ミュアラインはおどおどしながらつぶやき、サイが突然剣を取り出して斬りつけるとでも思っているかのように、片手を首に当てた。そしてそのまま体を揺らしはじめたので、ジョーンははっとして彼女を見た。ミュアラインはやさしい娘だが、ほんのちょっとしたことで失神してしまう傾向がある。実際、キャムが花嫁を連れて帰還したときは、城のまえの階段で失神したし、前日ジョーンの寸法を測っているあいだにも、興奮すぎたせいで二回気を失っていた。今もかなり興奮しているようなので、ジョーンは心配になった。「ミュアライン、座ってもう少しリンゴ酒を飲んだら？　甘いものをとれば気を失わずにすむかもしれないわ」

ミュアラインはうなずいて水差しを取ったが、すぐにテーブルに置いた。「もうリンゴ酒がないわ」彼女は顔をしかめて座り、心配ないと手を振った。「いいの、わたしなら大丈夫だから」

「だめよ、顔が蒼《あお》いわ」ジョーンは眉をひそめて言うと、さっきテーブルに置いた自分のゴブレットを取って差し出した。「それならこれを飲んで。もういらないから。わたしにはちょっと苦すぎて」

「ほんとに？」ミュアラインがきいた。

「ええ」ジョーンは差し出したゴブレットを少し上げて言った。「それほどのども乾いていなかったし」

「ありがとう」ミュアラインはゴブレットを受け取り、大きくひと口飲んで、鼻にしわを寄せた。「あなたの言うとおりね。苦いわ」

「ほんと？」サイがきいた。「わたしは甘く感じたけど。わたしの好みからするとちょっと甘すぎるぐらい」

「甘みが全部底にたまっていて、よくかき混ぜないといけなかったのかもしれないわね」裾にあらたな待ち針を刺すことに気を取られている様子で、ガリアが言った。

「そうね」サイは自分のゴブレットを取って、ミュアラインに差し出した。「よかったら代わりにわたしのをどうぞ」

「ありがとう」ミュアラインは空いているほうの手でゴブレットを受け取り、代わりにジョーンのゴブレットを差し出した。「じゃあこれを飲んでみる？　こっちのほうがあなたの好みに合うかもしれないわよ」

サイはゴブレットを受け取ってひと口飲むと、目を見開き、いかにもまずそうに口をすぼめた。「うわ、だめ、苦すぎてわたしの好みじゃないわ。なんだか……」彼女は首を振った。「傷《いた》んでるみたいな味がする」

「ばか言わないでよ、サイ」エディスが弱々しい笑みを浮かべて言った。「みんな同じ水差しから注いだものだし、わたしのは別に問題ないわよ。そんな変な味がするわけないわ」

「そう？　それなら飲んでみなさいよ」サイは挑むように言って、ゴブレットを差し出した。

エディスは肩をすくめて受け取り、少し飲むと、顔をしかめてゴブレットをおろした。

「わたしがまちがってたわ。ひどい味」

「もう、何言ってるのよ。ちょっと貸して」と言って、ガリアが座ったまま体を起こし、飲み物を要求した。エディスからゴブレットを受け取ってひと口飲むと、まずさでたちまち顔がゆがんだ。「うわ、ほんと、ひどい味ね。でもわたしのはこんな味じゃなかったわよ」彼女は水差しのほうを見て、首を振ってから、エディスにゴブレットを返した。そして作業に戻りながら言った。「リンゴ酒を注ぐまえから、ゴブレットの底に何かがあったのかも」

「その可能性はあるわ」サイは同意したあとで、首をかしげてきいた。「気分はどう、ジョーン？」

「え？」ジョーンは言われていることがよくわからず、彼女のほうを見た。

「ねえ、大丈夫？　お腹をさすっているけど」

「そう？」弱々しくきき返し、見おろすと、たしかにお腹をさすっていた。どうしてそんなことをしているのだろう？　ジョーンは不思議だったが、すぐに痛いからだと気づいた。いや、厳密には痛いというわけではない。痛いというのとはちがう。実際は……胃に入れたものをすべて戻してしまいそうだった。何を胃に入れたのだろう？　ああ、そうだった、リンゴ酒を少しだけ――

「ジョーン、裾のラインをまっすぐにしたかったら、動くのをやめてくれないと――」ガリアはそこでやめてジョーンを見あげた。心配で顔をくもらせながら、ゆっくりと体を起こす。

「ジョーン？」

ジョーンは大丈夫だと言おうとして口を開いたが、ことばが出るより先に闇が彼女を覆い尽くした。

13

「なんだって?」キャムは信じられずにきき返したが、その答えを待ちはしなかった。その代わりに、弟を押しやって城の階段を駆けのぼった。一刻も早く城のなかにはいって、ジョーンに会いたかった。「彼女はどこだ?」

「あなたの部屋です」懸命にあとにつづきながらエイダンが言った。「大丈夫ですよ、兄上。彼女はよくなるとレディ・アナベルが言っていましたから。みんなよくなると」

「みんな?」城の扉を力まかせに開けて駆けこみながら、キャムはけげんそうにきき返した。

「みんなとはだれのことだ?」

「レディたちの何人かも同時に具合が悪くなったんです」兄に追いつき、並んで大広間を横切りながら、エイダンが説明した。「ジョーンだけでなく、レディ・カーマイケルと、レディ・マコーミックと――」

「だれがだれだかおれにはわからんよ、エイダン」キャムは顔をしかめてさえぎった。母が集めた花嫁候補たちの顔も名も気にしてはいなかった。彼には妻がいるのだ。そうでなくても花嫁候補たちに興味はなかったが。「具合が悪くなったのは何人だ?」

「三人だと思います」とエイダンは答えたが、眉間にしわを寄せて訂正した。「いや、四人かな」階段をのぼりはじめながら指を折って数えたらしく、うなずいた。「そう、四人でした。ジョーンを入れると五人です」

キャムにとって重要なのはジョーンただひとりだった。もちろん、ほかの娘たちも具合を悪くして気の毒だとは思う。だが、彼にとってはどうでもいいことだ。何よりも優先すべきはジョーンだった。彼女は彼の妻であり、キャムはふたりの未来についてすでに考えはじめていた。それこそこの日ずっと父とともにしていたことだった。父子は馬でインヴァーデリーに向かった。海沿いにある、シンクレア家が所有する三つの城のうちいちばん小さな城だ。そこはもう何年も女管理人に管理をまかせていたが、今日父に連れていかれたとき、キャムは自分とジョーンがそこに移り住み、管理を引き継ぐよう言われるのだろうと思っていた。ところが父は、今後は徐々に仕事を減らして、責務も次代に引き継いでいくつもりであり、キャムの母もまた同じ思いであることを告げた。両親はインヴァーデリーの城に移って、いちばん大きな城はキャムにまかせるつもりなのだ。ダグラスには二番目に大きな城であるダンローナを与えるという。インヴァーデリーはいずれエイダンのものになり、妹のアイリーンは持参金としてランズエンド・ハウスを相続するが、結婚するまでは両親とともに住むことになる。

インヴァーデリーからの帰り道、キャムの頭のなかではずっと、シンクレア城主夫妻としての自分とジョーンのためのさまざまな計画が飛び交っていた。そういうわけなので、帰宅するなりジョーンが体調をくずして倒れたと知らされたのは、かなりの衝撃だった。最後に見たときは健康でどこも悪くなさそうだったし、歌のレッスンでわめく声も充分に元気そうだったのに。

「どうして具合が悪くなったんだ?」階段をのぼりきり、踊り場を進みながら、キャムが険しい顔で尋ねた。

「よくわかりません」エイダンが申し訳なさそうに言った。「つぎつぎに倒れはじめたんです。レディ・アナベルが看病しています」

キャムはうなずき、扉を押し開けて自分の寝室にはいった。そこで足が止まった。ジョーンがベッドの毛皮の上に横たわって眠っていた。深紅のドレスを着ているせいで、顔が蒼ざめて見える。ベッドの脇に座っていたアネラが、部屋にはいってきたキャムに顔を向けた。

「ああ、キャム!」アネラは立ちあがり、不安そうに彼に微笑みかけた。「来てくれてよかった」

「どんな具合だい?」キャムはベッドサイドに近づきながら尋ねた。

「お母さまはよくなるって言ってるけど、まだ意識が戻らないの。三人の娘さんたちの意識が戻っているのに」

「四人よ」アナベルが部屋にはいってきて静かに言った。「まだ眠っているのはジョーンだけということになるわ」

「でも、目覚めるんですよね？」キャムはベッドの脇に座って妻の蒼白い顔をのぞきこみながら、眉をひそめて尋ねた。

「そう信じているわ。でも、ジョーンはほかの娘さんたちより多く飲んだみたいなの」アナベルは困った顔で言った。「深刻な事態になるほどではないと思うけれど」

「何を飲んだんです？」キャムは振り向いて問いかけるようにアナベルを見ながらきいた。

「リンゴ酒よ」アナベルは答え、ベッドに近づいて彼の肩越しにジョーンを見た。「娘さんたちはこの子がいま着ているドレスの裾上げをしていたの。わたしは召使いにペストリーとリンゴ酒を運ばせた。ジョーンは自分のリンゴ酒を飲んで、苦いと言ったそうよ。具合が悪くなった娘さんたちもそれを味見していたの。でもジョーンはみんなより多く飲んでいたのね。ミュアラインの話だと、ほかの娘さんたちはみんなひと口ずつだったけれど、ジョーンがふた口飲むのを見たそうだから」

「リンゴ酒に何が入れられていたのかわかりますか？」キャムはきいた。

「娘さんたちが気を失いはじめたとき、ゴブレットは倒されてしまったの。無事だった娘さんたちが召使いを呼んで片づけさせたわ。五人全員が飲んだのはそのゴブレットのリンゴ酒だけだと気づいて、さがしにいったときには、もうまったく残っていなかった」アナベルはため息をついて言うと、首を振った。「ジョーンもよくなると思うわ」

「でも、はっきりとはわからないんですね？」とキャムがきく。

「ええ」アナベルは悲しそうに認めた。心配そうに顔にしわを寄せながら、ジョーンに視線を向ける。「リンゴ酒に何がはいっていたのかわかればいいのだけれど」

「彼女のゴブレットだけにはいっていたのですか？」キャムは眉をひそめてきいた。

「そのようね」レディ・マッケイは肩をすくめて言った。「娘さんたちによれば、少なくとも苦かったのはジョーンのだけだった。でも全員が同じ水差しから飲んでいる」

「では、水差しではなく、彼女のゴブレットにだけはいっていたと？」キャムはつぶやいて、ジョーンに視線を戻した。

「ええ」アナベルは重々しく言った。「わたしの推論ではね」

キャムは口を固く結んだあと、こう尋ねた。「今日出発した娘さんは何人ですか？」

「あなたのお母さまが希望したとおり、サザーランド家とマクラウド家とフレイザー家が昨日便りを受け取って、今日令嬢を迎えにきたわ。昼食まで滞在して、午後早くにみんな出発しました」

「レディ・シンクレアは、彼女たちが使っていた部屋を、わたしたちにそれぞれひと部屋ずつ割り当ててくださるつもりだったのに、お母さまは断ったの」とアネラが言ったので、キャムは驚いて頭をめぐらせた。

「まずあなたの弟さんたちに部屋を返すのが筋だと思ったのよ。だからわたしと娘たちでひと部屋を使わせてもらうことにしたの。もうひと部屋空いたら娘たちはそこに移るということで」レディ・マッケイはなだめるように言った。「わたしたちの荷物はレディ・フレイザーが使っていた部屋にもう移したし、あなたの荷物はここに戻してあるわ。だからあなたはここをジョーンと使えるのよ」

「ありがたい」キャムは安堵のため息をついて言うと、妻に視線を戻した。弟たちも兵舎から脱出できてよろこぶだろう。彼自身、ジョーンとここで眠れるとわかって、ほんとうにうれしかった。少なくとも、なんであれ彼女がほかの娘たちとともに飲んだものから回復すると確信が持てるなら。

「お母さま?」

キャムはアナベルの向こうの、開けたままになっている扉に目を向けた。ケンナがそこに立って、不安そうな顔でたよりなげにジョーンを見ていた。

「なあに、ケンナ?」アナベルが娘のほうに向かいながら問いかける。

「レディのひとりに、赤いドレスを取ってきてと言われたの。裾を仕上げたいんですって」ケンナは静かに言った。「ジョーンが目覚めたとき、すぐ着られるようにドレスを完成させておきたいから」

「そう」アナベルはジョーンのほうを見た。うなずいてベッドに近づく。「ええ、それはいいわね」

キャムはふたりの女性とともにその作業を手伝おうとすぐに立ちあがり、すばやくドレスを脱がせてジョーンにシーツと毛皮をかけた。

「さあ、持っていきなさい」レディ・アナベルは娘の腕にドレスを掛けて言った。「わたしたちに代わってレディたちにお礼を言っておいてね。自分のドレスを着ることができればジョーンはとてもよろこぶはずよ」

ケンナはうなずいて向きを変え、急いで出ていった。レディ・アナベルはベッドに向き直ったが、アネラがまだそこにいるのに気づいて立ち止まった。「さあ、あなたはもうそこに座っていなくていいのよ。ケンナを外に連れていって、新鮮な空気を吸わせてあげたら？ふたりともお城のなかで、何時間も娘さんたちの看病を手伝っていたんだから」

アネラはためらい、いとこに視線を移したが、やがてうなずいて、静かに部屋から出ていった。

「ふたりともとてもいい子たちだわ」レディ・アナベルは出ていく娘を見守りながら、笑みを浮かべて言った。「わたしはほんとうに恵まれている」

「そうですね」キャムは同意して、暖炉のそばの椅子に向かった。アナベルのために椅子を一脚運んでくると、また戻って自分のためにもう一脚運んできた。ふたりは腰をおろしてジョーンを見守った。

初めはふたりとも無言だったが、やがてレディ・アナベルがベッドの反対側で椅子に座り直して言った。「キャンベル？」

彼はすぐに体を固くした。いつものような短縮形のキャムではなく、キャンベルと呼ばれるときは、困ったことになったときか、なんらかの説教がはじまるときだ。恐る恐る顔を上げてアナベルを見ながら、キャムは言った。「なんでしょう？」

「ロスはあなたにジョーンとの結婚を強制したの？」

彼はその質問と、レディ・アナベルの心配そうな顔に驚いて目をぱちくりさせた。「いいえ」とようやく言った。「ぼくは彼女があなたの姪だと知るまえから、シンクレアに来てほしいと思っていました」

「愛人として来てほしいと思うのと、結婚しなければならないのとでは、まったく同じというわけにはいかないでしょう？」

キャムは赤くなり、ジョーンに視線を戻した。少ししてから、ため息をついて認めた。「そのとおりです。初めは彼女との結婚を考えもしませんでした。結婚はもうしないと固く決めていたので……」彼は肩をすくめた。「でも、彼女があなたの姪だと知って、ロスから何か言われるよりもまえに、彼女と結婚しなければならないと思いました」

「では、わたしの姪だということだけでジョーンと結婚したのね」それを知ったアナベルは、悲しそうな声で言った。

「ちがいます」とキャムは思わず言ったものの、眉をひそめて認めた。「いや、そうかもしれない。よくわかりません。彼女があなたの姪だと知って、ぼくはうれしかった。やった！と思いました。これで彼女はぼくと結婚しなければならないし、シンクレアに来なければならないと」

「つまり、自分の思いどおりになってうれしかったのね？」彼女はゆっくりと言った。

「はい」それがどう聞こえるかに気づいて、キャムは顔をしかめた。「うれしかったのは、思いどおりになったからだけではありません。彼女と離れたくなかったからです」彼はそこでことばを切り、首を振って言った。「でも、彼女はそれを望まなかった。彼女はあっさり断りました。いっしょにいたくないと」記憶がよみがえり、彼は意識を失っている娘をにらみつけていた。

「あなたは傷ついたのね」レディ・アナベルはゆっくりと言った。事情はわかっているという顔をしている。

キャムは椅子に座ったまま背筋を伸ばし、認めたくなくてぞんざいに肩をすくめた。

レディ・マッケイはしばらく黙っていたが、やがて言った。「ジョーンが話してくれたわ。いっしょに来てくれとあなたに言われたとき、この世の何よりもイエスと答えたかったと」

彼は固まり、心臓までが一瞬動きを止めたかに思えた。やがて、まえに身を乗り出して尋ねた。「それならなぜ、行きたくないと言ったんです？」

レディ・アナベルは申し訳なさそうに微笑んだ。「ジョーンの信頼を裏切って、それを教えるわけにはいかないわ。彼女の心の準備ができるまで待つことね。でも、ジョーンがあなたと行きたいと思っていたことだけは伝えておくわ。断られたと思っているせいで、彼女への接し方に影響が出るといけないから」そこでいったんことばを切ったあと、彼女は重々しく言った。「あなたが自分と結婚したのは、状況のせいで強制させられたからだとジョーンは考えている。それが明らかにあなたに対する彼女の行動に影響を及ぼしているようにね」

キャムは椅子の背にもたれた。そういうことだったのか。ここにいるのはジョーンの本意ではないという思いが、彼女への態度に影響しているわけではない、と言いたいところだったが、そうでないことはわかっていた。実際、夜中の密会をのぞけば、彼女を避けつづけていた。まあ、日中何度か気まぐれに彼女に会おうとしてみたりもしたが、ほかのことにじゃまされるとすぐにあきらめた。彼女にはレッスンが、彼にはここでの業務があるので、ふたりきりにならないようにするのは楽だった。だが、旅のあいだはずっといっしょにすごし、いっしょに話し、いっしょに笑い、いっしょに活動してきた。彼がいっしょにシンクレアに来てくれとたのみ、彼女が断ったあの一瞬さえなかったら、楽しいひとときが確実につづくよう、できることはなんでもしていただろう。あるいは、少なくとも、できるかぎり多くの時間を彼女とすごしていただろう。ふたりきりでなくて、ほかの人たちがいっしょだったとしても、キャムの横には彼女がいただろう。

たとえば、今日の父とのインヴァーデリー行きにしても、彼女も連れていきたいと思ったはずだ。遠乗りを教えるちょうどいい機会だからと、彼女を城から連れ出し、ほかの者たちから引き離す口実に使っていたに決まっている。だが、キャムはそれを提案すらしなかった。ジョーンに拒絶されてから、彼女と直接対峙《たいじ》するのをつねに避けてきた。気づいたときには、彼とジョーンが結婚するとアネラとケンナにばらされていたし、彼女に自分で話すと言い張ることもせずに、あっさりロスに追い払われた。婚礼の夜も、ロスに尻をたたかれるまで階上に行かずにぐずぐずしていたし、行ってからも話し合う時間を作らず、彼女が口を開けるたびに何か聞きたくないことばが飛び出すのを恐れてキスをした。そして朝は、起こせば話をしなければならなくなると思い、眠る彼女を置き去りにした。

ここに着いてからもそんな調子で、彼女が彼と離ればなれになるのを許し、叔母やいとこたちと眠らせている。マッケイの領地のはずれのあの空き地でのことがなかったら、日光浴室に仮の寝室を作らせるか、シンクレアの領地内の空いているコテージにジョーンとともにふた晩ほど泊まるか、所有するほかの城に滞在するかして、別々に眠ることなどなかっただろう。

だが、ジョーンと愛を交わさずにはいられなかった。キャムは毎晩そのために彼女を引っぱり出したが、つねに彼女に話す機会を与えないようにしてきた。そして朝は早起きし、ほかの者たちより早く朝食をとり、彼女がまだ起きられずにいるうちに中庭に出た。

もし彼自身の行動が、ジョーンに拒絶されたと思っていることのせいなら、彼がしかたなく結婚したのだと思っていることで、彼女の行動はどう変わったのだろう？

キャムはレディ・アナベルを見やった。「彼女がぼくといっしょに来たかったというのはほんとうなんですか？」

「どうしようもなくあなたといっしょに行きたかったそうよ」アナベルはまじめな顔で言った。「あなたとすごした二週間ほど幸せだったことはなかったから」

キャムはゆっくりと息を吐いてから、アネラが開けっ放しにした扉のほうを見た。大広間から聞こえてくる物音がだんだん大きくなっているのに気づいたのだ。「夕食の準備をしているようです。階下《した》に行って召し上がってください」

アナベルはためらった末に立ちあがった。「この子の意識が戻ったら知らせてくれるわね？」

キャムは無言でうなずき、妻に視線を戻しながら、ジョーンが目を覚ましたらなんと言うべきか考えはじめた。スコットランドまでの二週間の旅は、彼の人生でももっとも幸せな時間だったし、彼のほうでもどうしようもなく彼女にいっしょにここに来てほしかった。だがそれでも、彼は言うだろう、拒絶したのは彼女なのだと。なぜ彼女がいっしょに行きたくないと言ったのかはわからないが、きっと尋ねれば説明してくれるだろう。そしてこの問題はすっかり解決し、マッケイの空き地でのあのとき以前のふたりのような、心安く幸せな関係を取り戻せるだろう。

座ってジョーンを見守りながら、話の進め方を何通りか考えたが、結局夜遅く朝早い生活のせいで、椅子に座ったままうたた寝をはじめた。少しして目を覚ますと、口のなかは石のように乾き、あごをよだれが伝い、座ったまま眠ったせいで首が痛かった。

顔をしかめながら、凝りをほぐそうと首のうしろに手を当ててもんだ。その手をおろしてジョーンを見る。暖炉の炎は消えて輝く燃えさしとなり、ベッドサイドのろうそくも燃え尽きて、とけたろうが弱々しい炎を揺らめかせてはいるものの、今にも消えそうだった。ジョーンがまだ眠っているとわかるぐらいには明るかったが、せいぜいその程度だ。暗闇のなかに座っていたくなければ、新しいろうそくを持ってきて、火をつける必要がある。

眠たげにあくびをしながら、キャムは立ちあがり、静かに部屋を出た。廊下の手すりまで歩き、階下の大広間の様子をうかがった。召使いの注意を引いて、新しいろうそくを持ってこさせるつもりだったが、大広間はしんと静まり返り、暖炉の火も燃え尽きて、部屋は真っ暗に近かった。それにもかかわらず、床にマットを敷いて眠っている召使いたちが見えた。もう遅い時間で、みんな寝床に引きあげたのだ。おれはどれくらい眠っていたのだろう？

あくびに考えごとをじゃまされ、キャムはこのまま部屋に戻り、ベッドにもぐりこんで眠ってしまおうかと思ったが、ジョーンの意識がまだ戻っていないし、起きたときはそばにいてやりたい。その場合、彼女の横でぐっすり眠っているのではなく、起きていたかったので、ろうそくを取ってこようと、そのまま階段に向かって廊下を進んだ。すると、扉のひとつが開いたので足を止めた。

ほのかな光に目をすがめ、だれなのか見ようとしたが、女性だということしかわからなかった。彼女が消えかかったたいまつのひとつに近づき、持っているとは彼も知らなかったろうそくに火をつけるまでは。彼女は向きを変えてこちらに歩いてきた。顔のまえにろうそくを掲げているので、フィノラ・マクファーランドだとわかった。彼女とは関わりたくなかったので、そのまま進んだ。

「キャンベル」

呼ばれたことだけでなく、それがファーストネームだったことにも驚きながら、キャムは足を止めてゆっくりと振り向き、彼女を待った。後悔することになるのを覚悟しながら。

ジョーンはひどい頭痛とともに目覚めた。顔をしかめて起きあがり、ベッドにいるのに気づいて目をぱちくりさせる。わたしはここで何をしているのだろう、叔母といとこたちはどこにいるのだろうと思いながら、ベッドから出ようとして、自分が裸だということに気づいて固まった。

またベッドに横たわり、シーツを引っぱりあげて体を覆い、どうしてこうなったのか思い出そうとしたが、ずきずきする頭ではその努力もむなしかった。とりあえずその問題は置いておくことにして、ためらったあげく、毛皮の下からシーツを引っぱり出し、体に巻きつけた。シーツの端を胸のまえにたくしこんで留め、立ちあがる。

どうしてこうなったかは、頭の痛みが収まってから考えよう。今は頭痛を治すことのほうが重要だ。どうしようもなく重要だ。片手を額に当て、痛みをやわらげようと指でさすりながら思った。

薬草袋はジョーンが置いたときのまま、暖炉のそばのテーブルの上にあり、彼女はそこに向かおうとした。だが、薬草を混ぜる飲み物が必要だと気づいて立ち止まった。当然ながらこの姿で階下に行くことはできない。ジョーンは左右の足に交互に体重をかけながらどうするべきか考えたが、やがて扉に向かった。この恰好で階下に行きたくないのはやまやまだが、もしかしたら運よく廊下で召使いが見つかるかもしれない。

そう思ってほんの少しだけ扉を開けてのぞくと、廊下がひどく暗く、まだ火のついているたいまつがふたつしかなかったので驚いた。かなり遅い時間なのだろう。そのとき、階段の近くに動くものを認めた。だれなのか見ようと目をすがめ、つぎにその向こうを見やると、廊下を近づいてくる光に気づいた。ろうそくを持って歩いてきただれかだろう。着ているドレスが赤色なのはわかったが、顔は見えなかった。そう思ったとき、その人物がろうそくを掲げたので、ドレスの残りの部分と顔を見分けることができた。ドレスが自分のものだとわかった直後、それを着ている女性がフィノラだとわかった。

なるほど、わたしのドレスがどこに行ってしまったのかわかったわ。つぎに知りたいのは、いったいどうやってわたしからあのドレスを脱がせたのかということだ。最後の記憶では、自分はあのドレスを着ていて、レディたちが裾に待ち針を打ってくれていた。今はろうそくの光が届いていないので、裾までは見えないが、おそらくみんなが待ち針を打ちはじめるまえの長さに戻っているのだろう。

いまいましいこと、フィノラはわたしのドレスを盗んだんだわ。ジョーンは口を引き結んだ。シーツ姿のまま飛び出していって、わたしのドレスを着ているなんて、いったいどういうつもりだと問いつめてやろうとしたとき、フィノラが近づいてきたせいで、彼女のろうそくの光の照らす先、階段の上にいる男性が見えた。

「キャム」ジョーンは息をのんだ。かろうじてその名前をささやいたとき、女がまっすぐ彼に近づき、ふたりの体を密着させた。それどころか、フィノラは彼にもたれかかり、片手を上げて彼の後頭部をつかむと、頭を引き寄せ、自分はつま先立ってキスしようとした……そしてキャムは抵抗しなかった。

ジョーンは何も言わずに扉を閉め、きびすを返してベッドに戻った。何も考えられずにベッドの縁に腰かける。悪夢が現実のものとなった。キャムの心がほかの女に向かい、自分はそばでそれを見ていなければならないという悪夢が。

どのくらいそこに座っていたのかわからない。やがてジョーンはシーツを体に巻いたまま毛皮の下にもぐりこみ、目を閉じた。もう飲み物はほしくないし、頭痛をやわらげる薬草もいらない。ただひたすら、これはすべて悪い夢で、目が覚めたらそんなことは何も起こっていなかったということになるのだ、というふりをしていたかった。

キャムは一瞬動きを止めたが、すぐにその驚きを振り払い、フィノラの両肩をつかんで押しやった。冷たい怒りをみなぎらせながら、彼は詰問した。「どういうつもりだ?」

「あら、領主さま」誘うように微笑みながらフィノラはつぶやいた。「あなたがほんとうにあんな平民との結婚に満足しているなんて、わたしが信じるとでも思っているの? あなたはマッケイに無理やり結婚させられたのよね。でも、婚姻は無効にできるわ。わたしと結婚できるのよ」彼女は軽くうしろにそり、ろうそくを自分に近づけて、頭から膝のあたりまで光が当たるようにした。

キャムは地獄へ行けと言ってやりたくて口を開けたが、思い直し、見覚えのあるドレスを着た彼女をじろじろと見た。

「わたしのほうが美しいでしょう?」フィノラは勝ち誇ったような笑みを浮かべてきいた。

「いいや」キャムは冷たく言った。「それはおれの妻のドレスじゃないかな?」

フィノラは目をぱちくりさせた。「えっ?」

「きみが着ているドレスだよ」彼はずばりと言った。「妻は倒れたときそれを着ていた。女性たちのひとりが裾を仕上げたがっているとケンナから聞いて、ドレスを脱がせて彼女にわたした」

「あなたはそこにいたの？」フィノラは驚いてきいた。

「ああ」彼はそっけなく言ったあと、首をかしげた。「ドレスを持ってこいと言った女性というのはきみだな。そしてきみはドレスの裾を仕上げるつもりなどなかった。妻からドレスを盗み、それを使っておれを誘惑するつもりだったからだ」

フィノラは怒りで唇をきゅっと閉じたあと、かみつくように言った。「だって、彼女が着ても無駄になるだけだもの。わたしのほうが似合うわ。あなたにもわたしのほうが似合う。少なくとも、わたしは彼女みたいに無知じゃないから、あなたやご家族に恥をかかせるようなことはないし」

キャムは信じられない思いでとまどいながら相手を見つめ、どうして彼女は自分の言動が男にとって魅力的だと思うことができるのか、探ろうとした。だいたい、彼にしなだれかかってきた彼女の態度はまるっきり村のふしだら女のようだったし、妻を侮辱して自分の美しさを鼻にかけることで、彼の関心を惹こうとするなんてありえない。ときに、他人の思考というのはなんとも理解しがたいものだ。あるいは思考力の欠如は。

「レディ・マクファーランド」キャムはまじめくさって言った。「ジョーンはたしかに将来失敗を重ねるかもしれないが、おれは恥ずかしいとは思わない。彼女がおれに恥ずかしい思いをさせることはけっしてない。だがきみの言動は、きみ自身と、きみのクランと、おれを辱《はずかし》める。きみの無知を許すことはできない」

「くそ野郎」フィノラはかんしゃくを起こし、彼を平手打ちしようと手を上げた。

それを予期していたキャムは、彼女の手首をつかんで警告した。「おれはレディはたたかないんだよ、フィノラ。だが、きみはレディではないようだから、こう言うのが筋だろう。もしおれをたたいたら、たたき返してやる」

彼はしばらく無言で彼女を見つめてから、手を離した。

フィノラはこぶしをにぎりしめ、やり場のない怒りをこめて彼をにらみつけたが、やがて何も言わずに手をおろした。

キャムはうなずいた。「明日、何人かのうちの兵士に命じて、きみをマクファーランドまで送らせよう。もうここにいてほしくない」彼は重々しく言うと、彼女に背を向けて階下に向かった。これ以上この女のために時間を無駄にすることはない。彼女を送り返すのが待ちきれなかった。

そして、ジョーンが二度とあのドレスを着ないように注意しなければ、と暗く考えながら、大広間で眠っている人びとのあいだを慎重に進んでいった。あのドレスを着たジョーンはほんとうに美しかったが、なんであれあの女が触れて汚《けが》したものをジョーンが着ている姿は見たくなかった。

厨房にはいると、かまどの火はまだかすかについていた。おいしそうなにおいのするものが、その上に吊るされた大鍋のなかでぐつぐついっていた。そのにおいで夕食をとっていないことを思い出し、パンとチーズを上階に少し持っていくことにした。だが今すぐではない。ここに来た目的であるろうそくを取りにいってからだと思い、貯蔵室の扉に向かった。南京錠を解除し、かんぬきを上げて扉を引き開けた。部屋は薄暗く、開けた戸口からはいる光で、奥の壁より半分ほど手前にある、右側の棚にろうそくが並んでいるのが見えた。なかに足を踏み入れてそこに行き、二本のろうそくをつかもうとしたとき、突然背後で貯蔵室の扉がバタンと閉まった。

ぎょっとしてくるりと振り返り、長方形の開口部があったはずの暗闇を見つめた。走り寄って扉の取っ手が見つかるまで手探りした。取っ手を上げて扉を押し開けようとしたが動かなかった。

「いったいどういうことだ？」彼はつぶやき、もう一度試した。無駄だった。今度は扉をたたいて叫んだ。「おーい！　だれかいるか？　おーい！」

叫びは静寂に迎えられ、キャムはもう一度扉をたたきながらさらに大きな声でどなったが、扉がいきなり開いて彼に解放の光を浴びせることはなかった。中断し、うしろにさがって、もう一度試そうかと思ったが、実際だれにも聞こえないはずだった。夏のあいだ厨房の働き手たちは、一日料理したあとの厨房に残っている熱気を避けるため、ほかの召使いたちとともに大広間で眠る。長くて広い厨房の奥に部屋を持っているコック以外の全員が。だが、コックはいったん眠ったら梃子《てこ》でも起きないことで知られている。おそらく夜に深酒をするせいだろう、とキャムは思っていた。コックが仕事以外の時間に何をしようとキャムの知ったことではなかったし、いつもならなんの問題もなかった。だが今は、貯蔵室に閉じこめられて、外に出してくれる人間を必要としている今は問題だ……それなのにコックは当てにならない。

キャムはため息をついて床の上にゆっくりと座り、背中を棚にもたせかけた。厨房の働き手たちが起きて仕事をはじめれば、まちがいなく注意を引くことができるはずなので、外に出られるだろう。だがそれまではここに閉じこめられることになりそうだ……つまり、朝が来るまえにジョーンが目覚めても、そばにいてやれないということだ。

そこではたと気づいた。扉が閉まった衝撃でかんぬきがかかることはありうるが、扉がひとりでに閉まるはずはない。だれかが彼をここに閉じこめ、おそらくはかんぬきもかけたのだ。わざと。なぜだろう?

フィノラならやりそうだと思った。キャムを誘惑して婚姻を無効にさせ、代わりに自分と結婚させるという計画が失敗して、当然ながら彼女は怒っていた。さっき彼に言われたこともおもしろくなかったはずだ。そして、城じゅうの人びとが眠っていたのに、彼女が起きていたことをキャムは知っている。

石の床を指先でたたきはじめながら考えた。これが単なるフィノラの復讐なら、このまま不問にして彼女を送り返す手配をし、出発させればいいことだ。だが、それは彼女がほかに何もしていない場合にかぎる。心配なのはそこだった。彼女にはほかに何ができるだろう？もうしているのではないか？

キャムはしばらくあれこれ考えた。ジョーンと四人の娘たちは、ジョーンのゴブレットからリンゴ酒を飲んで具合が悪くなった。みんなと同じ水差しから注いだリンゴ酒をだ。つまり、ジョーンの飲み物が注がれるまえに、だれかがゴブレットに何かを入れたか、注いだあとに入れたということになる。あれはフィノラのしわざだったのか？　自分にとってじゃまなジョーンを消そうとしたのか？　もしそうなら、ジョーンがひとりで、意識もなく、まったく無力な状態でいる今、フィノラは何をするだろう？

ジョーンに何かあれば彼が振り向いてくれるという希望をフィノラがまだ持っているとは思わないが、あの性悪女なら卑劣なことをしかねない。彼を傷つけるためにジョーンを傷つけるだろうか？　とにかくあの女は油断できない。

勢いよく立ちあがり、手探りで扉に近づいて、また扉をたたきながらどなりはじめた。つぎに何歩かあとずさり、扉に向かって体当たりをした。

14

「ああ、若奥さま！　お目覚めになったんですね！」

ジョーンは窓から振り向き、侍女のジニーに無理やり笑みを浮かべてみせた。「ええ。起きたわ。それで、なんとしても服が必要なのよ、ジニー。昨日着ていたドレスがまだ日光浴室にあると思うんだけど……」しだいに声が小さくなる。ジニーが両手を上げ、掲げているドレスに注意を引き寄せたからだ。それは前日ジョーンが試着に行ったとき着ていたものだった。「持ってきてくれたのね」

「はい」侍女は笑みを浮かべて女主人のまえに進み出た。「侍女のひとりが昨夜奥さまの部屋に持ってきたので、階下《した》に持っていってしわ伸ばしをしておきました。新品同様に見えますよ」

「ええ、そうね」ジョーンはつぶやき、侍女に近づいてドレスに触れた。これもアネラのドレスだ。これがあってありがたかった。あの赤と金のドレスを着ることは二度とないだろう……たとえフィノラが返してくれたとしても。だがまだ返してもらっていない。それを言うなら夫も返してもらっていなかった。

ジョーンは目を覚ましたまま横たわり、ひと晩じゅう待っていたのだ。夫婦の部屋となったここにキャムが戻ってきたとして、そのときなんと言えばいいか、何をすればいいかはわからなかったが。眠っているふりをして、何も言わずにいるべきか、それとも彼が現れた瞬間に顔を平手打ちするか。だが結局、そのどちらかに決める必要はなかった。彼は戻ってこなかったのだ。

日が昇ってもまだ彼が戻らないので、ジョーンは起きて窓のそばに行き、中庭を見おろした。そこに立って城が活気づいていくのを眺めながら、なぜ自分は泣いていないのだろうと思った。泣くべきなのに、むしろ泣きたいのに。泣けばこれまでの無感覚は終わりを告げるかもしれないのに、感情の繭に閉じこめられたような感じで、目はからからに乾いたままだった。

突然ジニーがドレスを持ち去った。

「これは椅子の背に掛けて、洗面器にはいった水を持ってまいります。廊下に置いてきたんです」侍女はうれしそうに言うと、暖炉のそばの椅子のひとつにドレスを掛けた。そして扉に急ぎながら言い添えた。「奥さまが沐浴なさっているあいだに、お話しすることがたくさんあるんですよ。いろんなことが起きましたので」

ジョーンは口を引き締めた。そのうちのひとつならもう知っていた。夫が早くも自分に飽きて、フィノラに乗り換えたことを、城じゅうの人が知っているのだろうか？

「レディ・フィノラが亡くなったんです」ジニーは水を持って戻ってくると、そう告げた。

ジョーンは体をこわばらせ、ゆっくりと振り向いた。「なんですって？」

「驚きますよね」ジニーは暖炉のそばのテーブルに洗面器を置いて、ほとんど息を切らしながら言った。「今朝、階段の下で発見されたんです。階段から転げ落ちて首の骨を折ったようです。しかもあのいやな女は、あなたのドレスを着ていたんですよ！」ジニーは激怒しながら告げた。「想像できます？　レディ・アナベルは若だんなさまといっしょにあなたのドレスを脱がせたとおっしゃっています。ケンナさまがドレスを取りにきたからだそうです。なんでも、レディのひとりがケンナさまに近づいて、奥さまが目覚めるまでにほかの娘さんたちがドレスの裾を仕上げたがっていると言ったんだとか。つまり、レディ・ケンナにその話をしたのはレディ・フィノラだったんです。ほかの娘さんたちは、そんな計画などなかったと言ってます。みなさん若奥さまのことがすごく心配で、何かの裾を繕うことなど考えられなかったんですよ。まあ、レディ・フィノラは亡くなったときあのドレスを着ていたんですから、彼女がうそをついて、あなたが見てない隙にドレスを盗もうとしたのは明らかですけどね！」

ジニーはかの女性のあつかましさに思いきり顔をしかめ、さらに言った。「あたしはね、あの女《ひと》が階段から落ちたのは、盗みをしたせいで神さまに罰せられたんじゃないかと思っているんです。ええ、そうですとも」彼女は自信たっぷりにうなずいた。「神さまが罪深いあの女を罰したんですよ」

「レディ・フィノラが階段から落ちたのはいつなの？」ジョーンはきいた。頭のなかであらゆるたわごとが混ざり合っている。

ジニーは肩をすくめた。「今朝あたしが見つけたときは、石のように冷たく固くなっていましたから、夜のあいだでしょうね」

「見た人はひとりもいないの？」ジョーンはしぶしぶ尋ねた。

「はい。少なくとも見たと言いにきた人はいません」ジニーはどうでもいい様子で言うと、女主人のそばに行って、せっけんと麻布を差し出した。

「ありがとう」ジョーンはささやくと、水のはいった洗面器のそばに行って、体を洗いはじめた。

「若奥さま？」

「なあに？」ジョーンは麻布を水につけながらぼんやりと返事をした。

「シーツをおはずししましょうか？」ジニーが尋ねた。「そうしないと濡れてしまいます」

「ああ、そうね」ジョーンは起きてからずっと体に巻いていたシーツをはずして、侍女にわたすと、眉をひそめてまた水のなかをのぞきこみながら、せっけんを泡立てはじめた。そうしているうちにライムと薬草の香りが立ちのぼってきた。ジョーンの大好きな香りだったが、ほとんど気にも留めなかった。レディ・フィノラが階段から落ちたですって？　しかも目撃者はなし？　最後に見たレディ・フィノラは、夫とキスをしていた……階段のそばで。そのあとで落ちたのだろう……だれにも、夫にさえも目撃されることなく。

ジョーンはゆっくりと首を振った。何かがとてつもなくおかしい。しかもそれはひとつではない。ジニーが言ったことをすべて思い起こして、ジョーンは思った。侍女は一気にまくしたてたあと、とくにフィノラに起こったことに興味を示していたが、今は……。

ベッドを整えているジニーのほうを向いてきいた。「みんな、わたしとほかの娘さんたちのことを心配するあまり、ドレスの裾上げができなかったと言ったわね？」

「はい」ジニーは何も考えずに言ったあと、顔を上げて女主人を見ると、驚いているのがわかった。「ああ、そうでした。若奥さまはほかの娘さんたちのことをご存じないですよね。最初に具合が悪くなられて、みなさんより先に気を失ってしまわれましたから」

「気を失った？」ジョーンは眉をひそめてきいた。侍女がなんの話をしているのかわからなかった。ドレスの試着に行ったことは思い出せたし、裾に待ち針を打つから残ってくれとたのまれたことも覚えていた。リンゴ酒とペストリーが用意され、リンゴ酒を少し飲んでから……そのあたりから記憶はいささかあいまいになる。

「はい。傷んだリンゴ酒を飲まれて、全部で五人が具合を悪くされたんです」ジニーは心配そうな表情で説明した。「覚えていないんですか？」

「ええ」ジョーンはため息をついて認めたが、目覚めたとき頭痛がしていた理由はわかった。幸い、そのあと頭痛は自然に消えていた。

ジニーはそれを聞いて眉をひそめた。そのとき、ノックの音がして、侍女は扉のほうを見た。ベッドから体を起こし、扉のところに行って開けると、おじぎをしてすばやく脇にのく。はいってきたのはレディ・アナベルだった。

「まあ、起きていたのね」叔母はびっくりした様子で、空のベッドを見やると不機嫌そうに顔をしかめた。「キャムはどこ？　あなたが目覚めたとき、どうして知らせてくれなかったのかしら？　そうするって約束したのに。今だって、彼がずっとあなたのそばについているだろうと思ってここに来たのよ。彼はどこなの？」

「わかりません」ジョーンは静かに言った。洗面器の水に向き直り、ドレスを着るために急いで沐浴をすませた。叔母にはもう何度も裸を見られているが、だからといって気楽に裸体をさらせることにはならない。

「わからない？」アナベルは驚いてきき返し、眉をひそめた。「目が覚めたとき、彼はここにいなかったの？」

ジョーンは首を振ったが、夫が夜の半ばすぎからいなかったことは言わなかった。

「それは変ね。キャムはとてもあなたを心配していたのよ。わたしといっしょに何時間もあなたの枕もとに座っていたのだけれど、あとはひとりで大丈夫だと言って。夕食もとらなかったわ」

ジョーンは何も言わなかったが、この知らせに困惑は増すばかりだった。キャムが心配していた？　叔母といっしょに何時間も座っていたあとで、部屋を出てフィノラとキスしたっていうの？　まあ、厳密に言えば、フィノラが彼にキスしていたんだと思うけど……今フィノラは死んでいて、彼は部屋に戻ってきていない。いったい彼はどこにいるの？　フィノラが階段から落ちたことと、彼は何か関係があるの？

彼女は自分の考えにあきれて目をまわした。彼がフィノラといちゃつくために出ていったのだと考えて何時間もすごしたあと、今度はあの女性を殺したのではと心配しているなんて。ジョーンはひどく混乱していた。

「リンゴ酒が傷んでいたことをお話ししたんですが、若奥さまは具合が悪くなったことを覚えていらっしゃらなくて」ジニーが突然言った。いかにも心配そうな声だ。

「そうなの？」レディ・アナベルが尋ねた。それほど心配そうな様子ではなかったが、ジョーンはその声に懸念を聞き取った。

「ええ」ジョーンは認め、麻布を洗面器のなかに落として、ドレスを手にした。すぐさまジニーがそばに飛んできて、着るのに手を貸した。

「若奥さま、椅子に座ってください。お髪《ぐし》を整えますので」胴着のひもを結び終えると、ジニーはそう言ってブラシを取りにいった。

「わたしがやるわ、ジニー。ジョーンと話がしたいから」レディ・アナベルが静かに言った。「あなたは朝食をとりにいったら?」

ジニーはためらい、ジョーンのほうを見た。

「いいわよ。行ってちょうだい」ジョーンはうなずいて言った。

ジニーはレディ・アナベルにブラシをわたし、そっと部屋から出ていった。

「座って」レディ・アナベルは暖炉のそばの椅子を示して明るく言った。

ジョーンは椅子のひとつに座り、とっくに冷たくなった炉床《ろしょう》の灰を見つめた。

「リンゴ酒は傷んでいたわけではないのよ」ジョーンの髪にブラシをすべらせながら、アナベルが告げた。「うわさ話を避けるために、召使いにはそう言ってあるの」

ジョーンは驚いて眉を上げた。「ではなんだったのですか?」

「よくわからないけれど、あなたのゴブレットにだけ何かがはいっていたようなの」叔母は言った。

「わたしの?」ジョーンは驚いてきき返した。「それならどうしてほかの娘さんたちが……」

そこまで言って、ミュアラインにゴブレットを勧めたことを思い出した。

「そう。あなたたち五人はあなたのゴブレットから飲んだ。あなたはふた口飲んで、ミュアラインにわたした。彼女が気を失いそうだったから、あなたが飲むように勧めたということだったわ」ジョーンが思い出したことに気づかずに、叔母は説明した。「あなたたちふたりが苦いと言ったので、ほかのお嬢さんたちも味見をした。みんなはひと口ずつ飲んだ。あなたはふた口飲んだ。飲んだあと全員が気を失ったけれど、あなたはみんなより長く気を失っていた。ほかのお嬢さんたちは夕食までに気がついたのよ」

「わたしたちは毒を盛られたんですか？」ジョーンは静かにきいた。

「そのようね」アナベルは言った。そして眉をひそめた。「でも、飲み物に何がはいっていたにしろ、目的はあなたを殺すことでも、あるいはただ病気にすることでもなかったんじゃないかしら。だって、結局みんなたいしたことなかったわけでしょう。もしかしたら、しばらくあなたを眠らせておきたかっただけなのかもしれない、という気がしてきたの。でも……」

「でも？」口ごもった叔母に、ジョーンはたずねた。

「でも今、レディ・フィノラが死んだ」アナベルはため息をついて言った。

「彼女が死んだのは事故だと思います。ジニーがそう言っていました」ジョーンは膝に置いた両手を見ながら落ちついて言った。

「ほとんどの人たちはそう思っているみたいね」アナベルは同意した。

「でもあなたはちがうんですか？」

「みんなが寝静まったあとまでレディ・フィノラが起きていて、ドレス姿で城のなかを歩き回っていたなんて妙だわ」

ジョーンはうつむいた。あの時間、彼女が何をしていたか、自分は正確に知っている……彼女はわたしの夫とキスをしていた。ほかに何をしていたのかは知らないけれど。だが、口には出さなかった。

「それに」叔母はつづけた。「レディ・フィノラが見つかったあと、彼女の部屋に行ってみたら、ろうそくの燭台がひとつしかなかったの。わたしたちの部屋にはふたつあるわ。ろうそくが一本はいった燭台がベッドの両側にひとつずつ。レディ・シンクレアにきいたら、フィノラの部屋にもふたつあるはずだって言うの。でも実際はひとつしかない。彼女の遺体のそばでも階段でも燭台は見つからなかった」

ジョーンはゆっくりと顔を上げた。ろうそくを持ったフィノラが、廊下でキャムに近づいていったのをはっきりと覚えていた。「階段の上はどうでした？」

「なかったわ」

ジョーンは唇をかんだ。「彼女はだれかに襲われたと思うんですか？」

「いいえ」髪の上でブラシが止まり、叔母は申し訳なさそうに言った。「だれかがあなたを傷つけようとしているんじゃないかと思うの」

「なんですって？」ジョーンは悲鳴じみた声をあげ、椅子の上で体をひねって叔母を見た。「でも、リンゴ酒で具合が悪くなった人は五人もいるんですよ。それに、あのときレディ・フィノラは――」

「その五人はあなたのリンゴ酒を飲んで具合が悪くなったのよ」アナベルは重々しく指摘した。「それに、レディ・フィノラはあなたのドレスを着ていた」

ジョーンはぼんやりと叔母を見つめた。頭のなかではさまざまな考えがぐるぐるしていた。ジョーンのリンゴ酒を飲んだ全員の具合が悪くなったということは、だれかが彼女に毒を盛ったということだ。フィノラが彼女のドレスを着ていたのは、彼女自身が見ている。キャムもまちがいなく見ているはずだが、だれか別の人物に押されてフィノラが階段から落ちたのだとしたら……とにかく、最初にフィノラを見たとき、彼女は低い位置で体から離してろうそくを持っており、顔は闇のなかに隠れていた。それに、あの赤と金色のドレスを着ていたのだから、だれかがフィノラをジョーンとまちがえることはありうる。

だが、最後に見たとき、フィノラはキャムといっしょだった、とやはり考えてしまう。あのとき彼女はろうそくを持っていた。だが今ろうそくは消えてしまった。そればかりか――

「夫をさがさないと」ジョーンは突然そう言って立ちあがった。

「でも髪がまだ結えていないわ」叔母が抗議した。

ジョーンはさっと振り返り、顔をしかめてきいた。「レディはいつも髪を頭の上で鳥の巣みたいにまとめないといけないんですか？　頭が痛くなるんですけど」

「あら、ごめんなさいね。言ってくれればよかったのに。きっときつく引っぱりすぎたんだわ。あるいは、あなたが髪を上げるのに慣れていないだけなのかもしれないけれど」彼女は顔をしかめて認めた。「でも、レディはいつも髪を上げるものなのよ、ジョーン。とくに、結婚したあとはね」

ジョーンはためらったあと、あきらめの小さなため息をついて、また椅子に腰をおろした。既婚のレディが髪を上げなければならないなら、自分もそうしなければならないのだろう。今ではレディということになっているのだから。

「今日は少しゆるめに結ってみましょうね」アナベルが安心させるように言った。「それでうまくいくか、様子を見ましょう」


「おい、キャム」

だれかに肩を揺すられ、キャムはびくっとして目を覚ました。自分を見おろしながら立つ男を、目を開けてぼんやりと見た。「父上?」

「そうだ。いったいどうしたんだ、貯蔵室で眠っているなんて?」

キャムはあわてて立ちあがろうとした。「ジョーン」

「彼女は無事だ。意識も戻った」

父の背後に目をやると、六人の召使いたちが貯蔵室をのぞきこんでいた。そのなかに妻の侍女ジニーがいることに気づいたのは、彼女がこうつづけたからだった。「今はレディ・アナベルが若奥さまのお髪を整えてさしあげています」

「ありがとう、ジニー」キャムは弱々しく言った。扉に体当たりをし、何時間にも思えるほど長いこと叫んだあとで、声が出なくなってきたのでやっと助けを呼ぶのをあきらめたのだ。そのあとは座って待った。のどが回復したら、もう一度だれかの注意を引けるかやってみるつもりだった。だが、棚に寄りかかって眠りこんでしまったのだ。

「いったいどうしてここで眠っていたんだ?」父は先ほどと同じ質問をした。

キャムは顔をしかめ、背中の凝りをとろうと背筋を伸ばした。「新しいろうそくを取りにおりてきて、だれかに扉を閉められたんです。扉をたたいて叫んだけれど、みんな眠っていて」

「いつの話だ?」父が鋭く尋ねた。

キャムは肩をすくめた。「深夜です。大広間の暖炉も消えかけていました」

「階段の下で、レディ・マクファーランドの体につまずきはしなかったんだな?」

「なんですって?」キャムは当惑してきき返した。

「気にしなくていい。レディ・フィノラはそのあとで転んだのだろう」シンクレアの領主はひとり言のようにつぶやいた。「そんな時間に彼女は起きて何をしていたのだろう?」

「レディ・フィノラが転んだ?」キャムは驚いてきいた。

「そうだ。階段から落ちて首の骨を折った」父はため息をついて言うと、肩をすくめた。

「ほかの娘さんではなく、彼女でよかったよ。こんなことを言うのはしのびないが、マクファーランド家も娘の死を悼《いた》みはしないだろう」顔をしかめて付け加える。「実際、そんな人間はひとりもいない気がするよ」

「そうですね」キャムは重々しく同意した。あの女は彼の知るかぎり、およそだれかに慕われるということがなかった。彼女が死んだと聞いて気の毒に思うべきなのだろうが、もう彼女にわずらわされないと思うと、それほど悪くない気がした。

「さあ、来なさい。こんなところで夜を明かしたのだから、まずは朝食だ」と父は言って、息子を扉に向かわせた。

キャムはうなずいたが、まずは昨夜の目的であるろうそくを取ろうと向きを変えた。

「あたしがお持ちします」彼が扉まで来ると、ジニーがまえに進み出て言った。

「いいから、その娘にわたしなさい」父が言った。「マクファーランド家への手紙をだれに届けさせるか話し合わなければ。この手の知らせにただの伝令を使うわけにもいくまい」

キャムはため息をつき、しぶしぶろうそくをジニーにわたして、父のあとから大広間のテーブルに向かった。父とともにテーブルにつこうとして、不意にあたりを見まわしたキャムは、階段に向かうジニーを見つけて呼んだ。

「ジョーンは元気だとおまえは言ったが、どのくらい元気なんだ?」彼はそばに来た侍女に尋ねた。

ジニーは少し考えてから肩をすくめた。「もうすっかりお元気そうです」

「おれと馬で出かけられるぐらい元気か?」キャムはきいた。

ジニーはうなずいた。「そう思います」

「ありがとう」キャムはつぶやき、テーブルについた。昨夜レディ・マッケイに言われたことを忘れてはいなかった。城からも、城の人びとからも離れたところで、妻と話をする必要があった。乗馬のレッスンを口実に使って彼女を連れ出し、言わなければならないことを言うのだ。

「なんだかひどくおとなしいわね、ジョーン。何を考えているの?」アナベルがジョーンの髪を編みながらきいた。

ジョーンは迷った末に、思いきって言った。「彼女はろうそくを持っていました」

「えっ?」アナベルは腰を折り、上体をひねってジョーンの顔を見た。「だれが?」

「フィノラです」ジョーンは唇をかみながら認めた。

アナベルは編んでいた髪を取りおとし、姪の顔を見て話をするためにまえにまわった。

「昨夜のこと?」

ジョーンはうなずいた。

「昨夜彼女を見たの?」アナベルはゆっくりときいた。お互いを理解していると確認するかのように。

「はい。昨夜彼女を見ました」ジョーンは力なく言って頭をたれた。「目が覚めたらひとりでした。ろうそくが消えそうなのに、着るものがありませんでした。わたしはシーツを体に巻いて廊下をのぞいてみました。通りかかった召使いを呼んで、ろうそくを持ってきてもらおうと思ったのですが、廊下はほとんど真っ暗で、みんな寝静まっているようでした……そのとき、階段のそばに立っている人が見えました」

「フィノラね？」アナベルが推測した。

「いいえ。その人は闇のなかにいて、最初はだれだかわかりませんでした。すると、ろうそくの光が廊下の奥のほうから階段に向かってきたんです」

「それがろうそくを持ったフィノラだったと？」アナベルが口をつぐんだジョーンをせかした。

ジョーンはため息をついてうなずいた。

「階段のそばにいたのはだれだったの？」アナベルはきいた。

「キャムです」とささやいたあと、ジョーンは急いで言った。「フィノラがろうそくを掲げたので、彼女だということと、わたしのドレスを着ていることがわかりました。そして彼女は——彼女はキャムにキスしました」ついに言ってしまった。その声は割れていた。

「ああ、ジョーン」アナベルはつぶやき、かがみこんでジョーンを抱いた。なだめるように背中をさすりながら尋ねる。「それで、彼はどうしたの？」

ジョーンは首を振って打ち明けた。「見ませんでした。わたしは扉を閉めてベッドに戻りました」体を起こしたアナベルに同情のまなざしで見つめられながら、ジョーンは咳払いをしてつづけた。「彼がベッドに戻るのを待ちましたが、戻ってこなかったので、わたしは思ったんです。ふたりはきっと……」

アナベルは手を伸ばしてジョーンの手をにぎった。

力づけようとしてくれているのがうれしくて、ジョーンは弱々しく微笑んだ。「今はどう考えればいいのかわかりません。フィノラは死んで、キャムは消えた。そしてろうそくは――」扉が開いたので、彼女はとっさに口を閉じ、急いで戸口を見た。はいってきたのはジニーだった。

「どうかしたの、ジニー?」侍女の頬が興奮で紅潮していることに気づいて、ジョーンが尋ねた。

「昨夜だれかが若だんなさまを貯蔵室に閉じこめたんです」侍女は踊りだしそうな様子でまくしたてた。

「なんですって?」ジョーンとアナベルが同時にきいた。

侍女は興奮気味にうなずいた。「驚きですよね。シンクレアの領主さまが少しまえに何かを取りに貯蔵室に行かれたところ、鍵は開いていたのに、かんぬきがおりていたそうなんです。扉を開けると、なかであなたのだんなさまが棚にもたれて眠っておられました。若だんなさまは昨夜みんなが寝静まったあと、ろうそくをさがして貯蔵室に行ったところ、背後で扉を閉められて、かんぬきをおろされてしまったそうです。扉をたたいて叫んだけれど、みんな眠っていて、だれも助けにきてくれなかったとおっしゃって」

ジョーンがアナベルを見ると、相手もこちらを見ていた。

「そうそう、これを持っていくようにと、若だんなさまにたのまれました」ジニーは運んできた何本かのろうそくを掲げた。「燭台をきれいにして、新しいろうそくを立てますね」

「彼は燭台を持っていた？」アナベルがジョーンをじっと見つめたまま不意にきいた。

「若だんなさまですか？」ジニーはきき返したあと、首を振った。「いいえ。お父上が扉を開けたとき、若だんなさまは暗闇のなかにいましたし、そばには何も見えませんでしたよ」

「ありがとう」アナベルはつぶやくと、ジョーンのうしろに戻って髪結いをつづけた。そのあいだジニーはとけた獣脂を燭台からすばやく取りのぞき、新しいろうそくを差した。

「キャムが階段の上からフィノラを押したと思ったんですか？」ジニーが部屋から出ていくやいなや、ジョーンはきいた。

「いいえ」アナベルはおだやかに答え、ジョーンが肩越しに振り返って彼女を見ると、こうつづけた。「でも、あなたがそう思ったのはわかった。だからその質問の答えが聞きたいんじゃないかと思ったの」

ジョーンはゆっくりとまえに向き直ってきいた。「ほんとうに思わなかったんですか、彼が——」

「思わなかったわ」アナベルは落ちついた様子で言った。「彼がフィノラのキスでその気になったり、キスに応えたとも思っていない。わたしはキャンベルのことを生まれたときから知っているの。どういう種類の男性かわかっている。でも、あなたは彼と知り合ってまだ数週間なのよ。彼がどんな人かはよく理解していると思うけれど、別の女性とキスしているのを見てしまったりしたら、自分が信じられなくなるのも当然よ」

ジョーンはゆっくりと息を吐いてうなずいた。実際、フィノラがキャムにキスしているのを見るまえなら、彼女が階段から落ちたことに彼が関係しているとは想像もしなかっただろう。見たあとでさえ、彼にそんなことができるとは信じていなかったと思う。だから、貯蔵室で見つかったキャムは燭台を持っていたかとレディ・アナベルが質問したとき、ひどく驚いたのだ。

「ジョーン?」

「はい?」ジョーンはさまざまな思いを振り切り、問いかけるように肩越しに叔母を見た。

「キャムとわたしは、あなたが目覚めるのを待ちながら、しばらくいっしょに座っていたの。はっきり言ったわけではないけれど、彼が心からあなたを思っているのはまちがいないわ。そして、あなたも彼を心から思っているのを、わたしは知っている」

「ええ」ジョーンは認めた。そしてため息をついてうつむいた。「でも、シンクレアに着いて以来、彼はほとんどわたしと口をきいていません。彼に会える唯一の時間は——」

「彼に会うために夜中にこっそり抜け出すときね?」アナベルはおもしろそうに言った。

ジョーンはさっと振り返って叔母を見た。「知っていたんですか?」

「ええ」彼女は楽しげに言った。「少なくとも、そうじゃないかと思っていたわ。夜中にあなたがこっそり出ていく目的は」

「それで、その」ジョーンはまたまえを向いた。「そのときも、キャムは何も言わないんです」

「シンクレアにいっしょに行きたくないとあなたに言われたせいで、彼は傷ついているのよ」アナベルは静かに言った。「あなたの気持ちがわからなくて、結婚を強要したせいで拒絶されるのではないかと恐れているの」

「なんですって?」彼女は驚いてまた向きを変えた。「わたしは彼のほうが——」

「わかっているわ」叔母は静かにさえぎり、ジョーンの頭にチャプレットをのせて、三つ編みにした髪をそこに編みこんでいった。「あなたたちはふたりとも、お互いのことを誤解しているようね。ちゃんと話し合って、この問題を解決する必要があるわ。もしだれかがあなたを傷つけようとしているなら、ふたりで立ち向かわなければならないのよ。あなたとキャムのあいだのこの問題は解決しておいたほうがいいわ」

「さあ、できた」アナベルはジョーンの髪を結いおえると、うしろにさがって言った。「どんな感じ？」

「それほどきつくありません」ジョーンは言った。

「頭痛の問題はこれで片づくといいけれど」アナベルはため息をついて言った。「さあ、行きましょう。階下《した》に行って朝食をとりながら、わたしたちが知っているべきことがほかにもあるかどうかさぐるのよ。こういうことはたいていつづけて起こるものだから」彼女は先にたって扉に向かいながら、冷静に付け加えた。

15

「今朝目覚めたとき、きみのそばにいなくてすまなかった」

キャムに耳もとで謝罪をささやかれ、ジョーンはあたりを見まわした。叔母と並んでテーブルについた彼女の背後に彼が立っており、気づかれずにどうやって近づいたのだろうとちょっと不思議に思った。少しまえに叔母と階下におりてきたとき、テーブルに彼の姿はなく、彼の父がキャムは弟を見送るために厩に行ったと話していた。弟は少人数のシンクレアの戦士を連れて、マクファーフンドにフィノラの死を伝えるとともに、遺体を届けにいくらしい。悲しい知らせなので、単なるクランの者よりも、領主の家族が行くべきだと考えてのことだった。ダグラスがその役目の遂行を志願したのだ。

「食事はまだだろう?」キャムが尋ねた。

「ええ、いま座ったところよ」ジョーンは答えた。

「よかった」彼は微笑みながら手を差し出した。「いっしょに来てくれ」

ジョーンはためらったが、差し出された手を取って、ベンチから立たされた。すぐに手を離されるのかと思ったら、そのまま手を引かれて城の玄関扉まで連れていかれた。それに気を取られていたせいで、階段の下で鞍をつけた二頭の馬が待っているのに気づくまで、少し時間がかかった。だが、気づくと、ぎょっとして目を見開いた。

「大丈夫だよ」キャムはすぐに言った。「おれがいっしょに乗るから」

「それならなぜ叔父と叔母がくれた雌馬もここにいるの?」ジョーンが不安そうにきく。

「雌馬はおれの鞍のうしろにつないである」キャムがやさしく指摘した。

「それはわかるけど、どうして?」

「ふたりで馬で出かけて、朝食をとりながら話をしようと思ったんだ。戻るまえに軽く乗馬のレッスンをするかもしれない」と彼は説明した。

「不安が的中したわ」彼女は悲しげに言い、その顔を見てキャムはくすっと笑った。

「大丈夫だよ」と安心させる。「ゆっくりやるから」

ジョーンは無理に笑みを浮かべてうなずき、抱きあげてもらって馬に乗った。そのうしろに彼がすばやく乗りこみ、手綱を取った。

「力を抜いて」中庭を出ると、木立に向かって空き地を進みながら、キャムは言った。「丸太みたいにガチガチになっているぞ」

「ごめんなさい」ジョーンはつぶやき、緊張を解こうとした。だがむずかしかった。緊張の原因は乗馬のレッスンへの不安だけではなかった。さっき言われた、これからする話のことも気になっていた。アナベルに言われたとおり、話し合わなければならないのはわかっていたが、話し合った結果、知ってしまうかもしれないことが怖かった。

「ジョーン、きみが目覚めたらどうしても行きたかった場所があるんだ」キャムが突然言った。「城に戻ってきみの具合が悪いと知らされたときから、きみの枕もとに座っていたが――」

「あなたがフィノラとキスしているのを見たわ」ジョーンは思いきって言った。

キャムは手綱を引いて、馬を二頭とも止まらせ、ジョーンのウェストをつかんで抱えあげると、彼女の顔が見られるように横向きに座らせた。こぶしであごを上げさせ、彼女の顔をまじめな顔でのぞきこんで言った。「おれがキスしたわけじゃない。フィノラのほうがおれにキスしたんだ」

そこで少し間をとったが、ジョーンが何も言わないので、さらにつづけた。「彼女は大胆にも不意打ちをしかけてきた。おれはすぐには反応できなかったが、彼女を押しのけて、おれは妻に充分満足しているし、盗んだドレスを着てキスを盗みとる女に興味はないと教えてやった。そのとき、いささか侮辱するような言い方をしてしまった」キャムは静かに認めた。「彼女はおれをたたこうとし、おれはその手首をつかんで警告した。もしたたいたら、たたき返してやると。そして、もうシンクレアにいてほしくないから、同行する男衆をこっちで手配して今日彼女をマクファーランドに送り返すつもりだと言いわたした。そのあと彼女を階段の上に残して、階下《した》にろうそくを取りにいった。そもそもそれをさがすために部屋から出てきたんだ。

とにかく、おれは彼女をそこに残してきたと思った」彼は突然付け加えた。「だが、彼女は階下《した》までついてきて、おれが貯蔵室にはいると扉にかんぬきをおろした」

「彼女が扉を閉めるのを見たの？」ジョーンが驚いてきいた。

「いいや。だが彼女に決まっている。ほかの者たちはみんな眠っていたのだから」キャムはそう説いたあと、眉をひそめて言った。「彼女は階上《うえ》に戻る途中で、スカートを踏むか何かしたのだろう。今朝、階段の下で死んでいるのが見つかったらしい。階段から落ちたせいで首が折れていた」

「ええ、それはわたしも聞いたわ」ジョーンは彼の言ったことを反芻しながら考えこむように言った。

ジョーンは彼を信じた。そうしたいからというだけかもしれないが、信じたのはたしかだし、彼が考えているようにフィノラは単に足を踏みはずして階段から落ちただけ、という可能性もある気がしてきた。彼女ならキャムを貯蔵室に閉じこめかねないだろう。彼女を侮辱し、拒絶した彼への仕返しにちょうどいいと思ったのかもしれない。だが、消えたろうそくと燭台については説明がつかない。

「あなたとのやり取りのあいだ、フィノラはろうそくをどこかに置いていたの？」とジョーンはきいていた。

「なんだって?」キャムはなんのことかわからないようだ。

「昨夜わたしが見た彼女はろうそくを持ってあなたに近づいたの。それなのに、今朝発見されたときは、彼女のそばにも、階段の上にもろうそくはなかった」ジョーンは説明した。

「彼女はろうそくをどこかに置いたの?」

「いいや」昨夜の出来事を思い返しているのだろう、キャムはゆっくりと言った。

「もしかしたら貯蔵室の扉を閉めるのに両手が必要だから、厨房に置いたのかもしれない」

ジョーンが言った。

「ああ。だがそこに残してはいかないだろう。階段は真っ暗だった。階上《うえ》の部屋に戻るにはろうそくが必要だったはずだ」今や眉をひそめながらキャムが指摘した。

階段の上でキャムを見つけたとき、ほとんど闇のなかに隠れていたことを思い出し、ジョーンは真剣な表情でうなずいた。フィノラが厨房にろうそくを忘れてきたのだとしても、階段まで来たら取りに戻っただろう。それはたしかだ。

「彼女のそばにろうそくがなかったのはまちがいないのか?」キャムが眉根を寄せてきいた。

「ええ。気づいたのはアナベル叔母さまよ。フィノラの部屋に行ったら、ベッド脇の燭台がひとつしかないのに気づいたんですって。わたしたちの部屋にはふたつあるから、あなたのお母さまにきいてみたそうよ。レディ・シンクレアはフィノラの部屋にもふたつあるはずだと言った。どの部屋にもふたつずつあるからと。そこでアナベル叔母さまは階段のそばを調べ、ろうそくを見なかったかときいてまわったけれど、階段のそばでも踊り場でも、だれもろうそくを見ていないの」ジョーンは説明した。「フィノラを突き落とした人がいて、その人がろうそくと燭台を持っていったのではと、おばさまは考えている」

キャムはしばらく黙っていたが、やがて顔をしかめた。「まあ、驚くようなことではないな。あの婦人は機嫌のいいときでも感じが悪かったし、ここにいるあいだ友だちも作らなかったようだ。彼女は――」

「――わたしのドレスを着ていた」ジョーンがさえぎった。

彼は鋭く妻を見た。「ああ。フィノラは、ほかの娘たちが裾を仕上げたがっているとケナに言って――」

「知ってる」ジョーンはまたさえぎった。「でも、アナベル叔母さまはそのこととリンゴ酒事件を重ね合わせて、フィノラが階段から突き落とされたのは、わたしのドレスを着ていたせいでわたしとまちがえられたからじゃないかと心配しているの」

キャムは音を立てながらゆっくりと息を吐き、鞍の上で彼女から身を引くと、背筋を伸ばしていまいましげな声をあげた。「くそっ。それは思いつかなかった」

ふたりはしばらくじっと無言で座っていた。やがてキャムがわれに返り、また馬を進ませはじめた。

「どこに向かっているの?」ジョーンがきいた。

「どこでもないよ。もう着いた」木立を抜けて空き地に出ると、彼は言った。

「まあ」ジョーンは彼が連れてきてくれた小さな空き地を見まわした。古い大木が日陰を提供し、太陽から守ってくれている場所で、空き地に沿って小さな小川が流れていた。とてもきれいなところだ。滝のような神々しさはないが、それでも美しい、とジョーンは思った。

キャムが先に馬から降り、ジョーンに手を貸して馬からおろした。

「さあ、おれたちが座る場所にこれを敷いてくれ」彼は大きな動物の毛皮をわたして指示した。

ジョーンは巻いてある毛皮を受け取り、あたりを見まわしてから空き地の中心部に行って、毛皮を広げた。敷き終えるころには、小さな袋を手にしたキャムがそこにいた。

「パンとチーズと果物を持ってきた」腰をおろして袋を開けながら彼は説明した。「革袋入りのリンゴ酒も――」彼女の顔つきに気づいて突然ことばを切り、とまどいながら言った。

「リンゴ酒はいい選択ではなかったかもしれないね」

ジョーンはかすかに笑って首を振った。「そうね。しばらくリンゴ酒はやめておくわ」

彼は微笑んでうなずき、リンゴ酒を脇にのけると、パンを半分に割って一部を彼女に差し出した。それからチーズもわたし、ふたりは食べはじめた。沈黙がおり、それがさらに広がっていくようだった。ジョーンは何か言うことを考えようとしたが、これからしなければならない会話をどのようにはじめたらいいかわからなかったし、沈黙は目に見えるほどになっていた。スコットランドに向かう旅の途中でふたりでした食事とはまったく対照的だ。あのときはひどく気軽に話し、笑い、からかい、しゃべっていた気がする。だがあのときは今とはちがう。ふたりとも自由で、あのひとときを純粋に楽しんでいた。今は結婚していて、少なくともジョーンは傷つくのを恐れている。もしかしたらキャムも同じ気持ちなのかもしれないが、事情はどうあれ、沈黙がジョーンをさいなみ、食欲に影響を及ぼしはじめたので、せっかく彼が持ってきた食べ物も、つついているだけの状態だった。

キャムをちらりと見ると、まったく同じことをしているのがわかり、やがて彼は食べ物を片づけ、すばやくしまいはじめた。袋を脇に置くと、彼女を見て咳払いをし、口を開けてまた閉じたあと、ため息をついて言った。「乗馬のレッスンをはじめようか」

いかに居心地が悪いかという証拠に、ジョーンはむしろ積極的にうなずいた。しなければならないとわかっている話し合いをするより、また壮観なほど失敗するに決まっているレッスンを受けるほうがましだった。

彼は「よし」とつぶやいて立ちあがると、自分の馬のそばに行き、彼女の馬をつないでいた綱をほどいて言った。「最初に教えなければならないのは、馬の世話をする方法だ。だがそれは城に戻ってからにしよう」

「世話をする方法って?」ジョーンはきき返した。立ちあがって彼についてきたが、今は二歩ほどうしろに立って、用心深く馬を見つめていた。馬が恐いというわけではない。だれかといっしょに馬に乗るのも、世話をするのも別に問題はないのだが、自分で制御しなければならないのだと思うと、気後れがしてしまうのだ。

「ブラシをかけてやったり、鞍をつけたり、はずしたりすることだ」手綱を持って彼女のほうを向きながら、キャムが説明した。「だが言ったように、それはまた別のときにしよう。今はまず馬の乗り降りだ」

ジョーンはそれを聞いて少し緊張を解いた。キャムがけがをしていたときはひとりで彼の馬に乗った。それならできると思ってほっとし、雌馬に近づいて鞍をつかむと、脚を上げて鐙《あぶみ》に足を掛けようとした。残念ながら、前回はドレス姿ではなかった……それにキャムの馬はじっと立っていてくれた。だが、彼女がわずかに鞍に体重をかけたとたん、雌馬は哀れっぽくいななないて移動した。

「大丈夫だ」夫は辛抱強く言った。「きみは緊張しているだろう、馬にはそれがわかるんだよ。深呼吸をひとつして、スカートを少し持ちあげて……」ジョーンがスカートをたくしあげて裾を腰に巻いた帯にはさみ、脚がほとんど腿まで丸見えになると、彼の声が消えた。

ジョーンは緊張しているわけではなかった。まえにもやったことがあるし、今度もできるはずだ。スカートがじゃまだっただけなのだ。彼女はそう決めつけ、もう一度鞍に手を伸ばした。今度はスカートにじゃまされなかったので、難なく鐙に足を入れることができたが、雌馬はまたいななないて移動し、彼女から離れようとした。ジョーンは鐙に足を掛け、弾みをつけて転げ落ちないように体を上に持ちあげながら、片脚を上げて鞍をまたぎ、腰を落とした。

世界がひっくり返った気がしたのはそのときだった。雌馬は暴れだした。ジョーンがきちんと鞍に収まるよりも先に、雌馬は恐慌をきたして叫ぶような声でいななき、うしろ脚で立った。ジョーンはまえに倒れこむと、両手で雌馬のたてがみと首につかまり、腿を締めて鞍と馬の脇腹を押さえつけ、馬が彼女を振り落とそうとしても必死でしがみついた。

雌馬は相変わらずいななきながら前脚をおろし、その衝撃でジョーンの体は痛いほど揺さぶられた。馬がまたうしろ脚で立つ。キャムの叫び声が聞こえ、持ったままだった手綱を引っぱりながら、襲いかかる蹄《ひづめ》をよけつつ、彼が馬を地面に戻そうとしているのがちらりと見えた。すると手綱が切れた。馬はまたもや骨がガタガタ音をたてそうな振動を起こしながら着地すると、今度は走りはじめ、空き地を抜けて森のなかに向かった。

ジョーンは馬にしがみついたまま目を閉じたが、脚に何かがこすれるのを感じ、すぐにまた目を開けた。背後を見て、木の幹がこすれたのだとわかった。馬があまりにも速く走るので、もう少しで——

また木のそばをかろうじて通りすぎ、ジョーンは痛みに声をあげた。さっきよりも近かったため、木の幹がこすれて脚の皮がむけていた。脚の外側から血が湧き出てくるのを見てから、まえに視線を戻した。また木が近づいているのに、雌馬はよけようともせず、まるでジョーンを傷つけたがっているように突き進んでいく。それとも、背中からこすり落とそうとしているのだろうか……今度はかなり痛いめにあいそうだった。おそらく擦り傷ではすまないだろう。脚の前面全体が木にぶつかることになる。無理にでも馬から離れないと、脚がもげてしまうか、木にぶつかってしまう。

どちらの選択肢もよさそうではなかったので、ジョーンは一か八か馬から手を離し、体を宙に投げだした。そうしながらも、遅すぎたのがわかった。だが、宙を飛びながら目を閉じることしかできなかった。馬に乗っていたときほどではないにしろ、まだ充分な勢いで、脚ではなく体の脇全体が木に激突した。

腰からまだ上げたままの腕のすぐ下あたりまでが、木の幹にぶち当たり、ジョーンは衝撃に声をあげた。そしてお腹から地面に落下し、呼吸ができなくなって、うつ伏せのまま空気を求めてあえいだ。キャムが大声で彼女の名前を呼んでいるのは聞こえたが、息を整えるのに忙しくて返事ができない。やがて、かたわらに膝をついた彼に仰向けにされた。

「ジョーン？」

仰向けになりながらした返事は、短いうめきのようだった。

「大丈夫だよ、愛しい人。大丈夫だ」彼はかがみこんでまず彼女の脇を、つぎに脚を調べ、なだめるようにつぶやいた。悪態をつくのが聞こえたが、ようやく息を吸いこめるようになったジョーンは、大量の空気を取りこむのに忙しくて、どうしたのかときけなかった。

キャムはため息をついて体を起こすと、ジョーンの手をにぎって、彼女が普通に呼吸できるようになるまでそのまま待った。呼吸が落ちつくと、彼女の手をにぎりしめ、視線を引き寄せる。「きみを抱きあげなければならない。痛いだろうし、かわいそうだとは思うが、城に連れて帰らないと」

ジョーンはうなずいた。そうしなければならないのはわかっていた。傷が癒えるまで森のなかで横たわっているわけにはいかない。これがレディになるためのレッスンが引き起こした最新の大惨事ということになるだろう。この擦り傷とあざが。それはまちがいない。息ができなくなったこともそうだ。そんなことを頭のなかでいちいち考えながら、ゆっくりと指先とつま先、両手両足、両腕と両脚を動かした。どこも骨は折れていない。だが、どこもかしこも痛いのはわかり、キャムの腕が脇に差しこまれて抱きあげられるとあまりの痛さに声が出た。

「ごめんよ、愛しい人」彼女を自分の馬まで運びながら、キャムは険しい顔で言った。

彼は自分の馬で追ってきたんだわ、とジョーンは気づき、どうしてあの雷のような蹄の音が聞こえなかったのだろうと思った。

「ほんとうにごめん」馬に近づきながら彼は繰り返した。

「いいえ、申し訳ないのはこっちよ」彼女は悲しげに言った。「レッスンなんて無駄だわ。わたしはレディとして完全に落第よ」

「いや、そんなことはない」キャムはきっぱりと言った。

「いいえ、そうよ」彼女はみじめな気持ちで言い張った。「踊れないし、歌えないし、弓矢もできない。低いテーブルに座ってはいけないことも知らなくて、フィノラにとても感じがいいとはいえない言い方で教えられてようやくわかったのよ」

「どれも気にすることはない」彼が安心させる。

「キャム」手をあげて彼の頬に触れ、自分のほうを向かせながらジョーンは言った。「ごめんなさい。わたしはあなたを愛しているけれど、あなたにふさわしい妻にはなれないわ。城の管理についての初歩的なことも知らないし、レディの心得も知らない。フィノラの言うとおりよ。わたしはあなたと家族に恥をかかせるわ。婚姻は無効にするべきよ」

彼は歩くのをやめて彼女をじっと見ていた。実際、あまりにもずっと見つめているので、発作か何かを起こしたのかとジョーンが思いはじめたとき、キャムが不思議そうに言った。

「きみがおれを愛している?」

「えっ?」彼女はわけがわからずにきき返した。

「きみはおれを愛していると言った」

ジョーンは首を振った。「いいえ、わたしは――」

「いや、言った」彼は言い張った。「わたしはあなたを愛しているけれど、あなたにふさわしい妻にはなれない。それがきみの言ったことだ。もう言わなかったことにはできないぞ。」

それに、おれもきみを愛している」

「わたし――」ジョーンは目をしばたたいた。「あなたがわたしを？」

キャムはうなずいた。「昨日、きみの看病をしているときに気づいたんだ。レディ・マッケイはきみが目覚めると言ったが、おれは彼女がまちがっていたらどうしよう、きみが目覚めなかったらどうしようとばかり考えていた。最初の妻を死なせたことで、おれは罪悪感と後悔でいっぱいだったんだ、ジョーン。だが、もしきみが死んだら、おれがどんな気持ちになるかに比べたら、最初の妻を死なせた罪悪感などたいしたことではない。おれの一部はきみとともに死に、残りの人生をきみなしですごしたいとは思わないだろう」

「でも、レディらしいことができないわたしのせいで、あなたは恥ずかしい思いをするわ。そんなことはしたくないの。あなたの家族にも恥ずかしい思いをさせたくない。わたしたちは恋人同士のままでいるほうがいいのかもしれない。婚姻は無効にして、わたしは村に移り、ときどきあなたが会いにきてくれれば――」

「ジョーン」彼は強い口調でさえぎった。「婚姻を無効にすることなどありえない。おれはきみが歌えるかも、踊れるかも、弓矢ができるかも気にしない。いずれそういうことができるようになっても、ならなくてもね。おれにはどうでもいいんだ。乗馬だって習わなくてもいい。必要なときはおれと乗ればいいんだから。北に戻る旅のあいだ、おれがきみに価値を見出したのはそういうところにではない。きみの正直さに、勇気に、そして精神に惚れたんだ。きみの聡明さが好きだ。どんなことでもともに話せて、ともに笑えるところも。きみに求めているのはそういうところなんだ。だからひどい顔でもブレー姿でもきみがほしいと思った。きみにはすべてを輝かせる内なる美と精神がある。だからおれはきみを愛しているんだ」

ジョーンは目をまるくして彼を見つめた。体じゅうが痛かった。彼の腕がけがをした側の脇にうっかり押しつけられているせいで、頭がぐるぐるして吐き気がし、この人はなんてすばらしいのだろうということしか考えられなかった。

「ジョーン、何が言ってくれ」キャムが静かに言った。

「わたし――」彼女はそこまで言うと、意識を失うまいとしてつばをのみこんだ。

「ジョーン?」彼が心配そうに問いかける。

わざとではないのだろうが、不運にも彼がまた彼女を抱く腕に力をこめたせいで、とんでもない痛みがジョーンの体を貫いた。うめき声をもらして彼女は失神した。

キャムは悪態をつきながら、馬までの最後の数歩を足早に進み、彼女を抱いたままでは馬に乗れないことに気づいてはたと立ち止まった。そうしなければならないのはしのびなかったが、彼女の体をうつ伏せの状態でそっと馬の背に掛けるように寝かせ、急いでそのうしろに乗ると、また彼女を抱きあげた。そして、膝の上に落ちつかせると、できるだけ早く城に連れ帰ろうと、馬にかかとを当てた。

空き地は城からそう遠くなかったので、行きはあっという間だった。だが、帰りの道のりはキャムにとって永遠のように思えるほど長かった。心配しているせいでそう感じるだけで、実際はそんなに時間がたっていないこともわかっていたが、門楼をくぐって内側の中庭にはいったときは心からほっとした。

城の階段脇にジョーンの雌馬がいて、キャムの父と厩番頭がなだめていた。その馬を見ると、ジョーンの心配に加えて、たちまちその獣に対する怒りが芽生えたが、雌馬のそばで手綱を引くころには、彼のなかで荒れ狂うそのほかの感情を、分別の力で抑えることができていた。

「少しまえにこの馬が戻ってきたので、捜索隊を出そうかと話し合っていたのだ」厩番頭に手綱を預けた父はそう告げ、キャムの馬に近づいて、息子が馬から降りられるようにジョーンを抱き取った。「何があった？」

「ジョーンが乗ったとたん、暴れだしたんです」キャムは地面に降り立つと、妻をまた抱き取って報告した。足を止めて雌馬のほうを見ながら言う。「この馬はどこかおかしい。厩に戻すまえによく調べてくれ」と厩番頭に指示した。

シンクレアの領主は眉をひそめた。「ここでは何かよからぬことが進行中のようだな。まずジョーンとほかの娘たちが病気になり、つぎにレディ・マクファーランドが階段から足を踏みはずし、そして今度はこれか？」彼は首を振った。「事故が多すぎるように思えるが」

息子の肩に音をたてて手を置き、父は言った。「この馬はわたしにまかせてくれ。何があったか調べる必要がある。おまえは自分の妻の面倒をみろ」

キャムはすでに階段をのぼりはじめながら、うなり声で返事をした。

キャムがジョーンを抱いて城にはいっていくと、レディ・アナベルが母とともに暖炉のそばに座っていた。ふたりの婦人たちは視線を向けて彼を認めると笑顔になったが、彼の腕にジョーンが抱かれているのに気づいて笑みは驚きに変わった。

「何があったの？」と叫んで、レディ・マッケイが椅子から立ちあがり、階段に向かうキャムに走り寄った。彼の母もすぐにそのあとを追い、キャムは母がスカートを踏まなかったことに驚いた。

「乗馬のレッスンをしていて、事故が起きたんです」キャムは静かに言った。

「頭を打ったの？」アナベルがきき、頭にこぶがないかたしかめようと、歩きながら手を伸ばした。

「ちがいます」キャムがなだめた。「脇と脚です」

レディ・マッケイはうなずいただけで、キャムより先に階段を駆けのぼった。彼がいちばん上の段に着くころには、彼女はキャムの寝室の扉を開けてなかに消えていた……それが上掛けと毛皮を引き下げるためだったのがわかったのは、少しして彼が寝室にジョーンを運び入れたときだった。

「脇を見るにはドレスを脱がせないと」彼がジョーンをベッドに寝かせると、レディ・アナベルは言った。

「手伝うわ」すぐにキャムの母が言い、息子をどかせようとした。「あなたは階下《した》に行ったら？　あとでどんな具合か知らせにいくわ、レディ・アナベルが――」

「いいえ、行きません」キャムは強い口調でさえぎった。どこにも行くつもりはなかった。

「そう、それなら暖炉のそばに行って座っていなさい」母はいらいらしながら言った。「ここにいたらじゃまよ」

キャムはベッドの足もとのほうに退却したが、彼が行ってもいいと思うのはそこまでだった。そこにいれば、ふたりの婦人たちがすばやく効率的に妻の衣服を脱がすあいだ、母の肩越しにのぞこうとして跳ねまわらなくてもすべてを見ることができた。ふたりはドレスとその下のチュニックを脱がし、けがをしていないほうの側を下にして、腕を上げさせ、脇を調べた。けがをしたのはどちらの側かときかれもしなかったが、キャムは驚かなかった。脚の擦り傷は手ほどの大きさで、今や盛大に出血していたからだ。脇のけがについては、すでに現れつつあるあざを見て顔をしかめ、歯を食いしばった。あざは腕のすぐ下から腰のあたりまでと、広い範囲にわたっており、いずれ真っ黒になるだろうということがわかった。

ジョーンの叔母はすばやく一度だけ見たあと、体を起こし、ベッドをまわって扉に向かいはじめた。「水と麻布、包帯、それにわたしの薬が必要だわ」

「全部わたしが持ってくるわ」キャムの母がそう言って、アナベルに戻るよう手招きした。

「あなたはここにいてちょうだい。何をすべきかはあなたのほうがよく知っているのだから」

アナベルはうなずいて、ベッドのかたわらに戻ると、かがみこんでジョーンのけがをしたほうの脇に沿って両手を這わせた。肋骨が折れていないか調べているのだろう、とキャムは思った。「馬に振り落とされたの?」

「ええ、そうだと思います」キャムは答えた。実際は木に激突するのを避けるために、馬から飛び降りたように見えたが。

「地面にぶつかったわけではないようね」現れつつあるあざを調べながら、アナベルはつぶやいた。

「はい。木にぶつかったんです」彼は認めた。

「脚も?」広範囲にわたる擦り傷に目を移してアナベルはきいた。

「馬はまず、別の木で彼女をこすり落とそうとしたんです」

「それならよく洗う必要があるわね」アナベルはため息まじりに言うと、首を振りながら上体を起こした。「ジョーンはずいぶんがんばっているけれど、レディになるためのレッスンは彼女をみじめにするばかりね」

「ジョーンにそんなものは必要ありません。歌やダンスができるかどうかなど、ぼくは気にしない」キャムは怒ったように言った。「歌やダンスができる娘がよければ、そういう娘と結婚していたでしょう。でもぼくは彼女がいいんです。このばかな娘の意識が戻ったら、もう一度そう言ってやりますよ。婚姻を無効になどしないと」

「婚姻無効ですって？」驚いているような声が聞こえ、キャムが寝室の戸口を見ると、召使いたちを数人引きつれた彼の母が、恐怖の表情を浮かべて立ち尽くしていた。「わたしは許しませんよ。婚姻を無効にするだなんて、いったいだれが言ったの？」

「ジョーンです」彼は怖い声で言った。「自分には歌やダンスや、そういったばかばかしいことができないから、ぼくに恥ずかしい思いをさせるのではと心配しているんです」

「まあ、それはたしかにばかばかしいわ」母は部屋にはいってきながら不機嫌そうに言った。「全部フィノラのせいよ。このあいだの朝、ジョーンが朝食をとろうとして低いテーブルについたとき、フィノラが非難したの。そのときフィノラはたしかに言ったわ。婚姻は無効にするべきだと」

「あなたはそれを聞いたの？」レディ・アナベルが驚いてきいた。

「ええ。コックに伝えることがあって厨房にいたの。そこに行く途中、テーブルにいるジョーンを見かけた。高いテーブルのことを説明して、移動させるべきだと思ったけれど、彼女に恥ずかしい思いをさせたくなかったから何も言わなかったのよ」彼女はため息をついて首を振った。「もしわたしが教えていれば、フィノラの攻撃に辱められることにはならなかったのに」

「フィノラは彼女を攻撃したんですか？」キャムが険しい顔で尋ねた。あのいやな女がまだ生きていて、自分がそののどを締めあげてやるつもりでいるかのように、ささやき声で。

「いいえ、こぶしで攻撃したとか、そういうわけじゃないの」母がすぐに言った。「あの人はとにかくほんとうに残酷で、ジョーンを無知呼ばわりし、家族全員の恥さらしだと言ったのよ」彼女はレディ・マッケイのほうを見て言った。「わたしが割ってはいろうとしたとき、階段からおりてくるあなたが見えたの。あなたがその状況をうまく収めることはわかっていたし、ジョーンもわたしではなくあなたに言われたほうが気まずくないかもしれないと思った。それでわたしは厨房の扉をそっと閉め、終わったと思うまで待ったの」

ジョーンを見やった彼女の口もとに、やわらかな笑みが浮かんだ。「あなたに恥をかかせないために婚姻を無効にしようというなら、彼女はあなたを愛しているのよ。わたしはあなたの嫁をさがしつづけてきたけれど、あなたは自分で見つけた。妻を、そしてそれ以上のものを。あなたを愛し、幸せにしようとするパートナーを」そして口もとを引き締める。「婚姻は無効にしません」

「ええ、もちろんです」キャムは重々しく言った。

「いったいどれだけ時間がかかるんだ、バーナス?」アルテア・シンクレアが突然戸口に現れて文句を言った。「キャムをよこしてくれるはずでは――なんだこれは!」キャムの父はジョーンに気づいてどなった。「彼女に何をした? 松やにでも塗ったのか?」

「キャム、父上が廊下にいて、あなたに話があるそうよ」戸口からジョーンが見えないように移動しながら、レディ・シンクレアは落ちついて言った。

キャムは思わず笑い声をあげ、母に近寄って頰にキスをした。「ありがとう」とまじめくさって言ったあと、父を促して廊下に出た。

「ずいぶんとひどいな」アルテア・シンクレアは暗い表情で言った。

「ええ」キャムはため息をついて同意した。

「ところで、理由についてなんだが」父は暗い顔つきのまま、小さな物体を掲げて言った。

「雌馬の鞍のなかにこれを見つけた」

「なんです？」キャムはその小さな剣を受け取りながら尋ねた。

「帽子用のピン《ハットピン》だ」父は険しい顔で言った。「一度おまえの母のために行商人から買ったことがあって、たまたま知っていた」

「これが雌馬の鞍のなかに？」

「ああ、鞍の下側に設置されていて、体重をかけると馬の背中に刺さるようになっていた」

「それでジョーンが馬に乗ったとき……」

「馬はピンで刺され、必死で彼女を落とそうとした」父は淡々と言った。

「それで、これは母上のものなんですか？」キャムは信じられずに尋ねた。

「いや。彼女のものとは柄の形がちがう」すぐにそう言ったあと、父は眉をひそめ、先ほど水や麻布を運んできて、いま部屋から出ていこうとしている召使いたちを通すために脇に寄った。使用人たちが急いで通りすぎ、階下に向かいはじめると、父はつづけた。「だがわたしはこれをおまえの母に見せた。わたしが厨房に行くと、彼女が出てくるところだったのだ。レディ・マクファーランドがちょうど同じようなものを持っていたということだった」

「フィノラが」キャムはつぶやいた。

アルテア・シンクレアはうなずいた。「そして、犯人が彼女でないことはわかっている」

「ええ。彼女ということはありえない。ジョーンを傷つけたのは別の人間だ」

アルテアは落胆のため息をついた。「どうやら事故ではないようだな。おまえの母はレディ・マッケイを手伝って、リンゴ酒のせいで具合を悪くした令嬢たちの世話をしたが、異物が入れられていたのはジョーンのリンゴ酒だったと言っていた。そして、ジニーは厨房から出てレディ・フィノラを見つけたとき、ジョーンのドレスを着ていたと証言した」彼はかすかに微笑んでつづけた。「彼女は死んだのがフィノラだったということより、ジョーンのドレスを着て死んでいたことに動揺していたよ」首を振りながら、キャムが持っているハットピンを示してさらに言った。「そして今度はこれだ」

アルテアはため息をつき、片手で髪をかきあげて首を振った。「ジョーンがよくなるまで、おまえの部屋の扉を警護する者たちを手配しよう。彼女が起きて出歩けるようになったら、どこへ行くにも彼らに同行させる。この問題が解決するまではな。おまえさえよければだが」と付け加える。

「お願いします」とキャムは言った。ジョーンに警護をつけてもらえるのはありがたかった。

父はうなずき、顔をそむけた。「では、妻のもとに戻れ。まめに容体を知らせてくれ」

「わかりました」キャムはつぶやき、向きを変えてそっと寝室に戻った。

彼が部屋にはいっていくと、母とレディ・アナベルは上掛けと毛皮でジョーンを覆ってい

るところだった。レディ・アナベルは彼を見て上体を起こし、こう告げた。「傷はできるか

ぎりきれいにしたわ。あざには早く治るように軟膏を塗っておいた。あとは待つしかないわ

ね」

「彼女はぼくが見ています。おふたりはやっていたことに戻ってください」ベッドに近づい

て妻を見おろしながら、キャムは急いで言った。

「ほんとうにいいの？」レディ・アナベルが尋ねた。「わたしはここに座っていてもかまわ

ないのよ」

「いいえ。行ってください。ぼくなら大丈夫です」彼はそう言って安心させた。

アナベルはためらったが、やがてうなずくと、自分の持ち物をまとめはじめた。

ふたりが部屋から出ていってから、キャムはジョーンを見おろした。そして武器とプレー

ドをはずし、妻を覆っている毛皮を持ちあげて、隣にもぐりこんだ。また彼女を見守りなが

ら待つことになるなら、心地よいベッドのなかから見守ることにしよう……彼女を腕に抱い

て。そう決意し、ジョーンの腕をつかんで引き寄せ、自分の胸にもたれさせた。今度こそ、

妻が目覚めて最初に目にするのは彼になるはずだ。

16

目を開けたジョーンは、眠っている夫の顔を見ていることに気づいた。たちまち口もとに笑みが浮かぶ。これこそマッケイに向かう旅の途中、目覚めに何度も目にした光景であり、彼女は毎回それを楽しんだ。眠っているキャムは若く、悩みがないように見え、とても獰猛《どうもう》な戦士や、笑い転げる友や、誘惑に長《た》けた恋人には見えなかった。起きているときはそのどれにもなりうるのに。キャンベル・シンクレアはいくつもの顔を持っていた。そしてジョーンはそのどれもが好きだった。彼女が愛していない面など、夫にはひとつもなかった。

そしてキャムは愛していると言ってくれた。ジョーンはそれを思い出し、しばし目を閉じた。キャムはわたしを愛している。そう思うとなんだかわくわくして、歓喜の叫びをあげたくなったが、そんなことをして彼を起こしたくはなかった。

「キャムはわたしを愛している」と不思議な気分でささやいてみた。

結婚した日に叔母にも同じことを言われたが、ジョーンはその考えを受け流した。おそらく受け入れる心がまえができていなかったのだろう。あるいは、受け入れるのが怖かったの向こうが愛してくれなかったら……そのために被《こうむ》る苦しみはは計り知れないと知っていたからだ。

ジョーンはため息をつき、目を開けてもう一度彼を見つめた。笑みがゆっくりと消えていく。これでもう、当初の情熱が冷え、本物のレディなら仕込まれているはずのことが何ひとつできない妻をうとましく感じるようになれば、彼の愛は消えていくのだと思うことしかできなくなってしまった。

それは気の滅入る考えで、すぐにも押しやってしまいたかったが、ジョーンはそれを自分に許さなかった。代わりに、そうなるのを避ける方法を考えはじめた。婚姻を無効にされたくはなかった。キャムを愛していたし、彼の妻でいたかった。彼に必要とされ、期待される妻になることを学ばなければならなかった。たゆまず懸命に励めば、あらんかぎりの努力をつぎこめば、歌やダンスはもちろん弓矢や乗馬もいつかはできるようになるだろうか？　時間さえあればなんとかなる、とジョーンはひとりごちた。そして、その時間を確保するための最良の方法は、数々の技術を身につけるまで、自分に対する彼の欲望をたぎらせつづけるようにすることだ、と心に刻んだ。

計画はひとつしかない、とジョーンは苦々しく思った。婚姻を無効にされないための計画は。それでも何もないよりはましだと思い、いつはじめるのがいいだろうかとじっくり考えた。

答えは明らかだった。ふたりはすでにベッドのなかにいて、キャムはシャツこそ着ているが、ブレードをつけている様子はない。ジョーンはふたりを覆っている上掛けと毛皮を押しさげていき、腰のあたりで手を止めて、今朝自分が被ったけがの程度を確認した。ひどい。思わず驚愕した。脇は黒と青と赤い部分だらけになっていた。あざはまだ完全に姿を現してはいないようだが、歯なしにやられたあとの顔と同じくらいひどくなりそうなことが早くもわかった。だが痛みはそれほどでもないはずだ。少なくともそうであってほしかった。殴られたあとは、しゃべったり、顔をしかめたり、無意識に顔に手をやってしまったりするたびに、とてつもなく痛かった。脇に関してはそういう問題は起こらないだろう。ゆったりした服を着て、何かにぶつかったり、触れたりしないかぎり。

ため息をつきながら、シーツと毛皮をすっかりはいでしまうと、顔をしかめながらゆっくりと膝立ちになった。動くことはそれほどつらくなかったが、まったく痛みがないというわけでもなかった。でもがまんしなくちゃと思い、あたりを見まわして、ベッド脇のテーブルに軟膏の壺《つぼ》があるのを見つけた。

身を乗り出してそれを取り、鼻まで持ちあげてにおいをかいでみたところ、なんのにおいかわかって笑みが浮かんだ。痛み止めの軟膏だ。キャムが彼女を連れて帰ってきたとき、叔母が調合したものにちがいない。おそらくもう塗ってくれたのだろうが、どれくらいまえだったのかわからない。結局、別に問題はないと判断した。もっと塗っても悪いことはないだろう。

ジョーンは軟膏を指ですくい、すばやく脇に塗りはじめたが、あざに触れるたびにひるんだ。そうね、触れるのは避けたほうがよさそうだわ、と思って暗い気分になり、塗り終えるとほっとした。

小さな壺をテーブルに戻し、キャムに向き直った。シャツはまだ着ているものの、プレードは望んだとおりつけていなかった。それに気づいたちょうどそのとき、彼がむにゃむにゃとつぶやいて寝返りを打ち、仰向けになった。

たちまちジョーンの口もとに小さな笑みが浮かんだ。これからしようとしていることにうってつけの体勢だ。


キャムはすばらしい夢を見ていた。彼とジョーンは、北に向かう途中で野営をした滝のそばにいた。プレードの上に仰向けに横たわった彼の上にジョーンがかがみこみ、長い髪で腹をくすぐりながら、彼のシャツを胸まで押しあげている。

「あなたの体が大好き」彼女はキャムの肌に熱く息を吹きかけながらささやき、肋骨から胸の上部へと両手をすべらせて、シャツをあごと腕の下まで押しあげた。

「うーん」彼女は微笑みながらつぶやくと、かがみこんでからかうように乳首をなめた。

キャムはからかう彼女に微笑みかけ、キスをするために髪のなかに手をすべらせて彼女の体を引きあげようとしたが、彼女は触れられるのを避けてさらに下に移動したので、髪がまた彼の腹部をたどっておりていき、腰骨をすべるように越えていった。やがて彼女は動きを止め、揺れながらいきり立っているものをじっと見つめた。

「ここにあるのは何かしら？」ジョーンはささやき、いたずらっぽい大きな目で彼を見あげたあと、さっと舌をすべらせた。今度は固くなったものの先端まで、すばやくひとなめする。キャムはうめきながらもう一度手を伸ばした。今度はなんとか髪に指をすべらせることができたが、男のしるしをつかまれてそっとにぎられると、すぐに動きを止め、そのまま頭をつかんで声をあげた。

ジョーンはまたキャムを見あげ、厳然と微笑むと、こうつぶやいた。「愛しているわ、キャム」

「おれも愛しているよ」彼はつぶやき、自分の声で目覚めて目を開けると、ジョーンが彼のものを口に入れようとしていた。夢が現実になったことが信じられずに目を見開き、すぐにうめき声をあげてぎゅっと閉じた。昂《たかぶ》ったものが彼女の口から引き抜かれていく。かつてジョーンは旅の途中、彼に口で愛撫されたあとで、口でよろこばせる方法を教えてくれと言ってきた。キャムは教えようとしたが、彼女はいつもためらいがちで、そのときは自信がなさそうだった。だが今の彼女は決然としていた。彼のものを含んだ口を上下に動かしはじめると、髪が彼の腰と腿をくすぐり、手は口の動きをなぞり、乳房が膝のすぐ上に当たる。

キャムはあまりにきつく目を閉じたので今にも星が見えそうだった。

キャムはがまんできるかぎりそれを受け入れたが、彼女の口のなかで果ててしまうのは避けたかった。まだキスもしていないし、彼女がよろこぶところも見ていないのだ。そんなことは絶対に認められなかった。彼はわずかに体を起こし、彼女の上腕をつかんで、自分の上の体を引っぱりあげはじめた。

ジョーンは彼のものから口を離し、いそいそと従うと、体の上のほうに移動して彼の腰にまたがり、いきり立ったものを互いの体ではさみこんだ。そして腰を浮かせ、彼のものをつかんで自分のなかに導こうとしたが、キャムがその手をつかんで止めた。彼女が体を起こすと、脇のあざが見えた。

「何をするつもりだ？」彼は眉をひそめて尋ねた。

ジョーンは動きを止め、不安そうに彼を見た。「わたし、したくて……」

彼女がもじもじと赤くなったのを見て、キャムは眉を上げた。「ラス、脇がそんな状態なのにしたいなんてうそだろう。それにその脚」下に目をやると、行為のせいでまた出血しはじめたらしいのがわかった。脚に巻いた麻の包帯越しに鮮血が見えている。

「大丈夫よ」彼女は彼をなだめ、腰を動かして互いの脚の付け根をこすり合わせた。快感が走ってキャムは身をこわばらせたが、すぐに彼女の表情に気づいた。そこにあるのはよろこびというより決意だ、と暗い気持ちで判断し、彼女を自分の上からおろした。

彼のそばに膝をついたジョーンは、また彼の腰に脚を掛けようとしながら訴えた。「でもあなたをよろこばせたいのよ」

キャムは動かずに彼女と目を合わせた。「愛しい人、きみはもうおれをよろこばせてくれているよ。だが、今はそれができる状態ではない。脇が痛むはずだし、脚からまた出血しはじめている。休んで回復を待ったほうがいい」

「いいえ、大丈夫」彼女はなおも言うと、手を伸ばしてまだいきり立ったままの彼自身をつかんだ。「あなたを気持ちよくさせて」

キャムはうめいたが、無理やり彼女の手をどけさせた。「だめだ。きみには休息が必要だ」

「わたしに必要なのはあなたよ」彼女は言い張り、キスをしようと上に体を伸ばしながら、手でもう一度彼のものをさがしあて、にぎって上下にしごいた。

キャムはキスには応えなかったが、抵抗できなくなっていた。感じていた。行為をやめさせて休ませたかったが、彼のものは別の成り行きを選ぶつもりはないようだった。うなりながら口を開けたところで、扉をたたく音がして、そちらにさっと頭を向けた。

「無視して」ジョーンがすかさず言って、空いている手で彼の顔を自分のほうに向けさせようとした。「はじめたことを最後までさせて。わたし――きゃあああ」すると突然扉が開き、彼女は悲鳴をあげて、彼のものを離すと上掛けと毛皮の下に飛びこんだ。

「いったいなんなんですか！」キャムはどなった。自分の母と父、それにジョーンの叔母と叔父までがぞろぞろとはいってきたからだ。みな一様に暗い顔つきをしていた。いったい今度は何が起こったんだ？　彼はいらいらしながら思った。報告するのはもう少しあとまで待てなかったのか？

キャムがジョーンのかたわらに腰をおろすと、彼女が毛皮の下から頭を突き出した。毛皮の縁からはいってきた人たちをうかがい、驚いて少し体を起こした。「ロス叔父さま？　ここで何をしていらっしゃるの？」

ロスはアナベルににやりと笑いかけて言った。「わたしを〝叔父さま〟と呼んでくれたぞ」

「ええ、今ではわたしのこともたいてい〝叔母さま〟と呼んでくれるのよ」アナベルがほのかな笑みを浮かべて教えた。

「どうしてあなた方がそろいもそろって、ぼくと妻が寝ているこの部屋に踏みこもうと思ったのか、どなたか説明してくださいませんか？」キャムがかみつくように言う。

「重要な知らせがあるのよ」彼の母が申し訳なさそうに言った。

シンクレアの領主はうなずいたが、すぐに眉をひそめて言った。「それに、今は真っ昼間だぞ。いったいベッドのなかで何をしていたんだ？」

「ジョーンはけがをしているんです」キャムがぶっきらぼうに思い出させた。

「ああ、そうだな。だからといって、おまえまでがベッドにはいることの説明にはならない」父は目をすがめた。「このかわいそうな娘があざだらけになって臥《ふ》せっているときに、みだらな行為にふけろうとしたのではないだろうな？　彼女はそんなことができる状態ではないのだぞ」

キャムは父親をにらみつけた。「ええ、それはわかっています！　彼女がしようとしたとき、ぼくもそう言ったんです」

ジョーンはうめき声をあげ、また毛皮を頭からかぶった。ああ、恥ずかしい。

自分の言ったことに気づいて悪態をつき、キャムはどなった。「さっさとここに来た理由を話して出ていってください。彼女が休めるように」

「マッケイのご領主がついさっき、ある知らせを持って到着なさったのよ」レディ・シンクレアが静かに言った。

「そうなんですか？」キャムは尋ねた。

「ああ」ロスは言った。「わたしはきみたちがシンクレアに出発したあと、城の者に生地商人をさがしに行かせた。妻と娘たちを迎えにいくときに持っていく生地を買うつもりでな」

「生地を？」キャムがけげんそうにきく。

「ジョーンのドレスを作るためだ」彼は気恥ずかしそうにつぶやいた。

「まあ、叔父さま、なんてやさしいのかしら」ジョーンが毛皮の下から顔を出して、叔父に微笑みかけながら言った。驚いたことに、叔父はほんとうに赤くなり、ますます居心地が悪そうだった。

彼は咳払いをし、肩をすくめて言った。「きみの好みがわからなかったので、髪や肌の色に合いそうなものを選んだ。供の者たちが全部荷車に積んで、いっしょにここまで持ってきたよ。いま積み降ろしをしているところだ」

「ありがとうございます」叔父のやさしさに目をうるませながらジョーンはささやいた。服を着ていたら、起きて叔父を抱きしめられるのに、と思いながら。

「まさかそれが、ここに乱入して伝えなければならないほど重要な知らせというわけではないですよね？」キャムが眉をひそめてきいた。

「ああ」ロスはそう言って姿勢を正した。「商人を連れて城に戻る途中、うちの者が路傍で死んだ男を見つけた。シンクレアの者だとわかったので――」

「まさかダグラスでは？」キャムが鋭くさえぎった。

「ちがう」彼の父がすぐに安心させた。「アリステアだ。わたしの知るかぎりダグラスは無事だ」

「そうですか」キャムはため息をついた。

「うちの者はそのアリステアを、荷物ともども城に運んだ。暴力を受けた痕跡はなく、自然死のようだったので、わたしは彼を荷車に乗せるよう指示し、翌日シンクレアに向かうときに、彼を送り届けることにした。それから商人との交渉にはいった。それがすんだあと、戦士のかばんが残されていることに気づいた。かがんで拾いあげ、開けてみると、手紙が詰まっていた。宛名に心当たりはなく、緊急の知らせかどうかもわからなかったので、朝まで待たずに今すぐ出発したほうがいいだろうと判断したのだ」

キャムはため息をついた。「当ててみましょうか。手紙は母がここに招いた女性たちの家族に宛てたもので、われわれは彼女たちから相変わらず逃れられないというわけですね」

「でも、もうここを発ったレディたちもいるわ」ジョーンが眉をひそめて言った。

「わたしは三人の使者を送りました」レディ・シンクレアが説明する。「比較的近くに住んでいるお嬢さんたちもいるから、任務にかかる時間を考えて使者を振り分けたの。もっとも近くに住む家族に手紙を届けた使者はもう戻っています。その家族のお嬢さんたちはもうここを発っているわ」

「そうですか」ジョーンはつぶやいた。

「では、何人かのレディたちはわれわれが望んだよりも長くここにとどまることになる、と伝えにいらしたのですか？」キャムはゆっくりと尋ねた。

「いや、われわれが話しにきたのは、使者が毒を盛られていたということだ」彼の父が淡々と言った。

「毒を？」キャムが体を起こす。

「ええ、レディ・マッケイはひと目見てあの若者が毒を盛られたことを確信したそうよ」レディ・シンクレアは静かに言った。

「指先が青くなっていたのよ」キャムとジョーンの視線を受けて、アナベルはつぶやいた。

「たしかに毒だわ」と言って、ジョーンは口を引き結んだ。

「種類は？」キャムが尋ねる。

ジョーンは肩をすくめた。「その毒を作るのに必要なのは、砕いたリンゴの種とサクランボの種、モモの種……」

「月桂樹の葉と腐りかけたキャベツもね」アナベルが付け加える。

「でも効き目は早い」ジョーンは眉をひそめて言った。

「どれくらい早く効果が現れるんだ？」キャムがきく。「ここを出るまえに毒を盛られたということはありうるのか？」

「いいえ」ジョーンとアナベルが同時に言い、そのあとジョーンが説明を加えた。「その毒がはいったものを食べたら数分後に死ぬの」

「食べ物に混ざっていたのはまちがいないわ」レディ・シンクレアがつぶやき、みんなの顔つきに気づいて説明した。「コックに言って、出発まえに使者全員ぶんの食べ物と飲み物の袋を用意させたの。そうすれば馬に乗ったまま食べられるから、食べ物をさがすために止まらなくてすむでしょう」彼女は顔をしかめながら認めた。「娘さんたちを早く帰らせたくて、ちょっと焦っていたのよ」

「毒の味をごまかすためには、何か強い風味のものに入れなければならなかったでしょう」

アナベルは考えながら言った。

「ええ」ジョーンが同意し、キャムが問いかけるように彼女を見たので、説明した。「この毒は苦いの。味をわからなくするのはむずかしかったはずよ」

キャムは納得してうなずいたが、さらに言った。「しかもそれをひそかに食べ物の袋に入れなければならなかった」

「アリステアに手紙を届けさせまいとした人物は、ずいぶん手間をかけたというわけだな」

シンクレアの領主が暗い面持ちで言った。

キャムは目を見開いて、母のほうを見た。「アリステアはどこ宛の手紙を持っていたんですか?」

ロスがブレードのなかから何通かの手紙を取り出し、テーブルの上に置いた。アナベルはすぐに一通を取って目を通した。「これは封印の上にMFとだけ書いてあるわ」

「マクファーランド家よ」レディ・シンクレアが言った。

「これはBだ」シンクレアの領主が別の手紙を取って言った。

「ブキャナンね」とキャムの母が言って付け加える。「ということは、あとの三通はカーマイケルとドラモンドとマコーミックだわ」

「正解よ」レディ・アナベルが手紙を一通ずつ調べて言った。「ひとつにはCと書かれていて、あとはDとMCだから」そして、眉をひそめながらつづける。「全部あのリンゴ酒を飲していないわ」

「フィノラは具合を悪くしているわ」

んで具合が悪くなった娘さんたちの家族だわ」

「でもマクファーランド家は？」レディ・シンクレアが指摘した。「フィノラは具合を悪くしていないわ」

「そうね」アナベルは同意し、考えこむように言った。「ジョーンが体調をくずしているあいだにドレスを手に入れようとして、フィノラがリンゴ酒に毒を入れたんじゃないかしら」

「フィノラはあのとき部屋にいなかったから、飲み物に何か入れることはできなかったわ」

「ああ、そうだったわね」彼女は顔をしかめて首を振った。「忘れていたわ」

「使者に毒を盛った人物が、わたしのリンゴ酒に毒を入れた人と同一人物ということはありえない」ジョーンはもっともらしく言った。「自分が毒を入れたリンゴ酒を飲むわけないもの」

「ほかの人たちが飲んでいるから、自分が疑われないように、わざとそのゴブレットから飲んだのでなければね」レディ・シンクレアが指摘した。

ジョーンはその意見に眉をひそめたが、それはありうると思った。ともに倒れた四人の娘たちについて考えてから言った。「少なくともミュアラインは除外できると思う。わたしのあと最初に飲んだのが彼女で、それもわたしに勧められて飲んだだけだもの」

「だが、断ればきみの具合が悪くなったときあやしまれるかもしれないから、言われたとおりにしただけかもしれない」キャムが指摘する。

ジョーンは悲しげにため息をつき、ベッドにもたれた。たしかに彼の言うとおりだわ。少なくともその可能性はある。いったいどうやって解決すればいいの？

キャムがいきなりいらだたしげに悪態をついて立ちあがった。「正直、だれだろうとかまいません。あの女たちを全員ここから追い出して、妻の安全を確保したい。護衛にうちの者たちをつけて、今日にでも彼女たちを送り返しましょう」

「あなたがそう思うのもわかるわ、キャンベル」叔母が厳然と言った。「でもそれで問題が消えるわけではないのよ。事件の裏にある理由がわからないことには、あとになって思いもよらないときにまた似たようなことが起こるかもしれない。そのとき用心していなければ、その企《たくら》みは成功する可能性が高くなるわ」

「あるいは、だれかほかの者に金を払ってやらせるかもしれない」ロス叔父がすぐに言った。「どちらもきみたちは望まないだろうし、備えることもできない」

「ええ」ジョーンは同意して首を振った。「いちばんいいのは、謎をすべて解き明かして犯人を見つけることです」

キャムはその提案に乗り気ではないらしく、顔をしかめたが、結局はうなずいた。「いいだろう。だがどうやって解き明かす？」

しばらくみんな黙りこんだ。やがてアナベル叔母が言った。「あの娘さんたちといっしょにもうしばらくすごして、話をさせてみてはどうかしら。本心を明かすようなことを何かしゃべるかもしれないわ」

「どうやって彼女たち全員をジョーンと同じ部屋に入れるつもりですか？　今日こんなことがあったのだから、彼女はベッドで休む必要があるんですよ」とキャムの父が言ったあと、重々しく付け加えた。「ここにいる若者にわずらわされずに」

キャムは父親をにらんだ。「さっきも言いましたが、ぼくは別に――」

「縫い物パーティをしましょう」レディ・シンクレアが出し抜けに言った。「ロスはジョーンのためにたくさんの生地を持ってきてくださった。ジョーンは直近の事故のせいで気分が沈んでいるから、元気づけるために彼女の部屋で縫い物パーティを開きましょうと提案してみるわ」

「それはいいかもしれないわね」アナベルは思案顔で言った。やがてうなずき、微笑んで言った。「ええ、うまくいくと思うわ」

「全員を集めることはできるかもしれないが、彼女たちが何か明かすかどうかはわかりませんよ」アルテア・シンクレアは眉をひそめて言った。「これからはことばや行動に気をつけて、慎重にやるだろうから」

「そうかもしれない」アナベルはうなずいて同意した。「でも、そうではないかもしれない。わたしたちが疑っていることを彼女たちは知るはずがないわ。この部屋にいる人たち以外で、わたしたちがフィノラの死が事故ではないと思っていることを、知っている人はいる？　あるいは、鞍に仕込まれていたのが見つかったあのハットピンのことを?」

一同は問いかけるように顔を見合わせた。やがてジョーンが言った。「わたしはだれにも話していません」

「ぼくもです」キャムが宣言する。

するとほかの者たちもいっせいにしゃべりだし、それについてはここにいる者たち以外のだれにも話していないと告げた。アナベルはうなずいた。「それならよかったわ。今日の午後は、ジョーンはレディたちとすごすのがいちばんいいと思う。そして、リンゴ酒とフィノラの死について話題にし、だれがおかしな反応をするか見るのよ」

ジョーンがただうなずいていると、レディ・シンクレアが言った。「でも護衛が」

「護衛?」なんのことかわからずにジョーンがきき返す。

「馬の事件のあと、父がおれたちの部屋の扉のまえに護衛を置いたんだよ」キャムが静かに説明した。「きみがもう襲われないようにするために」

「まあ、そうだったの」彼女は一瞬たじろいで言った。「でもそれだと、わたしたちが女性たちのだれかを疑っているとばれてしまうかもしれないわ」

「そうね」レディ・アナベルはため息をついて言った。

しばし全員が黙りこんだ。やがてジョーンが言った。「たぶん護衛をはずしてもらえれば――」

「だめだ」キャムはきびしく言った。「護衛は残す」

「護衛を立ち退《の》かせればどうにかなるというものではないわ」叔母がおだやかに言った。「彼らはもう何時間も任務についているのよ。女性たちはみんなあなたたちの部屋のまえに護衛がいるのを目にするか、少なくとも聞いているはずだわ。何かあったことはすでに知っているでしょう」

「ええ、でも護衛を立ち退かせれば――」

「だめだ」キャムがすぐに繰り返す。

「あなた、お願い、最後まで言わせて」彼女は静かにたのんだ。

キャムはためらったが、やがてしぶしぶうなずいた。

ジョーンは彼に微笑みかけると、ほかのみんなのほうを向いた。「護衛を立ち退かせて、女性たちにハットピンのことを話し――」

「なんですって？」今度はレディ・シンクレアがさえぎった。「彼女たちには、なんの脅威もないと思わせておくことになっているのよ。脅威があるとわたしたちが思っていることは知らせずに」

「ええ」ジョーンは辛抱強く言った。「でも、彼女たちは護衛を見てすでに知っています。だからもうこれが事件だとは思っていない理由を説明しなければなりません。わたしの鞍の下でハットピンが見つかって、リンゴ酒のこともあるから、だれかがわたしを傷つけようとしたのではないかと思ったことを話すんです。それでキャムが護衛を手配したと。でも、ハットピンを見たレディ・シンクレアが、フィノラのものだと確認して、ふたつの事件の背後にいたのは彼女だったにちがいないとわかった。実際、フィノラが夜にこっそり城のなかをうろついて何をしていたのかは謎ですよね。彼女は厩から戻るところだったのだろうということにするんです。つまり、脅威だったのはフィノラで、もう脅威は去ったのだから、何も問題はないと」

「すばらしい考えだ、愛する人《マイ・ラブ》」キャムがまじめくさって褒めた。

ジョーンは赤くなってうつむいたが、彼がまた口を開くとすぐに顔を上げた。「だが、きみに護衛をつけないのは気に入らないね」

「護衛をつけないというわけじゃないわ」叔母とささやき声で話していた母が、体を起こして彼を安心させた。「問題が解決するまで、レディ・マッケイとわたしがつねにジョーンのそばにいます」

「ええ」叔母はきっぱりと言って、母に微笑みかけた。

「よかった！」ジョーンはほっとして言った。「これですべて決まったわ。わたしたち女性で真相をつきとめましょう」

ある理由から、男性陣はみなその宣言を聞いてうれしそうではなかった。

17

「ああ、ジョーン、ほんとうにあなたほど幸運な人をわたしは知らないわ」レディ・ミュアラインはささやくと、ジョーンとキャムの寝室の暖炉のそばのテーブルに積まれた生地の巻物に両手をすべらせた。「マッケイのご領主みたいに親切な叔父さまがいて……これを全部あなたに買ってくださったなんて信じられない」

「そうね」サイが部屋のなかを歩きまわって全体を見ながら、しかつめらしく言った。「これだけの生地があれば、この一年毎日ちがうドレスを着られるほど、たくさんドレスが作れるわ。もう二度と生地を買う必要はないわね」

「ええ」ジョーンはベッドから生地を見て同意した。召使いたちが生地を運びこみはじめたときは、興奮したしうれしくもあったが、彼らが最初に持ちこんだぶんを置いて、また運びこむために出ていき、それが何回もつづくと、びっくりして黙りこんでしまった。叔父は商人が持ってきた生地をすべて買い取ったにちがいない。巻物はテーブルの上でピラミッドを形作っているばかりか、壁際にも積まれ、椅子の上にものせられていた。部屋のなかに生地の巻物が置かれていない平面はなかった。ベッドにさえ足もとのほうに二本の巻物がのっていた。

「たしかに」そこでジョーンは言った。「わたしは幸運だけど、実際こんなにたくさんは必要ないわ。だから、手伝ってくれたあなたたちに二本ずつ進呈したいと思うの」

「ほんと？」両手でダークブルーの生地の巻物をなでながら、エディスが興奮してきいた。

「ええ、もちろん」ジョーンはまじめな顔で言った。「みんなすごく親切にしてくれたから、よろこんで幸運を分かち合いたいの。それに、あなたたちには申し訳ないと思っているのよ。だって、わたしのリンゴ酒を飲んだせいで、みんな具合が悪くなったわけだし」

事件のひとつを話題にしたことで、アナベル叔母が満足げな笑みを送ってきたが、ジョーンは必死に微笑みを返すまいとした。そしてまじめな目つきのまま、女性たちを順に見つめた。

「あら、あれはあなたのせいじゃないわ」ミュアラインがすぐに言って、急いでベッドにやってくると、縁に座ってジョーンの手をにぎった。「あなたはわたしに親切にしてくれようとして、飲み物を勧めたのよ。ほかの人たちはわたしたちが苦いと言ったから味見しただけだし」

「そうよ」エディスが暗い顔で同意した。「悪いのは得体の知れない薬を盛ったフィノラだわ」

ジョーンはエディスにすばやく視線を移した。「フィノラがリンゴ酒に何かを入れたと思うの？」

「だって、ほかにだれがそんなことをするの？」エディスは肩をすくめて言った。「それに、彼女はあなたの鞍にハットピンを仕込んだのよ」

ジョーンはまじめくさってうなずき、叔母とレディ・シンクレアのほうを見るのを避けた。ジョーンが提案したことを、先ほどふたりが説明してくれたのだ。どうやらそれがうまくいったらしい。

「フィノラはリンゴ酒に毒を入れられなかったはずよ」今度はサイが、この話題をもう何度も繰り返しているせいでいらいらしながら言った。「彼女は日光浴室にいなかったじゃない」

「ハットピンのせいでジョーンが馬から投げ出されたときも、フィノラはその場にいなかったけど、彼女が犯人だとわかっているのよ」エディスがもっともらしく指摘した。「きっと厨房で召使いたちがゴブレットやリンゴ酒の準備をしているあいだに、ジョーンのゴブレットに何かを入れたのよ」

「ジョーンがどのゴブレットを使うか、どうやって知ったの？」サイが皮肉っぽく尋ねて首を振った。「不可能よ」

「サイの言うとおりだわ」申し訳なさそうにエディスに微笑みかけながら、ガリアが言った。わたしが待ち針を持って戻ってきたとき、ゴブレットはふたつ残っていたけど、そのなかには何もなかった」そこで間をおいたあと、思慮深くつづけた。「でも、告白すると、なかを見たわけじゃないの。でも、ゴブレットのどちらかに何かはいっていたら……はいっていないほうを選ぶこともできた。わたしが毒入りのゴブレットを選ばなかったのは偶然にすぎないわ。それを言ったら、あなたたちのだれかが選ばなかったのも偶然だけど」

「それなら、フィノラにとってはだれが飲んでもよかったのかも」ミュアラインが言った。

そして、顔をしかめながら付け加えた。「フィノラはわたしたち全員を嫌っていたわ。自分はわたしたちより上だと言い張って」彼女は肩をすくめた。「わたしたちのだれかの具合を悪くしたかっただけで、だれでもかまわなかったのかも」

「そんなのおかしいわ。でたらめにわたしたちのだれかを病気にして、フィノラになんの得があるの？」サイがむっとして尋ね、自分でその問いに答えた。「ひとつもないわ」

「わたしにはわからない」突然ガリアが言った。考えこむような表情をしている。

「ちょっと、ガリア」サイが驚いて言った。「こんなばかげた話を信じるわけじゃないわよね？　あなたいつもこの三人のなかでは分別があるほうじゃない」

「ええ、でもフィノラは階段から転げ落ちたとき、ジョーンのドレスを着ていたのよ」ガリアが指摘した。「わたしたちが裾上げをして、彼女が着るには短くしてしまうまえに盗めるよう、ドレスのお直しをやめさせるための理由づけとして、だれかに病気になってもらいたかっただけだとしたら？」

「あ、そうか」エディスは驚いて言った。「それはありうるかも」

「うーん、たしかに」サイも不満そうな声をあげて同意し、首を振った。「ジョーンを傷つけようとしている人物がふたりいると考えるよりも、ずっと説得力がある」

「そうよ」ミュアラインも同意し、ジョーンの手をにぎりしめた。「ジョーンはこんなにいい人なんだもの、敵なんて作れるわけないわ」

「そうね」全員が同意し、ジョーンに微笑みかけた。

ジョーンも微笑み返したが、内心ではぼやいていた。まだ何ひとつわかっていない。自分は気づかなかったことに何か気づいたのではと思って、レディ・シンクレアと叔母のほうを見たが、ふたりともジョーンと同じくがっかりしているようだった。

つづけなければ、とジョーンは苦々しく思った。犯人はこの女性たちのなかにいるのだ。そうにちがいない。ほかにだれが自分たちの手紙を運ぶ使者に毒を盛るというのだ？　そのなかのひとりはもっとここに滞在したかったらしい。キャムは結婚してもう手に入らないのに、だれがそんなことを望む？　今の状況を変え、彼をふたたび妻のいないやもめにしようと計画しているのでなければ。

「そうせかせか歩きまわるのはやめろ、坊主。こっちが落ちつかないじゃないか」アルテア・シンクレアはいらいらとどなった。

「それは失礼」キャムはそっけなく言った。「でもなんだか心配になってきたんです。父上はお忘れかもしれませんが、階上《うえ》の部屋で妻は、すでに一度彼女に毒を盛り、乗馬中の事故を画策し、別の女性を殺した女といっしょにいるんですよ」

「忘れるわけがないだろう。われわれの妻たちもその場にいっしょにいるんだぞ」ロス・マッケイが陰気に言った。テーブルの上でタンカードを傾け、いらいらとつぶやく。「出産を待つよりもひどいな」

「ああ」シンクレアの領主もつぶやき、エールを取って飲んだ。

キャムは何も言わなかった。そのことについては考えたくもなかった。よけい不安になるだけだ。

「止まれ！」

ロスのどなり声に驚いて、キャムはあたりを見まわした。そして、男たちの視線の先を見ると、階段の下に三人の娘たちが硬直しながら立っていた。キャムの妹のアイリーンと、レディ・マッケイの娘のアネラとケンナだ。三人はこっそり階上に向かおうとしていたらしい。

「ここに来なさい」ロスがかたわらのベンチを示しながらきつい声で言った。「早く」

娘たちはためらった。やがて三人ともため息をつき、しぶしぶテーブルに来て座った。

「三人とも何をするつもりだったんだ？」三人が腰をおろすと、ロスはきびしく問いつめた。

「レディたちはみんなジョーンの部屋に集まって縫い物パーティをしてるってジニーに聞い

て、わたしたちも仲間に入れてもらおうと思ったの」アネラが説明した。

「おまえたちは仲間にはいれない」ロス・マッケイが宣言した。

「えっ？」アネラは驚いたようだが、父がきっぱりと首を振ると、抗議をはじめた。「でもお父さま！　ジョーンはわたしたちのいとこで、わたしたちはふたりとも――」そこで申し訳なさそうにアイリーンに微笑みかける。「三人とも縫い物が上手よ。わたしたちも参加するべきだわ」

「だめだ」ロスはにべもない。

自分もだめと言われているのか判断がつきかねているかのように、アイリーンが黙っているので、キャムの父はいかめしく娘を見て「だめだ」と繰り返した。

アイリーンはため息をついて座ったまま沈みこんだ。

三人の娘たちはしょげ返ってみじめそうにそこに座っているばかりなので、ロスはいらいらしながら椅子に座り直すと言った。「何かやることをさがしにいきなさい。リンゴを摘むとかそういうことを。シンクレアのコックがタルトを作ってくれるかもしれないぞ」

「熟れた実はもう全部摘まれてしまったわ」アネラがみじめそうに言った。「レディのひとりがかごいっぱいのリンゴを持ってきて、コックはアップルモイーズ（煮込んで裏ごししたリンゴにスパイスなどで風味をつけたデザート）を作ったそうよ」

「それなら何かほかにすることをさがしにいきなさい」ロスは辛抱強く提案した。

「馬に乗ってもいい？」ケンナが期待をこめてきいた。

「だめだ」ロスはきっぱりと言った。「今日はおまえたちにはそばにいてほしい」娘たちがただそこに座ってもじもじしていると、彼はさらに言った。「だがこんなにそばはだめだ。庭に出て散歩でもしていなさい」

三人の娘たちはため息をつき、立ちあがって城の玄関扉に向かった。

「乗馬はだめだぞ」ロスは彼女たちの背中に向かってどなった。「あとで厩番頭に尋ねるからな。もしわたしに逆らって出かけたとわかれば、そのときは……」彼はうつろに言いよんだ。適当な罰が思いつかなかったらしく、こうつぶやくにとどめた。「後悔させてやるぞ」

「まったく、娘というやつは。だな？」キャムの父がつぶやいた。

「ああ」ロスは同意し、すぐに驚いてキャムを見た。いきなり立ちあがったからだ。「どこに行くつもりだ？」

「階上《うえ》に行くわけにはいかないぞ」彼の父がきびしく言い添える。妻を守るために部屋を強襲するつもりではと思ったらしい。

キャムは「厩です」と答えると、それ以上は説明せずにテーブルから足早に離れた。ロス・マッケイが娘たちに言ったことばで、最近令嬢のだれかが厩の近くにいたかどうか、厩番頭に尋ねることを思いつかなかったのに気づいたのだ。おそらくジョーンの馬のそばではだれも見かけていないだろう。そうでなければ、あれほど暴れた原因をさぐるためにキャムと父が馬を調べていたときに話していたはずだ。だが、令嬢のひとりが厩にいたというだけなら、話そうと思わなかったかもしれない。令嬢たちはみな厩に自分の馬を置いている。実際、全員が最近厩にいたということもありうるが、きいてみなければわからない……それに、ただ座って待っているよりはましだ。何もしないでいるとどうかなりそうだった。

厩番頭のロビーは馬房の掃除をしていた。キャムは厩に着くとすぐに尋ねた。「最近、ここでレディのひとりを見かけたか？」

ロビーは作業を中断し、体を起こしてキャムに向き合うと、首を振った。「いいえ。もし見ていたら、奥方の鞍からハットピンが見つかったあとで、申し上げていたはずです。ここ二日というもの、ここではひとりのお嬢さんも見かけておりません。みなさん馬をお持ちですし、若だんなさまがお帰りになるまではよく乗馬をなさっておいででしたが、ご帰還後はここにはまったくおいでになりません」

「そうか」キャムはがっかりして、馬房の扉にもたれながら言った。望みは薄いと自分に言い聞かせてはいたが、やはり期待していたのだ……。

「何かほかに、あたしにできることはありますか？」ロビーが作業をつづけながらきいた。

キャムは首を振ってから言った。「それは厩番の若者の仕事じゃないのか、ロビー？　おまえにはもっと重要な仕事があるだろう？」

「はい、ですが、うちの若いのが消えちまったんで、代わりを雇うまではあたしがやらなきゃならんのですよ」ロビーは皮肉っぽく言った。

「消えた？」キャムは体を起こして尋ねた。「いつ消えたんだ？」

「マクファーランド家のご婦人が亡くなったあの朝です」ロビーは暗い顔つきで言った。

「若だんなさまと奥方さまの馬を用意するように言われたんで、あたしは若いのにそう命じました。お城の外に戻ってみると、馬は階段の下で待っていましたが、若いのは消えていたんです」彼は顔をしかめて陰気につづけた。「やつは戻ってきませんでした。戻ってきたってもうお払い箱ですよ。あたしゃ信頼できる若者がほしいんだ。腰が軽くてあてにならない不良品じゃなくね」

キャムはしばらく黙って考えてから尋ねた。「彼のことをきいてまわったのか？　彼を見た者は？」

「ききましたよ」とロビーは認めた。「城壁の見張りのひとりが、お城の階段に馬を連れていくやつを見たと言いました。若だんなさまのお母上が連れてきた、例のお嬢さんがたのひとりがいっしょに歩いていたそうですが、階段に着いたあとは注意していなかったので、やつがどこに行ったかは知らないと」

「どの令嬢だ？」キャムが鋭く尋ねる。

ロビーは肩をすくめた。「言ってませんでした」

「ふたりがいっしょにいるのを見たのは、どの男だ？」キャムはきいた。

「トーモドです」ロビーは答えた。そして、動きを止めて不思議そうにキャムを見た。「どうしてそんなにあの若造に興味がおありなんです？」

　キャムは首を振っただけで、厩の外に向かった。


「わたしの許婚は若くて美男子だったわ」テーブルの生地に鋏《はさみ》を入れはじめながら、ミュアラインがため息をついて言った。

「許婚に会ったの？」サイが興味を引かれてきいた。

「ええ。わたしをもらい受けに来る途中、カーマイケルの領地にはいってまもなく亡くなったの。彼の亡骸《なきがら》が城に運ばれてきたわ。ほんとうに美男子だった」ミュアラインは悲しげに言った。

「わたしのはちがったわ」サイがそっけなく言った。「最低野郎《オールド・バスタード》だった」

　彼女のことばを聞いて、ジョーンの口もとが引きつった。サイはほかの令嬢たちと少しちがっていた。八人の男ばかりの兄弟たちのなかで育ち、おそらくそのせいで男のような話し方をした。

「文字どおり私生児《バスタード》だったの？　それとも中身が？」ジョーンに負けないほどおもしろがっているらしいガリアが尋ねた。彼女もテーブルについて布を裁《た》っていた。巻物を全部床に移動させて、作業のための場所を作ったのだ。

「両方よ」サイが冷ややかに言った。「ファーガスン家の庶子だったの。嫡男《ちゃくなん》のほうが先に死んだから、彼がファーガスンの財産を相続したのよ。とんだ豚野郎だったわ」彼女はしかめ面をして付け加えると、ガリアのほうを見て言った。「裁ち鋏を使ってもいい？　糸に玉ができちゃった」

「もちろん」

ガリアが裁ち鋏を取って、彼女にわたそうと立ちあがったとき、サイがジョーンを見て言った。「わたしと結婚するまで待ってから死ぬという思いやりもなかったしね。まあ、わたしはどっちでもいいんだけど」

「もう二度と結婚できないんじゃないかとか、修道院に送られて死ぬまでそこですごすことになるんじゃないかとか、心配じゃないの？」ミュアラインが不安そうに尋ねた。そのあいだにガリアは裁ち鋏を置いてさっさと席に戻った。

サイはその考えに鼻を鳴らし、糸の先にできた玉を切り落とした。「兄弟たちは絶対にわたしを修道院にやったりしないわ。そんなことをしたらわたしに殺されると知ってるから」

ジョーンは驚いて笑い声をあげたが、エディスがいやそうな声を発したのでそちらを見た。

「父がいなくなったら、兄弟たちはすぐにわたしを修道院送りにするわ」悲しげに口角を下げて、エディスは言った。「残念ながら、父はあまり健康じゃないの。すぐにもそうなるかもしれない」

「それはお気の毒ね」ジョーンは眉をひそめて言った。意志に反して無理やり教会に入れられるなんて想像できなかった。乗り気でないならよき神の花嫁になどなれないのでは？

「あなたはどうなの、ガリア？」サイが小柄な赤毛の娘を見て尋ねた。「修道院？　それともオールドミス？」

「どちらにもならないわ」ガリアは肩をすくめて言った。「母はすでにつぎの夫候補を見つけているの。まだ話を進めていない唯一の理由は、キャムがわたしに興味を持って結婚してくれることを期待しているからよ」また肩をすくめる。「彼のほうがお金持ちで権力もあるから」

そのお相手というのはだれなのときこうとして、ジョーンが口を開けると、叔母が急に立ちあがってベッドのそばに来た。

「脇に薬を塗る時間よ」叔母は静かに言った。「腕を上げて」

「あ、はい」ジョーンは罪悪感を覚えながら、言われたとおりにした。自分はやらなければならない任務に失敗しつづけ、会話がシンクレア城で起こった事件とは関係のない話題に移るのを許してしまっている。これはみんなをもとの話題に立ち返らせる叔母なりの方法なのだろう。醜いあざを彼女たちに見せるよりほかに、そのあざがなぜできたかを考えさせるいい方法があるだろうか？　生地が運びこまれるまえに着たチュニックを叔母にたくしあげられながら、これで話題はわたしが襲われたことに戻るだろう、とジョーンは思った。

「まあ！」

その叫びにジョーンがミュノラインを見ると、彼女は気を失って、座っていた椅子からずり落ちるところだった。椅子の脚にもたれるようにしてくずおれ、椅子から落ちたときに引っかかったスカートが腿までめくれあがっている。

サイはミュアラインを見つめて首を振り、立ちあがって彼女に近づくと、スカートを引きおろして脚を隠してやった。体を起こしてジョーンのほうを向き、脇のあざを目にすると、たちまち目をまるくした。「これはひどいわ。あなたの脇、真っ黒ね」

「ほんと、ひどいあざ」ガリアが心配そうに言って、ベッドに近づこうと椅子から立ちあがった。首を振りながらジョーンと目を合わせて言った。「脇で幸運だったわね。ぶつけたのが頭だったら、きっと助からなかったでしょう」

「きっとそれがフィノラの目的だったのよ」あざをよく見ようとガリアと場所を代わりながら、エディスが陰気に言った。

「そうかもしれないわね」ジョーンはあいまいに言った。「でも、わたしは運がよかったわ。頭ではなく、脇を打ったから生き延びた」フィノラのほうはそれほど運がよくなかった」そこでことばを切ったが、だれも何も言わないので、つづけて言った。「なんだかフィノラが気の毒だわ。彼女はとても不幸だったにちがいないもの」

ガリアは自分の椅子のところで動きを止め、ジョーンを見つめたあと首を振った。

「ジョーン、悪いけどわたしはフィノラを気の毒だなんて思わないわ。あなたってほんとうにやさしいのね」

「ばかがつくほどやさしいわ。ほんとにあの性悪女を気の毒に思っているなら」サイが嫌悪感をあらわにして言った。「あの女は残酷で、意地悪で、あなたの夫を追いかけまわしていたのよ……結婚していようがいまいがおかまいなしに」

ジョーンはためらったあと、叔母が戻った暖炉のそばの椅子のほうを見た。問いかけるように片方の眉をほんの少し上げてみせると、レディ・アナベルはハチミツ酒を掲げ、暗い表情でごくわずかに首を振った。つぎに見たレディ・シンクレアも同じことをした。

ジョーンはため息をつきながら下を向き、表情を隠すために縫い物をするふりをした。この考えがいかにばかげていたかに気づいてしまった今、顔に失望が浮かぶのを隠すことはできなかった。自分のやり方がうまくないだけかもしれないが。この作戦からは何もわかっていない。これまでに聞いたなかで、すべてのことの裏にいる人物を知るのに役立つ情報はひとつもない。フィノラを階段から突き落とし、ジョーンが死んでいたかもしれない乗馬中の事故を仕組んだ冷血な殺人者だという証拠を示す者はいない。もしかしたら令嬢たちの言うとおり、すべての裏にいたのはフィノラだったのかもしれない。彼女がリンゴ酒に薬を盛ったのは、縫い物の会を中断させてドレスを手に入れるためだったのかもしれない。階段から落ちるまえの晩に、馬にハットピンを仕込んだのかもしれない。

もちろん、それではフィノラが持っていたろうそくがなくなっていることの説明にはならない、とジョーンは思ったが、おそらくフィノラの死体が発見された混乱状態のなかで、召使いのひとりが盗んだとか、そういう単純な理由なのだろう。

ため息をついて視線を上げたジョーンは、ミュアラインがぴくりともしていないのに気づいて眉をひそめた。

「ミュアラインはそろそろ目を覚ましてもいいころじゃない？」心配になってきていた。

「いつもはこんなに長く気を失ったままでいないわ」

「そうね、いつもはすぐに回復するのに」サイも言った。その声のたどたどしさに気づいて、ジョーンは鋭くサイを見た。

「サイ？　大丈夫？」わずかに体を起こしながら尋ねる。顔を見てうつろな目に気づいたジョーンは、すばやく叔母のほうを見た。「アナベル叔母さま、何かがおかしい……」叔母が椅子に座ったまま眠っているのに気づくと、彼女の声は消えていった。つぎにレディ・シンクレアに注意を移すと、彼女もやはり眠っていた。

18

トーモドが厨房の奥で侍女のひとりといちゃついているのを目にしながら、キャムは厨房の扉が背後で自然に閉まるにまかせた。この兵士を求めてあらゆる場所をさがしたところ、だれとは言わないにしろ、厨房の侍女といい仲だと兵士のひとりから聞いたのだ。それでようやくここにたどり着いた。

「トーモド」大股でふたりに近づいていきながら、キャムはどなった。

「なん――ああ」トーモドは彼を認めるとすぐに背筋を伸ばし、問いかけるように顔を向けた。「何かご用ですか?」

「昨日、厩番の若者がおれと妻の馬を城まで歩かせながら、母が連れてきた令嬢のひとりと話をしていたのを、おまえが見たとロビーから聞いたのだが」キャムは話しはじめた。

「はい。でも、そのあとやつがどこに行ったかは知りません。ロビーにもそう言いました」

キャムは手を振ってその話を一蹴した。「彼がいっしょにいた令嬢はだれだ?」

「ああ」トーモドは顔をしかめた。「名前は知りません。背が小さくて赤毛の方です。マコーミック家の令嬢だと思います」

「ああ、ガリア・マコーミック嬢か」とコックが言い、キャムは振り返って彼を見た。

「ちょっと変わっているが、いい娘さんだ」

「変わっている？」キャムは静かに尋ねた。

「はい。あるとき、まとまった量のリンゴを摘んできたんですよ。おいしいタルトか何かを作りたいんじゃないかと思って、と彼女は言いました。あたしはタルトの代わりにアップルモイーズを作りました。あたしが思うに、そのほうがおいしいし——」

「変わっていると思う理由について話してくれ」キャムはいらいらと口をはさんだ。

「その日、そのあとで、侍女のひとりが見たんです。彼女が庭じゅうを掘り返して、大量のリンゴの芯を集めているのを」彼は首を振ってそう言うと、説明をつづけた。「そういうものは侍女たちにそこに捨てさせているんです。土壌が豊かになりますし——」

キャムはそれ以上聞かずにその場を離れた。聞く必要はなかった。リンゴの種は、使者を殺すのに使われた毒の材料として、ジョーンとレディ・アナベルがあげたもののなかにはいっていた。そして、ガリアはリンゴの芯を集めているところを目撃されているだけでなく、馬を城に連れていく厩番の若者と歩いているところも見られている。毒を作ること以外に彼女がリンゴの芯をほしがる理由は思いつけなかったし、厩番の若者と歩きながら、彼の気をそらして鞍の下にハットピンをすべりこませるのは簡単だっただろう。キャムは彼女が犯人ようだった。

残念ながら、わかったことを報告しても、父とロス・マッケイはそれほど確信が持てないだと確信した。

「なんとも言えないな、キャム」父はそう言って、唇を閉じた。「侍女が言ったとコックが言った……？　その侍女と直接話したのか？　マコーミックの令嬢がやったのではと疑うことと、こんな薄弱な証拠で彼女を責めることは別の話だ。マコーミック家には力がある。罪のない令嬢を告発して戦争をはじめたくはない」

「そうだな。それにトーモドもその令嬢の名前を知らなかった」ロスが指摘した。「彼が見たのはどの令嬢か、指し示してもらうことぐらいはできるんじゃないか。トーモドとコックが話していた令嬢は別人だということもありうる。そもそも、きみの母親がここに呼んだ令嬢のなかで、小柄な赤毛は彼女だけなのか？」

「いや、ほかにもふたりいた」アルテア・シンクレアが言った。「ひとりは最初の日に帰り、もうひとりは今日の午後帰ったがね。残っている小柄な赤毛はガリア・マコーミックだけだ」

「そして、アリステアが持っていた手紙の宛先にある名前のなかに、小柄な赤毛はひとりしかいません」キャムはいらいらしながら言った。

「ああ、それはたしかにそうだ」父が考えこみながら認めた。

「彼女は今、階上《うえ》でジョーンといっしょにいるんですよ」キャムは険しい顔で言った。

「ほかの女性たちがいるところでは何もしないさ」父がなだめるように言った。「それより、トーモドをここに呼び、リンゴの芯を集めている令嬢を見たという侍女もコックに呼んでこさせて、彼らが見たのはマコーミックの令嬢なのかたしかめさせよう。夕食のときならそれができる」彼は満足げに決めた。「もしそれが同じ娘で、マコーミックの令嬢にまちがいなければ、彼女を座らせていくつか質問をする。そうすれば真相をつきとめられる」

「ご婦人たちがそれまでにつきとめていなければな」ロスが付け加える。

「ああ」アルテアはうなずいた。「ご婦人たちが自分たちだけですっかり解き明かしていなければ」

キャムは目をすがめてふたりの男を見つめてから尋ねた。「どれだけエールを飲んだんですか？」

そうきかれて彼の父は体を固くした。「あいにくだが、タンカードになみなみ注がれた一杯ほども飲んでいないよ。何が言いたい？」

「さっきはふたりとも妻たちが上の部屋にいるのが気に入らないようだったのに、今はまったく心配していないように見えるってことですよ」

「もちろん心配しているさ。だが、女たちが全員集まっているんだから安全なはずだし、これは慎重を要する案件だ。強力なクランに属する令嬢をうわさだけで告発するわけにはいかない」

「わかりましたよ」キャムはぴしゃりと言い返した。「それならぼくはガリアの部屋を捜索して証拠を見つけます」

「おお、そうだな、それはいい考えだ」キャムの父が言った。「わたしも行こう」

「よし、わたしも行くぞ」と言って、ロスも立ちあがった。


意識のない叔母と義母を見て、ジョーンは突然体じゅうの毛が逆立ったような気がした。そして、ゆっくりと部屋の奥に視線を戻した。床の上にうつ伏せで倒れているミュアラインを、つぎに椅子から立ちあがろうともがいたあげく、顔に恐怖の色を浮かべてまた沈みこんだサイを、テーブルの上に腕を置いて眠っているエディスを、そして最後に立ちあがってベッドの足もとに近づきながら、眠っている女性たちをすがめた目でおもしろそうに見つめているガリアを見た。

「ガリア？」ジョーンは静かに言った。

ガリアは肩を上げて深く息を吸いこみ、その息を吐くと、ジョーンと目を合わせた。「なあに、ジョーン？」

ジョーンはためらってから尋ねた。「みんなの飲み物に睡眠薬でも入れたの？」

ガリアはうなずいた。

たし」

「いつ？　お盆の近くであなたを見ていないけど。サイがあなたにゴブレットを持っていっ
「ええ、そうね」ガリアは言った。「口のきき方や行動はあんな乱暴なのに、サイは驚くほど思慮深い。わたし、彼女がすっかり気に入ったわ。今度のことで彼女が悪役になるなんて残念ね」

「サイが悪役になる？」ジョーンは話題になっている娘のほうを見やりながら、眉をひそめて尋ねた。サイはぐったりと椅子に座り、半ば目を閉じている。

「ええ、わたしの薬の効果が現れたのは彼女が最後だったから、あなたをのぞけばまったく薬の影響を受けていないのがわたしだけだと気づいたのよ。今だって完全には眠っていないわ。見てごらんなさい、わかったという目をしているでしょう。わたしが黒幕だと理解しているのよ」ガリアは悲しげに言うと、首を振った。「彼女を殺さなければならないわ。正当防衛ということにして。目が覚めたら彼女があなたに覆い被さっていたから、あなたを助けようとしてサイを裁ち鋏で刺したけれど、遅すぎたと」

そしてテーブルから裁ち鋏を取り、サイに近づきはじめたので、ジョーンはあわててきいた。「召使いが飲み物のお盆を運んできたあと、それに近づかずにどうやってみんなに睡眠薬を飲ませたの？」

ガリアは振り向いて長いことジョーンを見つめた。答えるべきかどうか考えているのだろ

う、とジョーンは思った。だが結局、肩をすくめて言った。「ミュアラインは簡単だったわ。わたしといっしょにテーブルについていたから、彼女が布を裁ちはじめるのを待って、彼女のゴブレットに急いで数滴落とすだけでよかった。サイの飲み物には、彼女のところに鋏を持っていったときに薬を盛った。そして、あなたのあざを見にいく途中、通りすぎざまにレディ・シンクレアの飲み物に薬を入れたの。彼女もあなたのほうを見て、ぞっとしているようだった。まだ見てなかったのかしら?」

「わたしが運びこまれてすぐに見て以来だからよ」ジョーンは静かに言った。「たしかそのとき、アナベル叔母さまを手伝ってわたしの手当てをしてくださったんだと思う」

ガリアは驚いた様子もなくうなずいた。「席に戻る途中で、今度はレディ・アナベルのゴブレットに薬を入れ、エディスはまだここでぼけっとあなたの脇を見ていたから、彼女のにも入れた……」彼女は肩をすくめた。「そして、つぎにだれが倒れるか待ったの」

「つぎに?」ジョーンがきき返す。「じゃあ、ミュアラインの失神はいつもの失神じゃなかったの?」

ガリアは肩をすくめた。「あれがいつもの失神だったにしろそうじゃないにしろ、彼女は薬のせいでずっと失神したままよ」

ジョーンはゆっくりとうなずいたが、またガリアが動きはじめると問いかけた。「それで、そもそもどうしてこんなことをしたの?」

ガリアはわずかないらだちとともに息を吐き、またジョーンを振り返って見た。「どうしてだと思う、ジョーン？」

「キャムを自分のものにしたいから」ジョーンは推測した。

「ええ、もちろんそうよ」ガリアは同意した。「あなたのことは好きよ、ジョーン。でもあなたは豪華な服装をしたってレディにはなれないわ。豚にドレスを着せたところでレディになれないのと同じよ。あなたは平民だもの。母親はレディかもしれないけど、父親は平民でしょ。その平民と結婚して、あなたのお母さまは平民になったのよ。あなたは平民として生まれ、平民として育ち、これから先も平民のままなの。キャムにはふさわしくないわ」

「あなたのほうがいいというわけ？」ジョーンが皮肉っぽく尋ねる。

「そうよ、たまたまわたしはレディとして生まれ、レディとして育った。レディが知っているべきあらゆることをきちんと教えこまれている。小鳥のように歌えるし、どんなダンスでも知っているし、どんなに風の強い日でも的の中心を矢で射抜けるし、戦士のように馬に乗れる。わたしはシンクレア城を支配するべく生まれてきたのよ。ろくにお金もないうえに、汚くて臭い年老いた領主……わたしを見るたびに、わたしが羊のすね肉で、かぶりつくのが待ちきれないとでもいうように、唇をなめる領主のいる僻地の城じゃなくね」

「あなたのお母さまがあなたと結婚させようとしているのはその人なの？」ジョーンは尋ねた。手にしているちっぽけな縫い針以外の武器をさがして、あたりに視線を向けていることに気づかれないように。

「ええ。娘の今後の人生を背負いこむぐらいなら、母はわたしをあの不愉快な生き物に嫁がせるわ」ガリアは苦々しさと痛みの混じった声で言った。

「修道院に逃げることはできないの？　あるいは――」ガリアの顔で怒りが炸裂し、自分の言ったことに気づいて、ジョーンはすぐに口を閉じた。忘れていたが、この状況から抜け出す方法をさがすために、会話を長引かせなければならなかったのだ。だが、それを思い出した今、裁ち鋏をにぎりしめたガリアが、サイではなくジョーンのほうに向かいはじめたのを見ても驚かなかった。

「修道院ですって？」ガリアは怒りに歯をきしらせた。「あなたの母親は夫を殺した罰としてそこに送られたというのに、わたしが残りの人生をそこですごしたいと思うようなすばらしい場所だと思うの？　結婚せず、頭を剃って、膝にひび割れができるほどひざまずくのよ。自分の子供も持てないのよ？」

ジョーンはそれはいいことかもしれないと思わずにいられなかったが、今それを言うのは利口ではないような気がした。

「あなたこそ修道院にはいるべきなのよ。あなたを産むまえの母親のようにね。だいたいスコットランドにいるべきじゃなかったんだわ。どうしてわざわざやってきて、すべてを台なしにしたのよ？」ガリアはどなった。

「ここには十二人の女性たちがいたのよ、ガリア。どうするつもりだったの？　キャムが興味を持てばだれでも殺すつもりだったの？」ジョーンはベッドの上でじりじりと横に移動しながら急いで尋ねた。

「競争相手なんていなかったわ」ベッド脇で立ち止まると、ガリアはうんざりしながらかみつくように言った。「サイは乱暴すぎて男だと思われてもおかしくないくらいだし、エディスは自分が賢いと考えるのが好きで、泥水みたいに退屈だわ。ミュアラインときたら、キャムと会話するあいださえ気絶しないではいられない。いちばんましな人たちでその程度なのよ！」彼女は首を振った。「話にならないわ。あなたさえいなければ、きっと彼はもうわたしに求婚していたでしょうし、そうなれば母を面と向かって嘲笑することができた」と苦々しげに付け加える。「でも、あなたが死んでわたしたちが結婚したら、その姿を母に見せてやれるわ」

「フィノラを階段から突き落としたのはあなたなの？」話題を危険性の低いものに変えて時間を稼ごうと、ジョーンは尋ねた。

「ええ。あの不愉快な女はキャムに身を投げかけたのよ。あなたがベッドで臥せっているときに、酒場の売女のように彼に抱きついたのよ」彼女は激昂して言った。「彼女には罰を与えなければならなかった」そこでことばを切り、眉をひそめてきいた。「どうして知っているの？　脚を踏みはずして落ちたんじゃなくて、突き落とされたって」

「あなたは彼女の燭台を持っていったでしょう」少し横に移動してガリアから離れながら、ジョーンは静かに言った。

「ああ。あれね。私の部屋にあるわ。彼女の部屋に戻しておくべきだった」ガリアは言った。

「フィノラのハットピンを取ったのはそのとき？」さっと横を見て、ゴブレットは殴った相手にダメージを与えるほど頑丈だろうかと考える。

「そうよ。あれは惜しかったわ。あのハットピンがすごく気に入っていたの。でも、使うピンはだれかほかの人のもののほうがいいと思ったし、フィノラのものを使えば、疑惑を抱いていたかもしれない人たちに、もう危険は去ったと思わせることができるでしょう。そして、わたしが思ったとおりになった」彼女はそう言ったあと、眉をひそめた。「燭台のことは気がつかなかったわ」肩をすくめ、完全にまたジョーンに意識を戻した。「ベッドから出るまえに刺されることはわかっているわよね？」

「おそらくね」ジョーンは逆らわなかった。「でも、抵抗することはできるわ」

ガリアはかすかに微笑んだ。「その精神は好きよ、ジョーン。あなたが自分の立場をわきまえず、その地位にしがみついていることだけが残念だわ」

そのことばを言うか言わないかのうちに、ガリアはいきなり裁ち鋏を突き出した。

ベッドから逃げようとして背中を刺されるよりはと、ジョーンはそれまでもたれていたまくらをつかみ、鋏を食い止めるためにそれを掲げた。幸いそれが功を奏し、まくらのなかに詰まっていた羽毛がいたるところに飛び散ってひどいことになったが、彼女は無傷だった。

そこでようやくベッドから逃げようとしたが、ガリアに髪をつかまれて引き戻された。もう一度突き出すのを見ると、その手首をすばやく両手でつかんだ。大声で叫びはじめてもいた。

ベッドの上に仰向けに倒れたジョーンは、ガリアが鋏の先から羽毛を払い落として、もう一度突き出すのを見ると、その手首をすばやく両手でつかんだ。大声で叫びはじめてもいた。ガリアがいきなりベッドによじのぼってジョーンの胸の上に座り、苦痛をともないながら肺から空気がひと息に押し出されると、その声はうっというぅめきになった。

「いいかげん観念なさい、ジョーン」ガリアは歯をきしらせて、裁ち鋏をジョーンの胸に刺そうとした。

できることなら地獄に落ちろと言っていただろうが、ジョーンの肺のなかにはそれを言うだけの空気がなかった。それに、今のところすべての力は胸から裁ち鋏をどかすことに使われていた。だが、その努力もむなしく、空気不足は彼女を弱らせ、自分は死ぬのだとジョーンが確信したとき、ガリアが突然驚きの声をあげて彼女の上にくずおれた。

ジョーンは目をまるくしながら、ガリアのゆるんだ手から裁ち鋏を奪い取り、彼女の頭をどけて、その向こう側を見た。

「ミュアライン」両手に暖炉用の薪を持って立っている女性を見たジョーンは、驚いて言った。令嬢たちが寒がるといけないので、ジニーが暖炉の準備をしておいたのだが、温かかったので暖炉は使っていなかった。でも薪は近くにあったのだ、とジョーンはぼんやりと思った。

「ごめんなさい」ミュアラインは静かに言って、ふたたびジョーンの視線を引きつけた。

ジョーンは驚いて彼女を見た。「どうして謝るの？　あなたはわたしの命を救ったのよ」

「そうだけど、ずいぶん時間がかかったわ」彼女は悲しげに言うと、説明をつづけた。「少しまえに失神から覚めていたの。薬を盛られたハチミツ酒は飲まなかったのよ。まっすぐ布を裁つのに忙しすぎて。気がついて、自分がどこにいるのかわかるまでに一分かかった。動こうとしたら、ガリアの言っていることが聞こえたの。あなたたちが話していることを聞いて、わたしはとても怖くなった。目覚めていることを彼女に知られないようにしながら、武器をさがすために、あたりを見まわそうとしたら――」

「ミュアライン」ジョーンがおだやかにさえぎり、ガリアの髪をいらいらと顔から払った。「よくやってくれたわ。わたしを救ってくれたんだから。あなたはサイも救ったのよ。ガリアは彼女も殺して、サイがわたしを殺したことにするつもりだったの。だからあなたはふたりとも救ったのよ」

「まあ」ミュアラインは驚いて言った。「そうなの？」

「そうよ」とジョーンは安心させた。だが、ミュアラインが両腕をおろし、薪を床に落とすと、心配そうに言った。「気を失わないで。ガリアがわたしの上にのっていて息ができないの。彼女をどかすのを手伝ってもらえないかしら」

「いいわ」ミュアラインはさっそくその作業に取りかかり、ガリアの腕に手を伸ばしたが、そのとき扉が勢いよく開いたので、ぎくりとして肩越しに振り返った。

「ミュアラインじゃないの」キャムが父親とジョーンの叔父を従えて突進してきたので、ジョーンはすぐに叫んだ。

「知っている」義父が安心させるように言った。キャムがミュアラインを素通りしたのを見て眉をひそめたが、すぐに自分の妻のもとに駆け寄って無事を確認し、叔父もアナベルのもとに向かった。

「どうしてガリアが犯人だとわかったの？」キャムにガリアを引きずりおろしてもらいながら、ジョーンはしかめ面のまま尋ねた。

「庭でリンゴの芯を集めているところと、厩番の青年と城まで歩くところを目撃されていたんだ」キャムは暗い顔で言うと、ジョーンがよく見えるようにガリアを床に落とした。「けがは？　彼女に傷つけられたのか？」

「いいえ」ジョーンは夫を安心させ、微笑んで付け加えた。「ミュアラインが助けてくれたの」

彼は驚いてミュアラインを見やり、ジョーンも彼女に微笑みかけた。やがて彼は重々しく言った。「ありがとう、ミュアライン」

「まあ……」彼女は赤くなり、手を振って謝辞を退けると、たちまち気を失った。

「この娘はどこかがおかしいな」キャムは眉をひそめて言った。

「そうね」ジョーンは同意し、彼女の様子をみようとベッドからすべりおりた。「でもアナベル叔母さまとわたしで、その原因をつきとめて助けてあげられると思う」

背後でガリアのうめき声がきこえたので動きを止め、用心しながら振り返って見た。彼女が意識を失ったままなので、ジョーンは顔をしかめてキャムに言った。「彼女、フィノラを殺したことと、鞍にハットピンを仕込んだことを認めたわ」

「女性たちに何を飲ませたかは言ったか？」と叔父にきびしい声できかれ、目を向けると、彼はまだアナベル叔母の上にかがみこみ、目覚めさせようとしていた。

「睡眠薬の水薬よ」ジョーンが静かに言った。「しばらく眠っているでしょうけど、大丈夫なはずよ」

「助かった」アルテア・シンクレアがつぶやき、キャムの母から体を起こした。ガリアをにらみつけて尋ねる。「厩番の青年に何をしたかは言ったか？」

「厩番の青年？」ジョーンはわけがわからずにきいた。

「いなくなったんだ」キャムが静かに説明した。「おれたちの馬を城の階段のまえに連れていくところを目撃されたのを最後にね。ガリアが彼といっしょにいた」

「まあ、なんてこと」ジョーンはため息をついて言うと、首を振った。「いいえ、厩番の青年については何も言わなかったわ」

「彼女が目覚めたらわかるだろう」ロスが険しい顔で言ったあと、意識を失った女性たちのいる部屋のなかを見まわした。「なんにしろ盛られた薬の効力が切れるまで、それぞれの部屋にいてもらったほうがいいな」

「マコーミックの娘はどうする？」アルテアがきいた。

「ぼくが階下《した》に運んで、見張りをつけておきます」キャムはそう言うと、かがみこんでガリアを抱きあげた。「ほかの令嬢たちを運ぶのを手伝ってもらうために、男衆もさがしてきます」彼は扉に向かった。だが、扉のまえで立ち止まり、ジョーンを振り返って言った。「すぐに戻るよ」

ジョーンはまじめな顔でうなずき、彼が出ていくのを見送った。叔父と義父がそれぞれの妻を抱いてそのあとにつづく。妻たちが目覚めるまで彼らの姿を見ることはないだろう。ふたりとも薬を盛られた妻のことをほんとうに心配し、動揺しているようだ。それを見て、ジョーンの心は温かくなった。二十年たってもあんなふうに思われるほど、キャムに愛されたいと願った。

「ジョーン」

ささやき声がしたほうを振り返り、急いで立ちあがってサイのそばに行った。彼女はまだ椅子の上でぐったりしており、目は半分しか開いていなかったが、完全に意識を失っているわけではなかった。

ジョーンは彼女のそばに座りこみ、手を取って微笑みかけた。「もう大丈夫よ。ただの眠り薬だったの。少し眠ることになるけど、それだけよ」

「ごめんなさい」サイがささやき声で言うので、ジョーンは困って首を振った。

「何が？」

「あなたを助けられなかった」サイは弱々しくつぶやいた。

「いいえ」ジョーンは彼女の手をそっとたたいた。「いいのよ。ミュアラインがわたしたちふたりを助けてくれたから」

「そう」サイの顔に浮かんだ表情が、もうひとりの女性に対する驚きなのかそれとも賞賛なのか、判断することはできなかった。

「今は休んで」ジョーンが言った。「目が覚めてから話しましょう」

閉じかけていたサイのまぶたが完全に閉じ、ジョーンはため息をついて体を起こすと、扉のほうを見た。数人の男たちを連れてキャムが戻ってきたのだ。彼はまっすぐジョーンのもとに向かった。その途中でベッドから彼女の体をくるむための毛皮を取り、それを持って妻に近づく。男たちは無言のまま、眠っている令嬢たちのもとに向かった。

「ガリアは階下《した》に運ぶ途中で目を覚ましたよ」令嬢たちを抱きあげる男たちをふたりで眺めていると、キャムが突然言った。

ジョーンは問いかけるように彼を見た。「行方不明の厩番の青年について何か言っていた？」

「ああ。どこをさがせば死体が見つかるか、教えてくれた」

ジョーンはその知らせにため息をつき、首を振った。「ほかには何か言っていた？」

「ここで繰り返すようなことは何も」彼は彼女をいたわるように言ったあと、毛皮の縁を彼女の手に持たせて、男たちのあとから扉に向かった。

「彼女たちを部屋に運んだら、それぞれの侍女たちを呼んできてやれ。目覚めたときひとりだと不安だろうから」

「なんて思いやりがあるのかしら」向きを変えて戻ってきた彼に、ジョーンはつぶやいた。

「わたしが思いつくべきなのに」

キャムは首を振っただけで、彼女を抱きあげてベッドに運んだ。そしてそのままベッドに座り、膝の上の彼女を抱きしめた。

「ジョーン」しばらくして彼は言った。

「なあに？」彼女は頭をうしろに傾けて彼を見あげながら応えた。

彼の頭はうしろに傾き、目は閉じられていた。「愛している」

「わたしも愛しているわ」彼女もすぐに返した。

彼はうなずき、目を開けて顔を近づけながら言った。「いや、おれはほんとうにきみを愛しているんだ。きみのすべてを。だから何も学ぶ必要はないんだよ。おれはありのままのきみを愛しているんだから」

「でも、レディは知っていなければならないんでしょう、歌やダンスや弓矢や――」

「ああ、そういうことらしいな」彼は認めたあと、こう尋ねた。「だが、そんなことになんの意味がある？」

ジョーンはそうきかれて、わけがわからず目をぱちくりさせた。「どういうこと？」

「おれと出会ったとき、きみがそういうことを知っていたとしたら？」彼は尋ねた。「きみは何ができた？　おれが瀕死の状態のとき、上手に歌を歌って、おれの墓の上でダンスをするのか？」彼は小さく首を左右に振ってみせた。「きみは自分の価値がわかっていないんだ。きみは医療の心得でおれを救ってくれた。回復するまで、道をはずれて安全なところに移動するだけの分別があった。勇気があるし、まっすぐ矢を射ることはできないかもしれないが、ぱちんこの腕は一級品だ」そこでしばし間をおき、さらにつづける。「ところで、きみが催したこのささやかな集いのことでは、もっとちゃんと話し合っておくべきだった。そうすればきみももっとまともに身を守れていただろう」彼は真剣に彼女を見つめた。「これからはつねにそうしてくれ」

「ええ、あなた」彼女は静かに言った。

キャムは深いため息をついて、約束した。「きみが学びたいことはなんでもおれが教える――乗馬も、弓矢も、剣術も――だが、なんにせよおれのために学ばなければならないとは思ってほしくない。きみはそのままで完璧だと思うよ」

「まあ」ジョーンは目に涙をため、声を震わせて言った。「あなたも完璧だと思うわ」彼は顔を寄せてやさしくキスをし、また顔を上げて尋ねた。「では、もう婚姻解消の話はなしだな？」

「ええ」彼女はまじめに同意した。

「よし」キャムもまじめくさって言ったあと、にやりとして付け加えた。「いずれにせよ、婚姻解消には母がうんと言わないだろう。きみはおれにぴったりの女性だと母も思っているからね」

「そうなの？」ジョーンはおもしろそうにきき返した。

「ああ」彼は請け合った。「きみを妻に選んだことで、母はおれを見直してくれたようだ。今ではとても賢いと思われているよ」

「わたしもそう思うわ」ジョーンは笑って言った。そしてまじめな顔つきになり、彼の顔を愛撫した。「心から愛しているわ、キャンベル・シンクレア」

「おれもきみを心から愛しているよ、ジョーン・シンクレア」キャムが身をかがめてキスをし、ジョーンは微笑んだ。これでもう何も心配しなくていいんだわ。

エピローグ

「わたしたちに置いていかれて、ケンナとアネラはとてもがっかりしていたわ」

叔母のことばを聞いて、ジョーンは繕っていたシャツから顔を上げ、彼女に微笑みかけた。

「どうして連れてきてあげなかったんですか？　あの子たちが来てくれたら歓迎したのに。部屋だってあるし」

「赤ちゃんが生まれたという便りが届いたら、ペイトンが連れてくるわ。あの子たちに……じゃまをされたくなかったのよ」

「つまり、あの子たちに出産の恐ろしさを見せたくなかったんですね。赤ちゃんを産むのが怖くなるかもしれないから」ジョーンは冷ややかに言ってから、すぐに頭のなかから出産についての考えを押しやった。ノラニンジンの効果なく妊娠したことを知って以来、ジョーンはもう何カ月もそれをつづけていた。

公正を期するために言えば、ノラニンジンのせいばかりではないとジョーンは思っていた。ノラニンジンは頻繁に服用すると効果が薄れるものだし、彼女はかなり頻繁に服用していた。

おもにキャムの誘いがかなり頻繁だったせいで。ジョーンも気にしてはいなかった……妊娠していると気づくまでは。

もちろん、明るい面を見れば、それ以来ノラニンジンを使う必要はなくなった。もう妊娠しているので子供ができるのを防ぐ必要はないし、妊娠がわかってからふたりが交わる回数はさらに増えた。ふたりともその先に待っているものを恐れ、ジョーンが死ぬことになっているかのようにふるまい、これが最後であるかのようにいつでもともにすごした。当然ながら、ふたりは恐れていたのだ。彼女が出産を生き延びられず、ふたりの時間がかぎられてしまうことを。

ジョーンはもじもじと体を動かした。腹部に激痛が走り、それに耐えながら無理やり息をする。痛みが治まると、日光浴室でともに座っている女性たちを見まわした。叔母、義母、ミュアライン、サイ。アイリーンも来たがっていたが、レディ・シンクレアは娘をその父親とともにインヴァーデリーの城に置いてきたのだった。父は本城と領主の地位をキャムに譲り、現在一家はインヴァーデリーに住んでいた。アイリーンを置いてきたのは叔母がいとこたちを家に残してきたのと同じ理由だろうと、ジョーンは確信していた。ショックを受け、ひどく恐れ、子供を持ちたくないと思ってしまうようなことなど、だれも娘たちに知らせたくないのだ。ミュアラインとサイはといえば、この数カ月でジョーンのとてもいい友人になっていた。そう頻繁に会っていたわけではないが、よく手紙のやり取りをしていた。

幸い、キャムもふたりを気に入ってくれた。彼女たちに手紙を書いて、ここに来て滞在し、いよいよ出産となったときに力を貸してほしいとたのんだのは彼だった。それは彼からのびっくりプレゼントで、ジョーンはそんな彼を愛した。あるいは、いつにも増して愛した。彼はそういった思いやり深いことを際限なくやり、何かやるたびにジョーンの彼への思いは高まっていった。そこでまた腹部に激痛を覚えた。

「大丈夫、ジョーン?」レディ・アナベルが突然きいた。「居心地が悪そうね。何かやわらかいものに座っては――?」

「いいえ、大丈夫です」痛みが治まり、ジョーンはほっと息をついた。無理に笑みを浮かべて付け加える。「それに、どんな座り方をしても心地よくはならないわ。こんなにお腹が大きいんだもの」

アナベルはうなずいたが、ジョーンを眺めまわしながらかすかに目をすがめている。陣痛がはじまっていることはすぐに気づかれるだろう。なんといってもアナベルも訓練を受けた治療師なのだ。それでも、しばらくはだれにも気づかれまいとしてきた。夜明けに最初の激痛で起こされてから、陣痛は午前中ずっとつづいていた。最初はおだやかで、間隔もかなりあいていたが、だんだん陣痛の間隔が短くなり、つらくなってきていた。今ではまぎれもない激痛になっている。間隔もかなり狭まって、ようやく痛みが治まったと思ったら、つぎの痛みがやってきた。もうこれ以上自分の状況を隠すことはできないだろう。ジョーンはそう思って歯を食いしばり、ゆっくりと鼻から息をした。するとつぎの痛みが襲ってきた……とてつもない痛みだった。

「横になりたい？」アナベルがいきなりすぐ横できいた。

ジョーンはビクッとして顔を上げた。思わず口を開けたが、驚きのあえぎはうめきになってようやく止まった。

「どうしたの？」レディ・シンクレアが心配顔ですぐに叔母の横に来た。「はじまったの？」

「はじまったって、何が？」ミュアラインが混乱した様子できき、サイにぴしゃりと腕をたたかれた。

「いったいなんだと思ってるのよ？」立ちあがってジョーンの椅子を囲む婦人たちに加わりながら、サイがあきれてきいた。

「お願い、座って」陣痛が治まり、ジョーンは息を切らしながら言った。「わたしは大丈夫だから」

「陣痛の間隔がもうかなり狭まってきているわね」アナベルがやさしく言う。「まだ歩けるうちに、寝室に移動したほうがいいかもしれないわ」

ジョーンは驚いて叔母を見た。「いつから知っていたんですか？」

「今朝、わたしが朝食をとりにおりてきたときからよ」アナベルは認めて言った。「わたしが来たとき、あなたはお腹をさすっていたし、ここにあがる直前には、ぴたりと動きを止めてしばらく頭をたれていたから」

「それならどうして何も言ってくれなかったの？」レディ・シンクレアが目をまるくして尋ねた。

「ジョーンはだれにも知られたくないようだったから、彼女の意思を尊重したのよ」アナベルは申し訳なさそうに言った。

「あら、どうしてわたしたちに知られたくないの？」レディ・シンクレアは傷ついた様子できいた。「わたしたちはあなたがこれを乗り切るのを助けるためにここにいるのよ。そのために来たんだから」

「そうよ、ばかね」サイはそう言って首を振り、ジョーンに近づいて腕を取った。「ほら、どうしたの。快適ですてきなベッドに寝かせてあげるし、痛みが来たらいっしょに叫んで、わたしたちの手をにぎらせてあげるわよ」

レディ・シンクレアはかすかに眉をひそめて言った。「サイとミュアラインはここで待つべきかもしれないわね。ふたりとも未婚の若いお嬢さんですもの。ふさわしいとは――」

「ちょっと、ばかなこと言わないで」サイがすぐさま言った。「ジョーンが別の部屋で産みの苦しみを味わっているっていうのに、日光浴室に座っているためにわざわざ来たんじゃないわ」

ジョーンは友人の辛辣な口調にくすりと笑い、彼女の手を借りて立ちあがった。「では行きましょう」彼女はため息をついて言った。「アナベル叔母さまの言うとおりだと思う。まだ歩けるうちに寝室に移動したほうがいいわ」立ちあがることはお腹が大きくなるにつれてますます困難になっていたので、片方の腕をサイに、もう片方を叔母につかまれて引っぱりあげてもらわなかったら、もう立つことは不可能だっただろう。ようやく立ちあがり、息を切らしてあえぎながらあたりを見まわすと、ミュアラインが床に倒れていたので動きを止めた。

「この子はもっと食べる必要があるわね」ジョーンの視線を追ってうつ伏せになった娘にいき着くと、サイはため息まじりにつぶやいた。

「あなたをベッドに入れたら、侍女をひとり差し向けて彼女の世話をさせるわ」レディ・シンクレアは首を振って言った。「行きましょう」

「ええ」つぎの陣痛が来るまえに寝室に着いていたくて、ジョーンはつぶやいた。さっきの陣痛ではもう少しで叫び声をあげてしまいそうになった。一度叫んでしまったら、止められないだろう。階段の上で大声で叫びたくはなかった。キャムに聞こえてしまい、出産がはじまったのを知られてしまう。彼を心配から遠ざけておける時間は長ければ長いほどいい。運がよければ終わるまで、そして、願わくは彼に赤ん坊を差し出すまで、知られずにすむだろう。だが、もしジョーンが生き延びられなかったら……やはり、その一部始終を彼に見せたくはなかった。彼を愛しすぎていた。

「ゆっくり歩いて」扉に向かってジョーンを歩かせはじめながら、アナベルが助言した。「歩けなければいつでも止まりますからね。急がなくていいのよ」

ジョーンはうなずいたが、つぎの陣痛が来るまえに寝室に着かねばという決意は固く、気づけば腕をつかんで支えてくれているふたりの女性を引っぱっていた。廊下に出て寝室までの道のりを半分ほど来たとき、あらたな陣痛がきた。ジョーンはすぐに歩くのを中断し、本能的に両手をお腹に当てた。立っているからなのかどうかはわからないが、だれかにお腹前方と背中と内部を同時に蹴られているように感じられ、彼女はよろめいてアナベルとサイが止めるのも間に合わずに膝をついた。そのとき破水が起きた。

「何が起こったの？」ジョーンのまわりの床に水たまりができ、サイがぎょっとしてきいた。

「赤ちゃんが浸かっている羊水よ」アナベルが冷静に言って、彼女を安心させた。「心配いらないわ。普通のことだから。赤ちゃんが出てこられるように、羊水を外に出さなければならないの」

かすかな叫び声に注意を引かれて見ると、日光浴室のすぐ外でミュアラインが床に座りこんでいた。意識が戻ったらしい……短いあいだではあったが。

「ほんとに、そのうちあの子、倒れるときにいやというほど頭を打って、起きあがれなくなるわよ」サイが首を振ってつぶやいた。「頭全体を保護するクッションつきの帽子か何かが必要だわ。わたしがひとつ作ってあげようかしら」と思案顔で付け加える。

「わたしも手伝うわ」ジョーンがつらそうに笑って言った。

「ええ、これを乗り越えたらね」ジョーンの横で膝をつきながら、叔母が言った。「まだ歩ける？　それともキャムを呼んで運んでもらう？」

「だめ！　キャムには言わないで」

レディ・シンクレアは眉をひそめた。「知らせるべきだわ。あの子の子供なのよ」

「ええ、終わったら知らせますけど、それまでのあいだ心配させておきたくないんです」

ジョーンは急いで言った。

「でも、寝室に行くのに助けが必要なら、彼を呼ばなくてはならないわ」アナベルが申し訳なさそうに言った。

「歩けます」ジョーンは断固として言い、体を押しあげて立とうとしたとき、また陣痛に襲われた。今度のは強烈で間隔も短かった――予想外だった――ので、ぎょっとして思わず悲鳴をもらしてしまった。するとたちまち、階下の大広間でテーブルについていた男性陣のあいだに動揺が走った。

「何が起こっているんだ？」キャムがどなった。「ジョーン？」

「大丈夫よ！」レディ・シンクレアがすぐに声をはりあげた。「ジョーンが――」ジョーンが腕をつかんでにぎりしめたので、彼女はそこで中断し、ため息をついてつづけた。「レディ・ミュアラインがまた気を失ったの」

「でもジョーンの悲鳴だった」キャムがどなった。声が近づいている。階段をのぼっているのだ。

「彼を止めて！」ジョーンが食いしばった歯の隙間から声を落として言った。

「ミュアラインが倒れるときに飲み物を落として、それがジョーンのドレスじゅうにかかってしまったから叫んだのよ」レディ・シンクレアはうそをついた。「こっちは大丈夫だから」

間があったあと、男性陣は気の毒なミュアラインと彼女が頻繁に起こす失神について話しはじめ、階下に向かうにつれてその声はだんだんと小さくなっていった。

キャムを心配させずにすんだことと陣痛が治まったことの両方に安堵して、ジョーンは目を閉じた。「ありがとう」とささやき、義母になんとか微笑みかけたあと、感謝の念をあふれさせて言った。「わたしほど幸せな女はいないと思います。わたしにはすばらしい夫と、美しい城と、すてきな友人と、愛すべき家族がいるんですもの」彼女はレディ・シンクレアの腕をまたぎゅっとにぎって言った。「もしわたしが出産で死んでも、これだけのものを与えてくださった神さまにとても文句は言えないわ。あなたのように善良で親切な女性をわたしの義母にしてくださったことを含めてね」そしてまじめに付け加えた。「ありがとう、レディ・シンクレア。あなたは天使です。この一年、シンクレアを管理する方法を教えてくださって。それも、聖人のような辛抱強さで」

「感謝なんてしないで、ディア。わたしも好きでやっていたのよ」レディ・シンクレアはそう言ってジョーンを抱きしめた。そして、こみあげた涙を振り払い、きびしく言い添えた。

「でももう死ぬなんて言わないでちょうだい。あなたは死なない。死ぬわけにはいかないの。そんなことになったら、キャムは絶対にわたしを許してくれないでしょうし、わたしも自分自身を許せないわ」

「ばかなことを言わないでください。もしわたしが出産で命を落としたとしても、あなたのせいじゃありません。罪悪感を覚える必要はないんですよ」ジョーンは言った。すぐにまた陣痛がきて、頭をたれる。

「バーナス?」アナベルがためらいがちに言った。「あなた、何をしたの?」

つのる痛みと戦いながら、ジョーンは頭を上げて義母を見た。レディ・シンクレアの顔のやましそうな表情に気づき、眉をひそめる。

キャムの母はためらったが、ついに明かした。「わたしの侍女がジニーからノラニンジンの種のことを聞いたの。それでわたし、それをすり替えさせて――」

「おせっかいな雌犬!」金切り声でそう言ったとき、ジョーン自身ほかのみんなと同じくらい衝撃を受けていた。裏切られたという気持ちと、突然の体を引き裂かれるような痛みに突き動かされていたし、そのあとは圧倒的な苦痛に疲弊しきっていたので、アナベルがレディ・シンクレアの腕を軽くたたいて、なぐさめようとしたときも、あまり注意を払えなかった。

「ジョーンは本心で言ったんじゃないのよ。痛みのせいなの」

「わかってるわ」レディ・シンクレアはため息をついた。「でも、彼女の言うとおりよ。わたしはおせっかいな……その……女だわ。ジョーンが死んだら絶対に自分を許せない」

「やっぱりそうだったか！」

ジョーンがぎょっとして目を開けると、階段をのぼりきってこちらに走ってくるキャムが目にはいり、ぶつぶつと悪態をついた。

「子供が生まれるんだな！」

「もう、そんな悪いことみたいな言い方しないでよ。あなたの知らないところでわたしひとりで子供を作ったわけじゃないんだから。あなたも作るのを手伝ったでしょう」ジョーンはぴしゃりと言った。痛みといらいらのせいで怒りっぽくなっていた。

「彼女、かみつくつもりはないのよ、キャム」叔母がすぐに言って、今度は彼の腕を軽くたたいた。「痛みのせいなの。何を言われても気にしちゃだめよ」

「アナベル叔母さま」ジョーンは何か言いかけたが、キャムが彼女を抱きあげて足早に廊下を進みはじめると、驚いて悲鳴をあげた。

「みんなにどなりちらしたり、おれの悪口を言うつもりなら、ベッドでしてくれ」キャムも少し冷たい口調になっていた。

「これはまったく普通のことなのよ、キャム」急いであとにつづきながら、アナベルが安心させようと言った。

「そうだ。ペイトンが生まれるとき、アナベルがわたしをなんと呼んだか聞かせたかったよ」ロス・マッケイが階段の上に現れて言った。キャムがジョーンを抱いて通りすぎると、ロスは唇を結んでから付け加えた。「アネラのときも。そう言えばケンナのときもそうだった」彼は首を振った。「わたしのかわいいアナベルは魚売りの女みたいにわめき、戦士のように悪態をついていたよ」

「ありがとう、あなた」アナベルはかみつくように言い、きまり悪そうにキャムのあとにつづいた。「あなたもほかの殿方たちも階下《した》に行って待ったら？　キャムも連れて」

「おれはどこにも行かない」キャムが廊下を進みながらきっぱりと宣言した。

「そうか、休憩が必要なときは、父上とわたしは日光浴室にいるからな」ロスが言った。

「命の水《ウイシュケ・ベアハ》といっしょにな」ウィスキーの水差しを手に階段の上に着いたアルテア・シンクレアが付け加える。

「いい考えね」サイはそう言うと、通りすぎざまに彼から水差しを奪った。笑顔で言い添える。「ジョーンが痛みを乗り越えるのに役立つはずよ」

アルテアは「くそっ」とつぶやき、階下に向かってどなった。「もっとウィスキーを持ってこい、エイダン。生意気なブキャナンの娘っ子に盗られてしまった」

サイがそのことばにくすくす笑うのを聞きながら、ジョーンはキャムの手で寝室に運ばれ、ベッドの上におろされた。

妻をおろすとすぐ、キャムは毛皮や枕を集めて、彼女の背後に積み重ねはじめた。そして、ベッドの脇に座り、彼女の両手を取った。

ジョーンは彼の表情を見て眉をひそめた。まるでこれが最後であるかのように彼女を見ている。ため息をつき、彼女はサイのほうを向いた。友人が〝命の水〟をゴブレットに注ぎ、それを飲み干すのを見て、唇から声のない笑いがもれる。「それはわたしのためのものだと思ったけど」

サイはゴブレットをおろし、驚いてジョーンを見つめた。「飲みたかったの？」

ジョーンはぐるりと目をまわして、皮肉っぽく言った。「害にはならないでしょ」

サイはうなずき、あたりを見まわすと、もうひとつゴブレットが置いてある暖炉のそばのテーブルに近づいた。サイが酒を注ぎはじめるのを見ていたら、また陣痛がきたので、ジョーンは頭をたれてからみ合う手を見つめながら、痛みが去るまで呼吸に集中しようとした。

「そうしたければおれの手をにぎりしめてくれ」キャムが静かに言った。「役に立つかもしれない」

ジョーンは無理に笑みを浮かべ、大丈夫だと言おうと口を開けたが、ことばの代わりに大きく長い叫びが出た。

その声にサイは急に動きを止め、目をまるくしてジョーンを見たあと、ゴブレットを口まで持ちあげて少し飲んだ。

「貸しなさい。それはジョーンのよ」レディ・シンクレアが激怒してかみつくように言った。サイから酒を奪いとり、ベッド脇に向かったが、そこに立ち尽くすばかりで、なすすべもなく叫ぶジョーンを見つめた。陣痛が治まり、ようやく叫び声がやむと、レディ・シンクレアはゴブレットを差し出した。だが、ジョーンは首を振って、あえぎながらキャムの肩に力なくもたれた。

レディ・シンクレアはためらったが、ゴブレットを口まで持ちあげて、中身を一気に飲み干した。

「叔母さまはどこ？」叔母がいないことに突然気づき、ジョーンはつらそうに尋ねた。

「医療道具を取りにいったわ。それと、侍女にいくつかのものを持ってくるように言いに」眉をひそめて空になったゴブレットのなかを見つめながら、レディ・シンクレアが言った。

そのとき、また陣痛がはじまり、ジョーンがまた叫びはじめたので、彼女は驚いてゴブレットを取り落とした。

「おれは何をすればいい？」キャムが恐慌をきたした顔できく。

ジョーンは首を振ったが、取られている両手を引っぱって自由にし、彼のシャツとプレードをつかんで体を起こした。

「何をしているんだ？」彼は驚いて尋ねた。「何が必要なんだ？」

必要なのは、膝立ちになること、または四つん這いになることだった。息みたかったが、横になったままだとそれはむずかしいので、体は四つん這いになることを欲していた。

「これを脱がして」ジョーンはドレスを引っぱってあえぎながら言った。

キャムはすぐ彼女が脱ぐのを手伝い、チュニックだけの姿で膝立ちにさせた。

「手を貸して」彼女はつぶやき、彼の肩につかまって体勢を整えた。

ベッドの上で四つん這いになるジョーンを目のまえにして、キャムは目をまるくした。

「そうしなければいけないのか？」

「赤ちゃんを見ていて」ジョーンがあえぎながら言う。

「見る？」キャムは短く繰り返し、当惑しながら見おろした。「おれは何を――」

また陣痛がきて、ジョーンは半ばうなり、半ば叫びのような声を長々とあげて彼をさえぎりながら息んだ。今回痛みは信じられないレベルにまで高まり、体がまっぷたつに引き裂かれるような気がした。するといきなりそれが終わった、というか、少なくとも比較になるものが何もないような状態になった。

「なんてことだ。彼を受けとめたぞ！」キャムがつぶやいた。ジョーンが見おろすと、彼が自分たちの子供を抱いており、その子はたしかに男の子だった。

「たいへん！　間に合わなかったわ！」

ジョーンが顔をめぐらせて見ると、アナベルが戻ってきて、戸口まで来ていた。水、麻布、その他さまざまなものを運ぶ召使いたちを引き連れている。

「まだ全部終わったわけじゃないわ」ジョーンが冷静に指摘すると、叔母は一度首を振り、大声で指示を出しながら部屋のなかに突進した。

「この子は完璧だ」胼胝《たこ》のできた指で息子の頬をなでながら、キャムはささやいた。

ジョーンはぐったりしながらも微笑んだ。叔母は出産後の処置をするためにキャムを部屋から追い出し、驚いたことに彼はおとなしく従った。出産には汚れ仕事がつきもので、一時期彼の顔色はだいぶ青くなっていた。だが、それもすべて終わった。彼女の息子はきれいになって布にくるまれているし、ジョーンは後産《あとざん》もすんで体をきれいにしてもらい、清潔なチュニックに着替えて、今は暖炉のそばの椅子に座っている。そのあいだに女性たちがベッドのシーツを替えた。そこでようやく叔母はキャムの入室を許可したのだった。

「ええ、この子は完璧だわ」ジョーンは腕のなかのわが子のかわいい顔を見おろして同意した。

「また横になりたければ、ベッドの準備はできているわよ」レディ・シンクレアが静かに言った。ジョーンが座っている椅子のそばに行き、立ったまま初孫をのぞきこんで、やさしく微笑みながらささやく。「美しい子ね。どんな名前にするか決めたの?」

ジョーンがキャムを見やると、彼は首を振った。「きみが決めてくれ。きみはすべてをやり遂げたんだから」

ジョーンはためらったあと、義母と目を合わせた。

「バーナード」彼女は静かに言った。「彼がここにいることの原因であるレディに敬意を表して。ありがとう」まじめくさってそう言ったあと、急いですまなそうにつづけた。「それと、さっきはおせっかいな雌犬なんて呼んでごめんなさい。叔母が言ったとおり、本気で言ったわけじゃないんです。あなたがいなかったら、バーナードは授からなかったんだから」

「ああ、わたしの大切な娘」レディ・シンクレアはそう叫ぶと、かがみこんで赤ちゃんごとジョーンを抱きしめた。「謝る必要はないわ。それに、お願いだからわたしに感謝なんかしないでちょうだい。おせっかいなんかするべきじゃなかったし、すべてが何事もなくすんでほんとうにほっとしているのよ。そうではなかった可能性だって充分あったし、その場合、心から愛するようになっていた人を失っていたかもしれないんだもの」

レディ・シンクレアが体を起こし、キャムは眉をひそめてふたりを交互に見た。「なんの話をしているんだ？」

「なんでもないわ」ジョーンは急いで言った。母がどんなおせっかいをしたのか知ったら、彼が激怒するのはわかっていた。もちろん、いずれは話すことになるだろう。だが、ふたりで切り抜けたばかりの恐怖を、彼が克服するまではだめだ。それほど長くはかからないだろうが、何もかもがあまりにも完璧な今、あえて危険を冒したくはなかった。

「ありがとう、ディア」レディ・シンクレアはジョーンの頬にキスをし、もう一度赤ちゃんをのぞきこんでから、感心したように言った。「子供のころのキャンベルにほんとうによく似ているわ」

「だっこします？」ジョーンがきいた。

「ええ、ぜひ」レディ・シンクレアは懇願し、慎重に赤ちゃんを受け取った。バーナードを見おろしてやさしくあやしたあと、顔を上げて尋ねた。「日光浴室に連れていって、男性陣に見せてもいいかしら？」

「ええ、もちろんです」ジョーンはすぐに言った。

レディ・シンクレアはうなずくと、バーナードを抱いてさっさと部屋から出ていき、ジョーンはかすかに微笑んだ。すると、突然立ちあがったキャムに抱きあげられ、息をのんだ。

「ベッドに行ったほうがいい」彼は妻を抱いて部屋を横切りながら言った。だが、ベッドに寝かせるのではなく、彼女を膝にのせたまま自分がベッドにはいり、上掛けと毛皮をふたりの上に引きあげると、「疲れただろう」とつぶやいた。

「そうね」ジョーンは顔をしかめて認めたあと、頭をうしろに傾けて彼に微笑みかけた。

「疲れたけど幸せよ。ふたりで出産を乗り越えたんだもの」彼女は指摘した。

「神に感謝しなければな」キャムはささやいてジョーンに身を寄せ、おでことおでこをくっつけて目を閉じた。「もう二度とこんな思いはさせない。赤ん坊はひとりで充分だ」

「あら、それはどうかしら」ジョーンはもごもごと言った。「それほどひどくなかったわよ」

キャムは身を引くと、頭がどうかしてしまったのかとばかりに彼女を見つめた。「きみはものすごい叫び声をあげていたんだぞ、ご婦人よ」

「たしかに痛かったわ。でもそれだけの価値はあった」彼女はにっこりして言った。そしてこう付け加えた。「バーナードに妹がいたらいいなと思っていたんだけど」

キャムはしばらく無言で彼女を見ていたが、やがて言った。「妹だって?」

「わたしと同じくらい、お父さんのことが大好きな、小さなかわいい女の子よ」彼女が付け加える。

彼は口もとをゆがめて微笑んだ。「きみは美しい赤ん坊だったにちがいない」

「名前はわたしの母にちなんでマギーと名付けようかしら」彼女はそっと言った。

「ああ、それもいいな」キャムはそう言うと、彼女にキスをした。

ジョーンは熱っぽくキスを返した。今はそれ以上のことはできないけれど、満足だった。出産を生き延び、健康な美しい息子に恵まれ、その子はいつの日か弟や妹を持つことになる。自分の人生がいかに変わってしまったかは、信じられないほどだった。彼女ほど幸せな女はどこにもいないだろう。

訳者あとがき

リンゼイ・サンズお得意の、コミカルで胸キュンなヒストリカルロマンス『愛のささやきで眠らせて』をお届けします。

死の床の母から託された手紙を持って、男の子の姿でイングランドからスコットランドを目指す娘ジョーン。戦《いくさ》からの帰路、暴漢に襲われていたジョーンを助け、重傷を負ったスコットランド領主の息子キャムことキャンベル・シンクレア。運命に導かれたふたりの恋を描く本書は、『約束のキスを花嫁に』（二見文庫）につづくシリーズ第二弾です。

治療師の心得があるジョーンは、負傷して弱ったキャムを看病しながらいっしょにすごすうちに、彼の男らしい風貌と温かな人柄に惹かれていきます。やがて回復したキャムは、看病のお礼にジョーンを目的地まで送り届けることに。手紙とわが身の安全のため、少年のふりをしなければならないジョーンは、ときめきを隠しながら旅をつづけることになります。

しかし、ある晩、ジョーンが川で水浴びをする姿を見て、少年だとばかり思っていた相手が実は若い娘だと知り、キャムの心は乱れます。相手の気持ちを思いやり、気づいていないふりをしようとしたキャムでしたが……。

前作のヒロインであるアナベルが、イングランドからスコットランド領主ロス・マッケイに嫁いで二十年。十九歳の長男ペイトンを筆頭に、一男二女の母となったアナベルは、夫のロスともども幸せに暮らしています。そこへ、親交のあるシンクレア家の息子キャムが、ジョーンを連れてきます。ジョーンが母から託されたという手紙は、アナベル宛だったのです。彼女はアナベルにとって、浅からぬ縁のある相手でした。その驚きの真相は、ぜひ本編でおたしかめください。

助産師でもあった母の助手として幼いころから多くの出産に立ち会ってきたジョーンは、あんなつらい思いをするくらいなら、生涯独身をとおし、子供も産むまいと決意しています。一方のキャムは出産で妻と子を同時に亡くしており、やはり二度と結婚はするまいと誓っています。そんなふたりが惹かれ合い、悩みながらトラウマを克服していく様子は、微笑ましくもあり、たのもしくもあり、ちょっぴりお笑いもありで、まさにリンゼイ・サンズの面目躍如。しかし、シンクレア城では大勢の花嫁候補がキャムを待ちかまえていて、ジョーンの心は乱れます。さらにジョーンの身辺では奇妙な出来事が頻発するようになり……。ふたりの仲を裂こうとしているのはいったいだれなのでしょうか？

誤解から気持ちのすれちがいに悩むジョーンとキャムの背中をそっと押してあげる助言者《メンター》として、大きな役割を果たしているのが、前作のヒロインのアナベルです。アナベルとジョーンには、スコットランド人男性と恋に落ちたイングランド人女性ということ以外にも共通点があります。ひとつは医療の心得があるということ。ふたりともけがや病気の手当てはもちろん、薬草の知識にも長け、毒にもくわしいので、とてもたよりになります。

もうひとつは領主夫人になるための教育を何も受けずにスコットランド領主の家に嫁いだこと。そのためアナベルはジョーンに同情し、娘とともにジョーンを一人前のレディにするべく教育するのですが、治療師としては腕のいいジョーンも、歌やダンスはからきしダメ。このあたりのギャップがジョーンの親しみやすさでもあるのですが。

ついでにもうひとつ、ドレス運（？）がないことも共通点かもしれません。着るものがないまま嫁いできたという特殊な事情に加え、事故や事件やもろもろの事情で、せっかくあつらえたり借りたりしたドレスが、汚れたりずたずたになったりしてしまうのです。気の毒ではありますが、これがまたなんともコミカル。そして今回もドレスをめぐっていざこざが起こり、事件へと発展します。

冷静で聡明、年齢を重ねてもお茶目で魅力的なアナベルの過去についてもっと知りたい！

という方は、前作『約束のキスを花嫁に』とあわせてお読みになれば、さらにお楽しみいただけるかと思います。

これを書いている時点で、アメリカではまもなくシリーズ三作目の“*The Highlander Takes a Bride*”が刊行されます。ヒロインはなんとサイ・ブキャナン。キャムの花嫁候補としてシンクレア城に呼ばれてきた令嬢のひとり、口の悪いブルネットとして、本書でも抜群の存在感だったサイがどんな恋をするのか、お相手はどんな男性なのか、今から興味津々です。いずれみなさまに紹介できると思いますので、どうぞお楽しみに。

二〇一五年七月

ザ・ミステリ・コレクション

愛《あい》のささやきで眠《ねむ》らせて

著者　リンゼイ・サンズ
訳者　上條《かみじょう》ひろみ

発行所　株式会社 二見書房
東京都千代田区三崎町2-18-11
電話 03(3515)2311 [営業]
03(3515)2313 [編集]
振替 00170-4-2639

印刷　株式会社 堀内印刷所
製本　株式会社 関川製本所

落丁・乱丁本はお取り替えいたします。
定価は、カバーに表示してあります。

ISBN978-4-576-15123-6
http://www.futami.co.jp/

約束のキスを花嫁に
リンゼイ・サンズ
上條ひろみ［訳］
〔新ハイランドシリーズ〕

幼い頃に修道院に預けられたイングランド領主の娘アナベル。ある日、母に姉の代役でスコットランド領主と結婚しろと命じられ…。愛とユーモアたっぷりのシリーズ第一弾！

ハイランドで眠る夜は
リンゼイ・サンズ
上條ひろみ［訳］
〔ハイランドシリーズ〕

両親を亡くした令嬢イヴリンドは、意地悪な継母によって〝ドノカイの悪魔〟と恐れられる領主のもとに嫁がされることに…。全米大ヒットのハイランドシリーズ第一弾！

その城へ続く道で
リンゼイ・サンズ
喜須海理子［訳］
〔ハイランドシリーズ〕

スコットランド領主の娘メリーは、不甲斐ない父と兄に代わり城を切り盛りしていたが、ある日、許婚が遠征から帰還したと知らされ、急遽彼のもとへ向かうことに…

ハイランドの騎士に導かれて
リンゼイ・サンズ
上條ひろみ［訳］
〔ハイランドシリーズ〕

赤毛と頰のあざが災いして、何度も縁談を断られてきたアヴリル。そんなとき、兄が重傷のスコットランド戦士を連れて異国から帰還し、彼の介抱をすることになって…？

いつもふたりきりで
リンゼイ・サンズ
上條ひろみ［訳］

美人なのにド近眼のメガネっ嬢《こ》と戦争で顔に深い傷痕を残した伯爵。トラウマを抱えたふたりの、熱い恋の行方は――？ とびきりキュートな抱腹絶倒ラブロマンス！

待ちきれなくて
リンゼイ・サンズ
上條ひろみ［訳］

唯一の肉親の兄を亡くした令嬢マギーは、残された屋敷を維持するべく秘密の仕事――刺激的な記事が売りの覆面作家――をはじめるが、取材中何者かに攫われて⁉

夢見るキスのむこうに
リンゼイ・サンズ
西尾まゆ子［訳］

夫と一度も結ばれぬまま未亡人となった若き公爵夫人エマ。城を守るためある騎士と再婚するが、寝室での作法を何も知らない彼女は…？ 中世を舞台にした新シリーズ

微笑みはいつもそばに
リンゼイ・サンズ
武藤崇恵［訳］〔マディソン姉妹シリーズ〕

不幸な結婚生活を送っていたクリスティアナ。そんな折、夫の伯爵が書斎で謎の死を遂げる。とある事情で彼の死を隠すが、その晩の舞踏会に死んだはずの伯爵が現れて…!?

いたずらなキスのあとで
リンゼイ・サンズ
武藤崇恵［訳］〔マディソン姉妹シリーズ〕

父の借金返済のため婿探しをするシュゼット。ダニエルという理想の男性に出会うも彼には秘密が…『微笑みはいつもそばに』に続くマディソン姉妹シリーズ第二弾！

心ときめくたびに
リンゼイ・サンズ
武藤崇恵［訳］〔マディソン姉妹シリーズ〕

マディソン家の三女リサは幼なじみのロバートにひそかな恋心を抱いていたが、彼には妹扱いされるばかり。そんな彼女がある事件に巻き込まれ、監禁されてしまい…!?

純白のドレスを脱ぐとき
トレイシー・アン・ウォレン
久野郁子［訳］〔プリンセスシリーズ〕

意にそまぬ結婚を控えた若き王女と、そうとは知らずに恋におちた伯爵。求めあいながらすれ違うふたりの恋の結末は!? ときめき三部作〈プリンセス・シリーズ〉開幕！

薔薇のティアラをはずして
トレイシー・アン・ウォレン
久野郁子［訳］〔プリンセスシリーズ〕

小国の王女マーセデスは、馬車でロンドンに向かう道中何者かに襲撃される。命からがら村はずれの宿屋に辿り着くが、彼女が本物の王女だとは誰も信じてくれず…!?

恋の訪れは魔法のように
キャサリン・コールター
栗木さつき［訳］

放蕩伯爵と美貌を隠すワケアリのおてんば娘。父親同士の約束で結婚させられたふたりが恋の魔法《マジック》にかけられて……待望のヒストリカル三部作、マジック・シリーズ第一弾！

星降る夜のくちづけ
キャサリン・コールター
西尾まゆ子［訳］

婚約者の裏切りにあい、伊達男ながらすっかり女性不信になった伯爵と、天真爛漫なカリブ美人。衝突する彼らが恋の魔法《マジック》にかかる…⁉ マジック・シリーズ第二弾！

月あかりに浮かぶ愛
キャサリン・コールター
栗木さつき［訳］

ヴィクトリアは彼女の体を狙う後見人のもとから逃げ出そうと決心する。その道中、ごろつきに襲われたところを助けてくれた男性は……マジック・シリーズ第三弾！

唇はスキャンダル
キャンディス・キャンプ
大野晶子［訳］〔聖ドゥワインウエン・シリーズ〕

教会区牧師の妹シーアは、ある晩、置き去りにされた赤ちゃんを発見する。おしめのブローチに心当たりがあった彼女は放蕩貴族モアクーム卿のもとへ急ぐが……⁉

瞳はセンチメンタル
キャンディス・キャンプ
大野晶子［訳］〔聖ドゥワインウエン・シリーズ〕

とあるきっかけで知り合ったミステリアスな未亡人と〝冷血卿〟と噂される伯爵。第一印象こそよくはなかったもののいつしかお互いに気になる存在に……シリーズ第二弾！

視線はエモーショナル
キャンディス・キャンプ
大野晶子［訳］〔聖ドゥワインウエン・シリーズ〕

伯爵家に劣らない名家に、婚約を破棄されたジェネヴィーヴ。そこに救いの手を差し伸べ、結婚を申し込んだ男性は⁉ 大好評〈聖ドゥワインウエン〉シリーズ最終話

その唇に触れたくて
サブリナ・ジェフリーズ
石原未奈子［訳］

父親の仇と言われる伯爵を看病する羽目になったミナ。だが高熱にうなされる彼の美しい裸体を目にしたミナは憎しみを忘れ…。ベストセラー作家サブリナが描く禁断の恋！

今宵、心惑わされ
グレース・バローズ
安藤由紀子［訳］

早急に伯爵位を継承しなければならなくなったイアン。伯爵家は折からの財政難。そこで持参金がたっぷり見込める花嫁―金満男爵家の美人令嬢―を迎える計画を立てるが⁉

サファイアの瞳に恋して
ジュリア・ロンドン
高橋佳奈子［訳］

母と妹を守るため、オナーは義兄の婚約者モニカを誘惑してその結婚を阻止するよう札つきの放蕩者ジョージに依頼する。だが彼はオナーを誘惑するほうに熱心で…？

夢見ることを知った夜
ジェニファー・マクイストン
小林浩子［訳］

未亡人のジョーゼットがある朝目覚めると、隣にハンサムな見知らぬ男性が眠り、指には結婚指輪がはまっていた！　スコットランドを舞台にした新シリーズ第一弾！

パッション
リサ・ヴァルデス
坂本あおい［訳］

ロンドンの万博で出会った、未亡人パッションと建築家マーク。抗いがたいほど惹かれあい、互いに名を明かさぬまま熱い関係が始まるが…。官能のヒストリカルロマンス！

ペイシエンス　愛の服従
リサ・ヴァルデス
坂本あおい［訳］

自分の驚くべき出自を知ったマシューと、愛した人に拒絶された過去を持つペイシェンス。互いの傷を癒しあうような関係は燃え上がり…。『パッション』待望の続刊！